TOブックス

近江勢力図

［おうみせいりょくず］

人物紹介［じんぶつしょうかい］

朽木家［くつきけ］

朽木長門守（くつきながとのかみ）
主人公の叔父。幕府の命により朽木家の当主となるがその事で主人公に対して強い負い目を持つ。

朽木稙綱（くつきたねつな）
主人公の祖父。主人公の才能を認め朽木家の当主に出来なかった事を悔やんでいる。そのため幕府に対しても複雑な感情を持つ。

朽木晴綱（くつきはるつな）
主人公の父。

朽木惟綱（くつきこれつな）
稙綱の弟。兄同様主人公の才能を認める。

浅井家［あざいけ］

浅井久政（あざいひさまさ）
越浅井家当主。

浅井賢政（あざいかたまさ）
浅井家嫡男。

織田家［おだけ］

織田信長（おだのぶなが）
尾張の戦国大名。三英傑の一人。主人公に好意を持つ。

三好家［みよしけ］

三好長慶（みよしながよし）
三好家当主。

三好実休（みよしじっきゅう）
三好長慶の次弟。

安宅冬康（あたぎふゆやす）
三好長慶の三弟。

十河一存（そごうかずまさ）
三好長慶の四弟。

三好長逸（みよしながやす）
三好長慶の大叔父。

松永久秀（まつながひさひで）
三好家家臣。主君三好長慶に強い忠誠心を抱いている。主人公の力量を認め好意を持っている。

三好義長（みよしよしなが）
三好長慶の嫡男。

朝廷・公家

［ちょうてい・くげ］

飛鳥井雅綱（あすかい まさつな）

主人公の祖父。

飛鳥井雅教（あすかい まさのり）

主人公の伯父。

飛鳥井基綱（あすかい もとつな）

現代からの転生者。朽木家の嫡男に生まれながら幕府の命により朽木家を継ぐ事が出来ず母方の実家である飛鳥井家に戻り公家として生きる事になる。

目々典侍（めめ ないしのすけ）

主人公の叔母、後に養母。正親町天皇の側室。主人公の才覚を認め溺愛する。

春齢女王（かすよじょおう）

方仁親王（正親町天皇）と目々典侍の間に生まれた女王。晴れて主人公のもとへ嫁ぐ。

正親町天皇（おおぎまちてんのう）

第一〇六代天皇。足利氏と三好氏の勢力争いに苦慮する。幕府が頼りにならない事に強い不満を示す。基綱を信頼し重用する。

近衛前嗣（このえ さきつぐ）

近衛家第一七代当主。右大臣→関白左大臣→関白。朝廷の第一人者として朝廷の権威を守るために苦慮する。主人公の才能を認め頼りにする。足利義輝の従兄弟。

近衛稙家（このえ たねいえ）

近衛家第一六代当主。太閤。足利義輝の伯父。親足利の重鎮として義輝を支えるが義輝の器量を危うんでいる。

近衛寿（このえ ひさ）

近衛稙家の娘。毬の姉。朝倉義景に嫁ぐも離縁されて、近衛家に戻っている。

慶寿院（けいじゅいん）

足利義輝の母、近衛稙家の妹。義輝の器量を危ぶみつつも懸命に支えようとしている。

当麻葉月（とうま はづき）

鞍馬忍者。京で桔梗屋という漆器店を営む。主人公と知り合いその力量を認める。

黒野重蔵（くろの じゅうぞう）

鞍馬忍者の頭領。葉月より主人公の事を知り主人公に仕える。鞍馬忍者の実力を世に示したいと考えている。

持明院基孝（じみょういん もとたか）

持明院家の当主。家学は書道。綾を妻に娶る。

持明院綾（じみょういん あや）

主人公の母。京の公家飛鳥井家の出身。朽木家に御嫁ぎ基綱を産んだがその後、飛鳥井家に戻り持明院基孝の妻となる。息子である主人公を理解出来ず怖れ離れていく。基孝との間に安王丸を儲ける。

新大典侍（しん おおすけ）

万里小路家出身で正親町天皇の側室。同じく側室である目々典侍やその実家・飛鳥井家のことをライバル視する。

万里小路輔房（までのこうじ すけふさ）

新大典侍の甥。頭弁。基綱とよく比較され、周囲から頼りないと言われる。

足利家［あしかがけ］

足利義輝（あしかが よしてる）
足利家当主。第十三代将軍。

細川藤孝（ほそかわ ふじたか）
足利家家臣。

朽木成綱（くつき なりつな）
足利家家臣。主人公の叔父。

朽木直綱（くつき なおつな）
足利家家臣。主人公の叔父。

朽木輝孝（くつき てるたか）
足利家家臣。主人公の叔父。

足利毬（あしかが まり）
近衛稙家の娘。近衛前嗣の妹。足利義輝の妻。

小侍従（こじじゅう）
義輝の側室。進士美作守の娘。

春日局（かすがのつぼね）
義輝の乳母。日野家の未亡人。日野家の養子問題で基綱を敵視する。

糸千代丸（いとちよまる）
義輝の小姓。摂津家の嫡男。

長尾家［ながおけ］

長尾景虎（ながお かげとら）
越後守護。幕府に対して強い忠誠心を持つ。後の上杉謙信。

六角家［ろっかくけ］

六角義賢（ろっかく よしかた）
六角家当主。朽木家を臣従させようと画策する。

小夜（さよ）
六角家の養女として浅井家に嫁ぐも離縁された。

六角義治（ろっかく よしはる）
六角家の次期当主だが、その器量を危ぶまれている。

勢力相関図［せいりょくそうかんず］

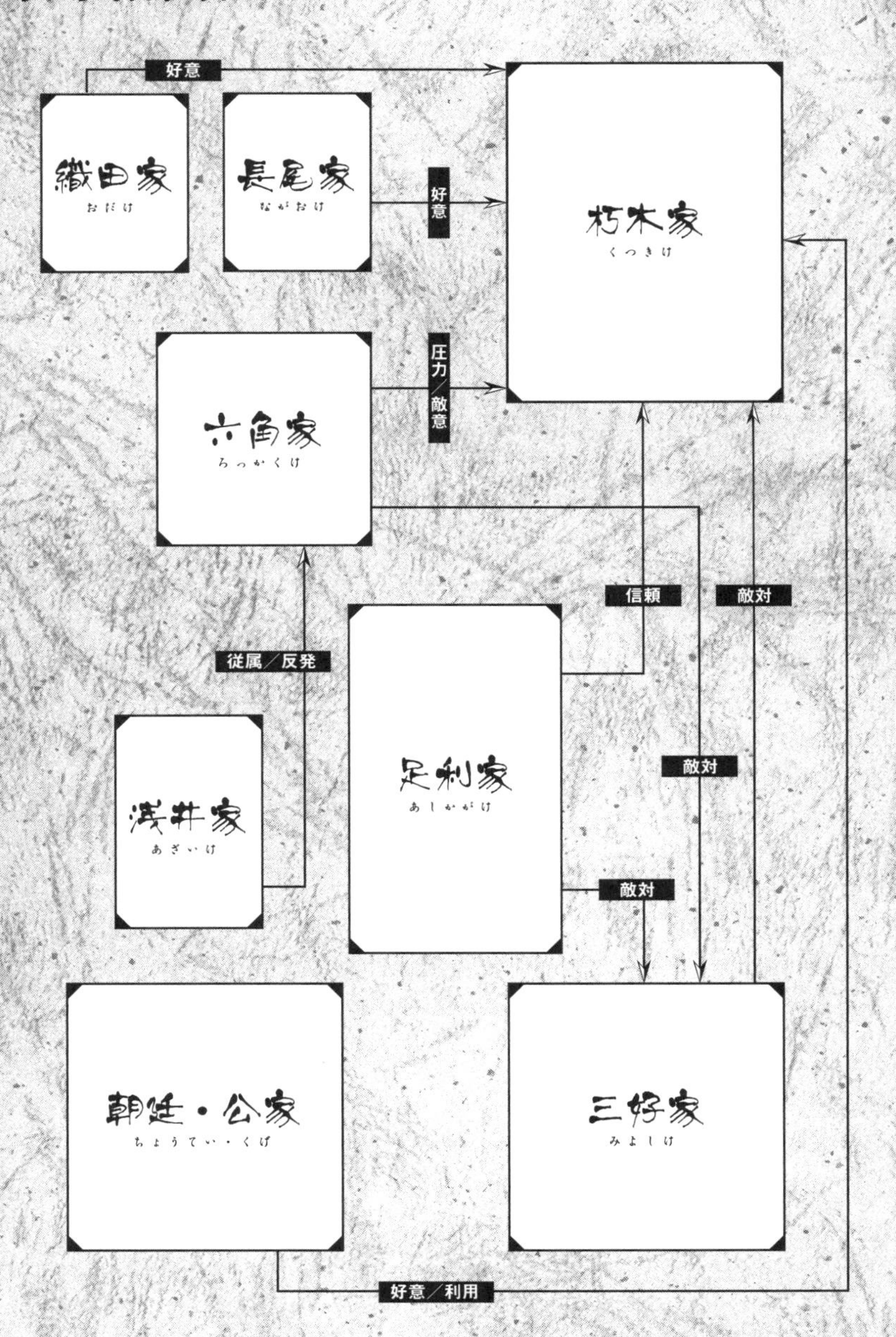

目次【もくじ】

［いてん　あふみのうみ
うりん、らんせをかける］

ILLUST. 碧風羽
DESIGN. AFTERGLOW

縁談

永禄四年（一五六一年）一月上旬　尾張国春日井郡清洲村　清洲城　織田濃

「ウーム」

文を読んでいる夫が唸った。御茶請けの羊羹(ようかん)を食べる前に読んでいるから京の新蔵人様からの文だろう。

「ウーム」

また唸った。そして文から目を離すと〝ホウッ〟と息を吐いた。

「羊羹は如何(いかが)でございますか？」

「ウム」

頷くと皿の上から羊羹を一つ掴んで口に入れた。顔が綻ぶ。

「なかなか塩味が良いな。甘さが引き立つ」

「ホホホホホ、それは宜しゅうございました」

夫が白湯を飲んだ。そして一つ息を吐いた。

「ウム、寒い日はこれに限る」

「まあ、羊羹でございますか？　それとも白湯でございますか？」

「両方だ」

「ホホホホホホ」

「ハハハハハハ」

私が笑うと夫も上機嫌で笑い声を上げた。

「随分と御機嫌でございますね」

「今年は挨拶に来る者が多かった」

「左様でございますか」

夫が〝ウム〟と満足そうに頷いた。

「尾張国内で俺を侮る者はもう居らぬ」

昨年の桶狭間での大勝利で尾張国内では夫の勢威が強まっている。それを実感しているのだと思った。

「先程の文は新蔵人様からの物ですか？」

「ああ、今では頭中将だがな」

「まあ！」

思わず声が出た。夫が訝(いぶか)しげな表情をしている。

「頭中将と言えば帝の御側近でございますよ。物語にも出てきます」

「そうか」

夫は曖昧な表情をしている。良く分からないらしい。蔵人頭と近衛中将を兼任する帝の側近中の側近なのだと教えると〝なるほど〟と頷いた。

「それで、頭中将様は何と？」

「織田の娘が欲しいそうだ」

「織田の娘？　頭中将様は御結婚なされた筈では……。お相手は帝の姫君と伺っておりますが……」

夫が〝ハハハハハハ〟と笑った。

「娘を欲しているのは頭中将ではない。朽木長門守、頭中将の叔父だ」

「まあ」

頭中将様の叔父……。

「近江高島郡で二万石の身代だそうだ」

「二万石……。小そうございますね」

「お濃は反対か？」

夫がニヤニヤと私を見ている。

「そうではありませんが……」

〝ハハハハハハ〟とまた夫が声を上げて笑った。

「確かに小さいな。だが朽木は京の直ぐ傍に在る。其処に俺の縁者が出来る、これは大きい」

「いずれ上洛すれば、でございますね」

夫が頷いた。もう笑ってはいない。縁を結ぶ決断をしたのだと思った。

「今の朽木は将棋の歩のようなものよ。誰も気にはかけまい。だが俺が上洛すれば朽木はと金になる」

「左様でございますね」

織田は上方には血縁者が居ない。此処(ここ)で縁を結べば朽木は貴重な存在になる。上手い事を考えるものだと思った。頭中将様と夫は朽木家を使って絆を強めようとしている。

「長門守様のお歳は？」

「三十の半ばを過ぎているそうだ」

結構歳が行っていると思った。相手は初婚では無いのかも知れない。

「どなたをお出しになります？」

「……美乃(みの)を出す」

「まあ」

思わず声が出た。美乃殿は未(ま)だ十六歳、親子ほども年が違う。

「養女では無く美乃殿を？」

夫が私を見た。そして〝そうだ〟と言った。

「関東では長尾が上野で冬を越した。長尾は本気だ。本気で北条を倒し関東を制しようとしている」

「……」

夫がニヤリと笑った。

「それが分かったのだろう。関東ではこれまで北条に従っていた国人衆が動揺しているらしい。北条も危機感を強めている。武田に北信濃で動いてくれと頼んでいるようだな」

「……」

「駿河では北条に援軍を出そうという動きが出ている。武田だけに動かれては今川の立場が益々悪くなるからな。頭中将の文によれば武田陸奥守、この男は甲斐を追い出された信玄の父親、そして今川彦五郎の祖父なのだが甲斐の息子には負けられぬと彦五郎に兵を出せと尻を叩いているらしい。彦五郎も北条を助ける事で三国同盟の中で立場を強めたいと考えているようだ。まあ女房が北条の娘だからな。良いところを見せたいという思いもあるのだろう」

夫が〝ハハハハハ〟と笑った。

「三河の松平ではその事にとうとう不満が出始めた。俺の勢威が強まりつつあるのに駿河はまるで分かっていない。北条の事ばかり気にしているとな」

夫がまたニヤリと笑った。

「動きが出たのですね」

「そうだ。漸く鍋の水が温まってきた。直に煮え滾るだろう。そうなれば……」

夫が私を見た。手をギュッと強く握りしめている。私が頷くと夫も頷いた。

「松平を引き寄せて美濃攻めでございますね」

「そうだ」

夫の声が強い、手応えを感じ始めているのだと思った。桶狭間から半年、長かったのか、短かったのか……。

「今回の縁談、頭中将から俺への問い掛けだと思っている。本気で上洛する覚悟が有るのかとな。

だから美乃を出す。これが俺の返事だ」

「はい」

頷くと夫も頷いた。そして〝ハハハハハハ〟と笑い声を上げた。

「皆疑問に思うだろうな。何故(なにゆえ)美乃を朽木へ嫁がせるのかと。だがいずれ分かる。その時が楽しみよ」

「はい」

「まあ表向きには朽木は小身だが宇多源氏の血を引く名門、幕府の御供衆にも任じられる家だと説明する事になるな」

夫が残っていた羊羹に手を伸ばした。そして一口で食べると〝美味(うま)かった〟と言って席を立った。


永禄四年(一五六一年)一月上旬　山城国葛野・愛宕郡　平安京内裏　勧修寺晴豊

「良い正月でおじゃりますな」

「はい、良い正月でおじゃります」

隣に居る甘露寺右中弁殿の吐く息が白く凍る。自分の息も白く凍る。前方に見える左近の桜には花も無ければ葉も無い。寒々しい姿を見せている。でも寒いとは感じない。むしろ心が温かく弾む。今年は元日に小朝拝が行われ節会も行われた。帝も公家達もその事を喜んでいる。多分、多くの公家が喜び同じように胸を弾ませているだろう。隣に居る右中弁殿も。

「運上がここまで役に立つとは思いませんでした。銭が有るというのは真に有り難い事でおじゃりますな、左少弁殿」

「はい、麿もそう思います。正直に申しますと頭中将殿が二百貫を献上するとは思いませんでした」

私の言葉に右中弁殿が顔を綻ばせた。

「日頃の御厚恩に応えたいとの事ですが皆のやっかみを怖れたのでおじゃりましょう。飛鳥井一族は随分と引き立てられていますから」

右中弁殿の言葉に素直に頷けた。飛鳥井家は外様から内々へとなった。そして頭中将は春齢様を娶り新蔵人から頭中将へと昇進した。帝の女婿になったのだからそれに相応しい地位が与えられるのは当然の事ではあるが蔵人の地位に在ったのは僅かに三月ほど。後任の蔵人は従兄の飛鳥井雅敦。飛鳥井一族は妬ましくなる程に引き立てられている。

「それだけに心穏やかならぬ方も居られます」

私の言葉に右中弁殿が頷いた。表情を曇らせている。

「同じ蔵人頭として張り合う事になりますからね」

「はい」

二人で顔を見合わせた。宮中では面白可笑しく飛鳥井と万里小路の競り合いを話す者も居る。しかし二人の身近に居る私と右中弁殿にとっては迷惑でしかない。

「大きな声では言えませんが頭弁殿は余り頼りにはなりませぬ。我等は否応なく頭中将殿を頼る事に成るかもしれませぬ」

「かもしれませぬ。ですが貫首は頭弁殿でおじゃります」

「そうでおじゃりますな」

二人で息を吐いた。頭中将を頼る。十分過ぎる程に有り得る事だ。だが飛鳥井一族に不快感を持つ者達は当然面白く思わないだろう。我等が飛鳥井一族に付いたと思い敵視するかもしれない。宮中の勢力争いに巻き込まれる事になる。その事を言うと右中弁殿が深刻な表情で頷いた。

「厄介な事です。麿もそれを心配しています。特に今は……」

「はい、目々典侍殿が……」

「ええ」

二人とも歯切れが悪い。目々典侍が懐妊した。懐妊そのものは皆が喜んでいる。帝には誠仁様しか男皇子が居られない。その事を皆が不安に思っているのだ。目々典侍が男子を産んでくれればというのは多くの者が思う事だろう。だが目々典侍は飛鳥井一族なのだ。そして頭中将の養母でもある。飛鳥井一族に不快感を持つ者にとっては忌々しい限りだろう。特に女子が望ましいと言えない状況だけにその不快感は強いに違いない。

「新大典侍殿が随分と苛立っていると聞いておじゃります。左少弁殿は御存じかな」

「麿も聞いておじゃります」

二人で顔を見合わせて息を吐いた。白く凍る息が恨めしい。

「飛鳥井一族に追い上げられているという危機感がそれだけ強いのでおじゃりましょう。我等の仕事に悪い影響が出なければ良いのですが……」

「右中弁殿は万里小路権大納言様が室町第に頻繁に足を運んでいるのを御存じでおじゃりますか？」

右中弁殿が私を見て〝ほう〟と声を上げた。面白そうに私を見ている。

「そのような事が……。良く御存じでおじゃりますな」

「飛鳥井家ほどではおじゃりませぬが勧修寺家も万里小路家とは競い合う間柄におじゃります」

「左様でおじゃりましたな」

右中弁殿が頷いた。万里小路家は一度途絶えた。それを再興したのが勧修寺家の人間だった。本来なら仲睦まじくなる筈だがそうはならなかった。万里小路家は外戚となり勢威を伸ばし勧修寺家はそれを羨む立場に有る。当然だが万里小路家もそれは分かっている。頭弁の私を見る目は温かいものではない。

「権大納言様が室町第へ……。関東の事でおじゃりましょうか？」

「おそらくは。関東では長尾の許に兵が随分集まっていると聞きます。十万に達する程だとか」

「十万。……頭中将殿は関東制覇は成らないと言っておじゃりましたが……」

右中弁殿が不安そうに言った。

「はい、幕府内部でも関東制覇は成るという声が強いそうでおじゃります。頭中将殿の顔を潰せると」

「なるほど、それで権大納言様が……」

「だと思いまする」

〝なるほど〟と言って右中弁殿が二度、三度と頷いた。そして私を見た。

「敵の多い御方でおじゃりますな」

「はい」

「不謹慎ではおじゃりますが先が楽しみでおじゃります」

「はい」

二人で顔を見合わせて笑った。関東制覇は成るのか、成らないのか。生まれてくる子は男子なのか女子なのか。誰の顔が潰れ誰の評価が高まるのか。まるで予断を許さない。一体どうなるのか……。


永禄四年（一五六一年）一月中旬　山城国葛野・愛宕郡　平安京内裏　飛鳥井基綱

「養母上」

部屋の入り口から声を掛けると養母が〝頭中将殿〟と言って嬉しそうに顔を綻ばせた。うん、右近衛権中将になった。そして蔵人頭を兼任して位階は従四位下だ。皆からは頭中将と呼ばれている。ちなみに従兄の雅敦が新たに蔵人に任命され新蔵人と呼ばれている。一度じゃ無い、続けて二度目だからな。五位蔵人は二人体制から三人体制に、そして一人は羽林から選ばれる事になるようだ。多分、羽林から選ばれる蔵人はずっと新蔵人と呼ばれるのだろう。羽林の家格の公家達は一つポストが増えた事に喜んでいる。近衛少将から蔵人を兼任して近衛中将、蔵人頭というわけだ。出世コースの一つと認識されている。

「今日は新蔵人殿は一緒ではないのですか？」

座ると直ぐに問い掛けてきた。

「従兄上は甘露寺右中弁殿から仕事を教わっているところでおじゃります」

「そうですか。意地悪をされていませんか？」

養母が不安そうな表情をしている。

「いいえ、そのような事はおじゃりませぬ」

まあ新人いじめは何処(どこ)でもあるけど大丈夫。同じ五位蔵人の甘露寺右中弁、勧修寺左少弁の二人はそんな性格の悪い人間じゃ無い。

「それなら良いのですけど」

ホッとしたような表情をしている。うん、和むなあ。

「養母上、御加減は如何ですか？」

問い掛けると養母がにっこり笑ってお腹に手をやった。

「ええ、大丈夫ですよ」

「それは宜しゅうおじゃりました」

昨年の暮れ、俺と春齢の婚儀の後、養母が懐妊している事が分かった。養母は俺と春齢の婚儀の件で頭が一杯で気付かなかったらしい。そういうちょっと抜けたところの有る養母が好きだな。飛鳥井家は皆大喜びだ。帝も喜んでいる。元日の節会ではその事で一頻(ひとしき)り盛り上がった程だ。

「頭中将殿が何かと気遣ってくれますから安心です」

養母が部屋の隅に控える二人を見た。二人とも三十代後半、細面でほっそりと華奢な姿をしている。名前は松と梅。この二人、姉妹らしい。瓜二つだ。違いは松には右の目尻に黒子がある事だ。

重蔵のところから養母の身辺警護にと呼んだ。

養母が懐妊したという事はタイミングも有るのだろうが帝の寵愛が深いという事でもある。そして帝には男皇子は一人しか居ない。皇統の維持という点では不安が有るのだ。節会でもその事は話題に出た。養母に男皇子を産んで欲しいと思うのは帝だけでは無いのだ。だがそれを不安、不快に思う人間もいる。油断は出来ない。

「異常は無いか?」

問い掛けると二人が頷いた。

「頼むぞ」

今度も頷いた。タイミングが同じだ。もしかすると双子かも知れない。それに無口なのも良い。

「春齢は如何(どう)していますか?」

「元気でおじゃります。麿の世話を焼きたがります。困ったもので……」

養母が〝ホホホホホホ〟と笑った。

「此処に居る時から頭中将殿の身の回りの世話をしたがりましたからね」

「はい」

俺が許さなかった。婚約者だが春齢は主筋の娘なのだ。結婚するまではそんな事はさせられない。

「昨日、帝とお話ししたのですが節会の事、とても喜んでおられましたよ。そなたの働きを喜んでおられました」

「畏れ多い事でおじゃります」

漸く実現出来たからな。相当に嬉しいらしい。俺も直々に礼を言われた。恐縮だよ。

「宮中でも評判が良いそうですね」

そりゃ久し振りの事だからね。嬉しいさ。銭の力は大きいよ。

「それだけに用心が必要でおじゃりましょう」

「ええ」

養母が頷いた。出る杭は打たれるという言葉も有る。飛鳥井は慶事続きだ。そして勢いも有る。当然だが妬む人間も居る。

「織田殿から返事が来ました」

「まあ、それで、何と?」

養母が声を弾ませた。

「向こうも乗り気でおじゃりますな。織田殿の妹を嫁がせると返事が有りました。名は美乃、歳は十六だそうです」

養母が満足そうに頷いている。実妹だからな。信長はこの提案の意味を十分に分かっている。将来への布石を打ち始めたという事だ。それにしても美乃ね。誰の事だろう？　お市ではないと思うんだが……。信長は兄弟姉妹が多いから良く分からんな。

「織田殿の返事には三河の松平に動きが出たとおじゃりました」

「では?」

「はい、今川への不満が出始めたと」

養母が大きく頷いた。

「関東ですね」

囁（ささや）くような声だ。

「はい、長尾が上州で越年しました。その事で関東の大名、国人衆達が長尾の北条攻めに同調しつつあります。北条は相当に危機感を募らせているようでおじゃりますな」

また養母が頷いた。

「これからどうなります？」

うん、視線が熱い。

「関白殿下の文によれば長尾勢は十万を超えるだろうとの事でおじゃります。武田、今川も北条の苦境を無視は出来ない。関東の情勢には危機感を持っておじゃりましょう」

「……十万ですか」

養母が目を瞠（みは）っている。うん、なかなか可愛い。殿下は大喜びだったな。関東制覇も不可能ではないと喜んでいた。文面から嬉しさが滲み出ていた。

「では？」

「今川には西を見る余裕はおじゃりませぬ。松平は孤立する事になります」

シンとした。養母だけじゃ無い。梅、松も息を吞（の）むように俺を見ている。

「松平次郎三郎の母方の縁者に水野という者が居ります。その者が織田に付いてはどうかと説得しているそうです」

養母が頷いた。

「朽木に文を送ります。長門の叔父上が織田殿に縁を結びたいと使者を送る事になりましょう」

織田、朽木で縁結びが出来たら時機を見て長門の叔父が織田と浅井の縁結びを提案する。時機は観音寺騒動の後だな。そうすれば浅井が朽木を攻める事は無い。となると今年から来年、此処をどう凌ぐかだ。


永禄四年(一五六一年)　一月中旬　　近江国高島郡安井川村　　清水山城　　朽木稙綱

「実妹でございますか?」

五郎衛門が驚きの声を出した。同席している長門守、左兵衛尉、右兵衛尉、左衛門尉、新次郎も驚いている。織田は五十万石は超えよう。朽木は二万石、そして尾張と近江は決して近くはない。本来なら養女でもおかしくはない。

「うむ。十六歳、名は美乃だそうだ」

また驚きの声が上がった。長門守は三十の半ばを越える。余りにも釣り合いが取れぬ、そう思っているのだ。

「驚きましたな」

新次郎が首を横に振った。皆が頷いている。一番大きく頷いているのは長門守だ。自分のことだけに信じられぬのだろう。

「織田は本気のようだな。本気で上洛を考えている」

皆が儂を見た。中には頷く者も居る。

「しかし、可能なので？」

「以前にも言ったが頭中将は可能だと考えているようだ。まあ美濃を獲ってからなら織田の領地は百万石を超える。南近江も入れれば百五十万石、不可能とは言えまい」

儂と五郎衛門の遣り取りに〝それは分かりますが〟、〝まあ〟と声が上がった。

「となると美濃を獲れるかどうかですな」

左兵衛尉の言葉に皆が頷いた。

「織田も正念場であろう。桶狭間の勝利が運なのか、それとも武略なのか。皆が見ている。失敗は出来ぬ」

儂の言葉に長門守が大きく頷いた。戦で勝つ事の重要さ、領地を広げる重要さは長門守自身が身を以って知っている。高島越中を討ち取り朽木を二万石にした事で家臣達は長門守への信頼を強めた。以前に比べれば長門守は随分と遣り易くなった筈だ。そして今回織田と縁を結べばまた一つ長門守への評価を高めるだろう。

「幕府には何時報せます？」

右兵衛尉が問い掛けてきた。皆が顔を見合わせている。

「急ぐ事は無いわ。縁談が正式に纏まってからで良かろう。まあ、直ぐに纏まるだろうがな」

「文句を言いましょうな。何故事前に話が無い、勝手に決めるなと」

左衛門尉がうんざりしたような口調でぼやいた。そうかもしれぬの。だが……。

「長門守を等閑にしたのは幕府の方であろう。文句は言わせぬ」

皆が儂を見ている。驚いたような表情をしている者も居る。儂が幕府を批判したのが意外だったようだ。だがな、許せぬのよ。儂の倅をコケにするだけで無く孫にまであぶれ者を送るような奴らに遠慮などせぬわ！　朽木が足利にどれだけ尽くしてきたと思っている！　馬鹿にするな！

「幕府が世話せぬから我らは自分達で嫁を決めたまで。そう突っぱねれば良い。まあ朽木が織田と縁を結べば幕府にも都合が良かろうとでも言っておけば良いわ。頭中将の文にもそう書いてある。後は勝手に自分に都合良く考えるであろうよ。フフフ」

儂が嗤うと皆も満足そうな笑みを浮かべた。そう、儂の不満は儂だけのものではない、朽木の者皆の不満なのだ。

「長門守よ、早う文を書け。織田殿へな。儂はそなたの嫁が早う見たい。孫の顔もだ。そなたもそうであろう？」

「まあ、それは」

倅が照れている。皆がニヤニヤと長門守を見ていた。

「それと今少し垢抜けた衣装を身につけよ。嫁御は若いのだ、嫌われぬようにな」

「はい」

自覚が有ったのだろうか？　面目無さそうな表情をしている長門守を見て皆が笑い出した。

永禄四年（一五六一年）　一月中旬　　尾張国春日井郡清洲村　　清洲城　　織田美乃

ドンドンドンドンと足音が聞こえてくる。足音を抑えようなんて考えた事の無い人の足音。可笑しく思いながら下座に控えた。

「美乃！　居るか！」

声と共に兄がカラリと戸を開けて部屋に入って来た。私を見て〝うむ〟と頷くと上座に行ってドスンと腰を下ろした。

「兄上、寒うございます」

立ち上がって戸を閉めて席に戻った。兄が〝そうか〟と言った。いつもの事。最初は閉めてくれと頼んだけど兄が戸を閉めた事は無い。今は諦めて自分が閉めている。

「美乃に話が有る。席を外せ」

女中達が一礼して席を立った。人払いをするなんて一体何の話かしら。

「婿を決めたぞ」

いきなりの事で兄が何を言っているのか分からなかった。婿？

「……私のでございますか？」

「そうだ。他に誰が居る」

嫁ぐのだと思った。何時かはこんな日が来ると思っていたから驚きは無かった。

「お相手は？」

「朽木長門守藤綱だ。向こうから織田と縁を結びたいと言ってきた」

朽木？　聞いた事が無い。尾張ではないわね。桶狭間で勝ってから尾張国内では兄の勢威が強まっている。では美濃？　伊勢？　それとも三河の国人かしら。

「兄上、その朽木というのは何処の……」

兄が笑いだした。

「近江国高島郡の国人だ。二万石ほどを領している」

「近江？　二万石？」

「そなたは分かり易いな」

「お人が悪うございます。何か理由が有るのでございますね」

問い掛けると兄が〝うむ〟と頷いた。表情が改まっている。

「飛鳥井基綱という公家を知っているか？　今は朝廷で頭中将の地位にある人物だが」

「はい。去年の今川との戦の折、この城に滞在されていました」

戦の最中に来て直ぐに京に戻ってしまった。何をしに来たのかと思ったけど……。私よりも年下だった。あの時は右近衛少将だった筈。今は頭中将なの？　では帝の御側近なのかしら。

「朽木長門守は頭中将の叔父だ」

「まあ、では縁談は頭中将様の御要望なのですか？」

「そなたは聡いな」

兄が満足そうに笑みを浮かべている。

「でも頭中将様は何故織田と朽木を結びつけようとしているのです？」

兄がジッと私を見た。怖い程に真剣な目。嫌でも身が引き締まった。

「頭中将はな、俺を上洛させようとしているのだ」

「上洛」

予想外の答えに呆然とした。頭中将様は兄を上洛させようとしている。本気なの？

「あの、頭中将様は信用出来るのでございますか？」

兄が笑い出した。膝を叩いて笑っている。

「そうだな、先ず信じられまいな。尾張の出来星大名を上洛させるなど」

「そんな意味では」

兄が首を横に振った。

「いいや、美乃の懸念は尤もだ。一昨年、俺は僅かな兵を率いて上洛した。だが幕府は俺の事など全く相手にしなかったな。尾張の田舎者が何をしにやって来たのか、そんな扱いだった」

「……兄上」

苦い表情をしている。兄にとっては屈辱だったのだと思った。

「その時だ、頭中将に会ったのは」

「……」

「向こうから会いたいと言ってきた。会って驚いたな。あの男は幕府など無用の長物だと思っていたのだ。そして俺の上洛を望んでいた」

兄の声が弾んでいた。

「兄上はそれを信じられるのですか？」

兄が〝勿論だ〟と言った。

「美乃は信じられぬか？　だがな、頭中将は本気だぞ」

「……」

兄がグッと身を乗り出して来た。

「桶狭間の勝利はな、俺一人で考えたものではない。頭中将と二人で考えたものだ」

「嘘」

思わず言ってしまうと兄が声を上げて笑った。膝を叩いて笑っている。

「嘘は良かったな。だが事実だ。今俺は三河の松平をこちらに引き寄せようとしている。松平がこちらに付けば俺は今川を気にせず美濃攻めに取り掛かれる。そうだろう？」

「ええ」

兄の言葉に頷いた。でも可能なのかしら？　織田と松平は犬猿の仲なのだけど……。私の想いが分かったのかもしれない。兄がニヤリと笑った。

「今関東では長尾が十万の大軍で北条を攻めている。その所為でな、今川は北条のために援軍を出そうとしているらしい。その事で松平は相当に不満を募らせている。織田の勢威が強まるのに今川は三河を無視している。今川は自分達を見殺しにするのかとな」

「……では……」

兄が頷いた。

「そうだ。松平は今川から離れ織田と組む。そして三河から遠江、駿河へと勢力を伸ばす。俺は美濃だ。美濃を獲れば尾張、美濃で百万石の身代になる。上洛が見えてくる」

「頭中将様がそのように？」

兄が〝そうだ〟と言った。目が怖い程に輝いている。

「あの男は桶狭間で俺が治部大輔を討ち取れば長尾が関東に攻め込むと見ていた。今川は態勢の立て直しと北条を助けるのに精一杯で三河を振り返る余裕は無い。付け込む隙が有るとな。その通りになりつつある」

そんな凄い事を考えていたなんて……。兄が〝憎い男よ〟と呟（つぶや）いた。嫉妬しているのかもしれない。でも私が男だったら……、やはり嫉妬せざるをえないだろう。

「朽木は近江の国人だがその領地は京に接している。俺が上洛すれば頼りになる親族が京の直ぐ傍に居る事になる」

なるほどと思った。織田は畿内に親しい親族は居ない。私が朽木に嫁げば兄にとっては貴重な味方という事になる。

「美濃を獲れますの？」

問い掛けると兄が強い口調で〝獲る！〟と言った。挑発されたと思ったのかもしれない。

「だから朽木へ嫁いでくれ」

「分かりました。朽木で兄上をお待ちしております」

兄が満足そうに頷いた。

「ところで長門守様はどのような御方ですの？」

兄の目が揺らいだ。何か言い辛い事が有るのだと思った。一体……。

「朽木氏は宇多源氏の流れで鎌倉に武家の府が有った頃から朽木を領してきた一族だ。幕府とも繋がりが深く今の公方は三好に京を追われた時、朽木に五年程滞在した。朽木は幕府にとっては最も信頼出来る家だ。だがどうもここ最近は朽木が中将と関係が深い事を快く思わず朽木に対する幕府の扱いが粗雑になったらしい。それでな、中将は朽木と織田を繋げようとした。朽木も幕府はもう頼りにならぬと見て織田と縁を結ぶ事を選んだ」

「兄上、他には？」

兄の目がまた揺らいだ。

「うむ、当主の長門守だが歳は三十の半ばと聞いた」

「まあ」

思わず声が出た。兄は表情を消している。

「では私は兄上よりも御年上の方の妻になりますのね」

「そういう事になるなあ。しかし男というのは歳の若い女子を可愛がるからな。大事にしてもらえると思うぞ」

そう言うと〝では頼むぞ〟と言って兄は足早に部屋を出て行った。だから戸を閉めなければ寒いと言っているのに……。

「兄上！　寒うございます！」

部屋の中から大声で怒鳴ると〝頼んだぞ！〟と返事が返って来た。全く、狡いんだから……。朽木長門守様、一体どんな方かしら。


永禄四年（一五六一年）一月下旬　　山城国葛野・愛宕郡　　平安京内裏　　高倉永相

「義兄上、良い正月でおじゃりますな」

殿上の間へと向かう途中、歩きながら話し掛けると義兄水無瀬兼成(みなせかねなり)が〝うむ〟と満足そうに頷いた。義兄と自分は今年参議に昇進した。十五歳以上も年下の私と同じ地位に在る。その事に不満がないとは思えないが義兄がそれを表情に出す事は無い。何と言っても高倉家と水無瀬家は二重の縁で結ばれているのだ。義兄の妻は私の姉だったが子供に恵まれなかったため養子をとった。その養子は姉と私の弟だ。義兄は高倉家に囲まれていると言って良い。時には気疲れする事も有るだろう。義兄には出来るだけ敬意を払って接するようにしている。

「真に良い正月でおじゃるの。皆の顔が明るい」

「小朝拝と元日節会が行われるなど久しく無かった事。今年は良い年になるだろうと皆が喜んでおじゃります」

「帝もお慶びであられると聞く」

「はい。それに我等も参議に任じられました」

「そうでおじゃるの」

義兄が嬉しそうに言った。参議の昇進に華を添えたと思っているのだろう。自分にもそういう気持ちは少なからず有る。今年の小朝拝と元日節会は自分と義兄にとって忘れられない思い出になるだろう。

「やはり銭が有るというのは良い。頭中将を商人のようなと誹る者も居ると聞くが頭中将が居なければ小朝拝も元日節会も行われなかった。詰まらぬ正月になった事でおじゃろう」

「はい、それに頭中将は二百貫を献上しました。元日節会はその二百貫で行われたそうにおじゃります」

「うむ。帝の御信任も当然の事でおじゃるの」

春齢様との結婚、そして二百貫の献上。帝は当時新蔵人の地位に在った頭中将に対して自分の女婿に相応しい地位を与えたいと左府、右府に諮った。帝の意の有るところは二人も分かっている。二人は従四位下に昇進させ蔵人頭、右近衛中将に任じるのが至当であると言上した。いずれは頭中将に任じられるだろうとは思っていたが予想よりも早かった。皆がそう思っているだろう。だがその事に不満を言う者は殆ど居ない。その実力は皆が認めている。

「その事で新大典侍が相当に不満を持っているとか」

義兄が私をチラッと見た。目が笑っている。

「無理もおじゃらぬ。目々典侍が懐妊した。皇子が生まれれば誠仁様にとっては強力な競争相手となりかねぬ。万里小路は飛鳥井に追いやられるのではないかと不安なのでおじゃろう」

飛鳥井一族は昨年内々に任じられた。目々典侍の懐妊、頭中将への信任。飛鳥井は上り調子だ。万里小路一族に不安、焦りが出るのも仕方が無い。義兄が笑みを収めた。

「しかし帝には誠仁様しか皇子は居られぬ。これは不安じゃ。出来れば皇子をというのは皆の思いでおじゃろう」

「はい」

義兄の言う通りだ。節会でも皆が皇子の誕生が望ましいと言っている。皇統への不安は払拭したいのだ。殿上の間に着いた。他の公卿達と挨拶を交わす。雑談をする中で話題になるのは小朝拝と元日節会、目々典侍の懐妊、頭中将、御成りの事だ。そして雑談をしながら皆が目で頭中将を追っている。甘露寺右中弁、勧修寺左少弁が困った様子で頭中将に相談しているのが見えた。頷いていた頭中将が頭弁の許に行き何事かを告げると頭弁が目に見えて狼狽(ろうばい)した。そんな頭弁を頭中将が宥めた。そして甘露寺右中弁を手招きすると一言、二言告げる。右中弁が頷いて左少弁を連れて足早に殿上の間を去った。頭弁が面目無さそうな表情をしている。頭中将が頭弁に穏やかな表情で話しかけるとホッとしたような表情を見せた。最近良く見かける光景だ。

「些(いささ)か頼りないの」

義兄が顔を寄せてきて囁いた。目が笑っている。

「真に、困った事でおじゃります」

「帝もお困りだと聞く」

新大典侍の不満の一因に甥である頭弁が頼りない事が有る。どうも要領が良くないのだ。下僚に対して指示が的確に出せないらしい。仕事を後回しにする事も有ると聞く。そのため蔵人所の仕事が滞る事がしばしば有るようだ。下僚達は頼りにならない頭弁よりも頭中将を頼るようになりつつある。そして勾当内侍も頭弁より頭中将を頼りにしている。判断が速く的確だというのだ。徐々にだが蔵人所では頭中将の影響力が強まりつつある。

未だ十三歳だが弱年とみて侮る者は居ない。あと二年も経てば参議になるだろう。そして直ぐに従三位となり権中納言に昇進するに違いない。十代の半ばで権中納言か。となれば二十歳を過ぎる頃には権大納言へと昇進するかもしれぬ。家格が羽林ならばそれ以上の昇進は難しいが春齢様を娶っている事を考えれば特例として内大臣への昇進も有り得るだろう。実力は十分に有るのだ。ふむ、生まれてくるのが皇子ならばその御方が皇位に即く事も有り得るか。万里小路一族が不安に思うのも無理は無い。

殿上の間には飛鳥井権中納言、万里小路権大納言の姿も有った。権中納言は満足そうな、そして権大納言は苦虫を噛み潰したような表情をしている。これも最近良く見る光景だ。目々典侍が男皇子を産むようなら権大納言の顔は益々歪むだろう。生まれるのは七月頃と聞いているが一体どちらが生まれるのか……。

呪詛

永禄四年（一五六一年）　二月上旬　　　山城国葛野・愛宕郡　　西洞院大路　　飛鳥井邸

飛鳥井基綱

「お疲れのところ、申し訳ありませせぬ」

重蔵が申し訳なさそうに言った。まあ夜更けに押しかけてきたんだからな。だが頭中将は激務なんだから日中はなかなか会えない。仕方が無いんだ。

「気にする事はおじゃらぬ。それよりも梅と松の事、助かっている。養母上も頼りにしているようだ」

「それは宜しゅうございました」

重蔵が満足そうに頷いた。

「急ぎの用と聞いたが何か起きたかな？」

「四つございます。先ずは目々典侍様の事で。だいぶ騒がしゅうございます」

重蔵が夜中にわざわざ報せに来るという事は無視出来ない状況にあるという事だろう。厄介な……。

気分転換に熱いゲンノショウコを一口飲んだ。疲れた身体（からだ）には美味いわ。重蔵も美味（おい）しそうに飲んでいる。

「未だ未だ寒い日が続くな」

「真に」

そう答える侍姿の重蔵はあまり寒そうには見えない。まあ忍者だからな。その辺は一般人より鍛えているんだろう。

「誰が騒いでいるのだ？　万里小路か？」

「武家も騒いでおります」

武家もか……。重蔵がジッとこちらを見ている。

「幕府か？」

「はい」

重蔵が頷いた。

幕府の中に養母の懐妊を面白くなく思っている連中がいる。男皇子が生まれれば俺の勢威が今以上に強くなると思っている。そういう事だろう。

「密かに陰陽師に祈祷をさせているようで」

「……誰だ？」

「上野、進士など、男皇子が生まれぬようにと」

「愚かな」

世の中馬鹿が多いよ。うんざりするわ。それにしても祈祷か。戦国乱世だからな。幕府が頼りにならない所為で呪術だの宗教だのが幅を利かせている。中世ど真ん中だな。

「公方は知っておじゃるのかな？」

重蔵が首を横に振った。やはりな、義輝には家臣に対する統制力は殆ど無いな。それだけに幕臣達が何をするか分からない危うさが有る。ふむ、もしかするとこれが幕府の、義輝の凄みかな。

「新大典侍は？」

問い掛けると重蔵が〝今のところは〟と首を横に振った。動きは無いか……。

「但し、兄の権大納言万里小路惟房（これふさ）が上野、進士に接近しております。新大典侍が絡んでいるのかは分かりませぬ」

「……」

「如何なさいます？」

重蔵が俺を見た。溜息が出た。

「養母上のお耳に入る前に片付ける。あれは気にしたら負けでおじゃろう」

「はっ」

「権大納言は麿が釘を刺す。頭弁を使う」

誠仁様の立場が悪くなると脅せば権大納言は動かなくなるだろう。

「幕臣達は？」

「幕臣達か……。そうだな、春日局に頼もう。馬鹿共に釘を刺して欲しいと」

「……」

不満そうだな。

「そちらは依頼を受けた陰陽師を殺して欲しい。出来るだけ残酷にな。そして帝の御子を害そうと呪詛して天罰が下った、依頼人が怖くなって証拠隠滅のために口を封じたと噂を流す」

重蔵が頷いた。こういう噂は直ぐに広まる。二度と養母を呪おうとする阿呆は出ないだろう。

「二条、九条達五摂家に動きはおじゃらぬか？」

「今のところは」

なるほどな、連中は未だ余裕が有る。万里小路は天皇家と密接に繋がる事で勢威を維持してきた。それだけに焦りが有る。それに比べれば二条、九条達は黙っていたって摂政、関白まで出世する。そこの違いだろう。それに皇統の維持を考えれば養母の懐妊は歓迎するべき事なんだ。元日節会でも連中は喜んでいた。

「二つ目は？」

「松平が幕府に馬を献上するそうにございます」

「ほう」

思わず声が出た。重蔵も顔を綻ばせている。幕府に馬を献上する。つまり松平は直接幕府と繋がりを持とうとしている。それは今川の配下から抜け出すという事だ。

「とうとう織田と結ぶ気になったか」

「織田と結ぶ前に幕府と繋がりを持とうとしたようで……」

「なるほど、家格を上げるか」

「はい」

笑いが止まらない。重蔵もニヤニヤしている。家康、いや今は元康だったな。なかなかやるもんだ。

「相当に悲観しておりますな」

「そうか」

「今川は頼りにならぬと見たようで」

「そうでおじゃろうな」

上州の長尾の許には関東の武士達が集まっている。北条も危ないと見たのだろう。そして今川は態勢の立て直しと関東への援軍で精一杯だと判断した。元康は孤立無援になった。

「公方も喜ぶ事でおじゃろう」

「はい」

長尾は大軍を集め元康が使者を寄越した。六角、畠山も三好との戦に乗り気だ。ウハウハだろうな。

「それと六角が一色と同盟を結びました」

「……」

改元の時は一色を味方に付ける事で六角を抑えた。今度もそれをするかもしれないと見て先手を打ったか。一色も織田が勢力を伸ばしている事で不安になった。六角との同盟は望むところというわけだ。

「六角側で推し進めたのは嫡男の右衛門督にございます」

「急でおじゃるの」

「申し訳ありませぬ。密かに進めていたようで……。動きを掴めませんでした」

「なるほど、本気という事か」

重蔵が〝はい〟と頷いた。右衛門督か……。おそらく段取りは父親の左京大夫が整えただろう。密かに進めていたというのは家臣達にも知られないようにしたという事だ。周囲に右衛門督は六角家のために頑張っている、そう思わせたいのだろう。左京大夫は戦の前に少しでも右衛門督の立場を良くしようとしている。

「それと、十河讃岐守の姿が見えませぬ」

シンとした。重蔵は俺を窺うように見ている。

「それが四つ目かな？」

「はい。十河讃岐守は和泉国で松浦家に養子に行った息子の後見をしている事になっておりますが……」

「始まったか」

「かもしれませぬ」

胸の鼓動が速くなった。興奮しているのかな。

「讃岐守に人は張り付けておらぬな？」

「はい。遠くから監視しております」

遠くからか、まあ良いだろう。

「畿内騒乱の始まりだな」

重蔵が頷いた。

「三好、幕府、六角、畠山、如何動くか……。重蔵、目を離すなよ」

「はっ」

重蔵が畏まった。


永禄四年（一五六一年）二月上旬　山城国葛野・愛宕郡　平安京内裏　飛鳥井基綱

「頭弁殿」

声を掛けると頭弁が露骨に身体を強張らせた。未だ声を掛けただけだろう！

「何用でおじゃるかな、頭中将」

「少々お時間を頂けませぬか？」

「麿は忙しいのだが……」

おいおい、そう逃げ腰になるなよ。スッと傍に寄った。頭弁が露骨に嫌な顔をする。俺だって好きで近寄ったわけじゃ無いぞ。プンプン！

「お父君、権大納言様の事で御相談が」

小声で囁くと頭弁が不機嫌そうな表情を見せた。周囲には甘露寺、勧修寺などが居る。

「他人に聞かれたく有りませぬ」

〝あちらで〟と囁くとぎこちなく頷いた。奥の小部屋へと誘う。キョロキョロするな、却って怪しまれるだろう。

「父上の事とは」

部屋に入ると直ぐに話し掛けてきた。不安そうな表情をしている。

「頭弁殿は権大納言様が近頃幕臣達と親しくしているのを御存じでおじゃりますか」

「知っている」

「では、その幕臣達が麿の養母を呪詛しているという噂も？」

頭弁がギョッとしたような表情を見せた。

「馬鹿な、麿はそのような噂は知らぬ」

「真に？」

問い掛けると頭弁が激しく頷いた。

「真だ。関東で長尾の勢いが凄まじい。北条も危うい。長尾が上洛する日が来るのではないか。今から幕府に近付いておいた方が良い。父上はそう考えたのだ。呪詛など関係おじゃらぬ」

なるほど、有り得ない話じゃ無い。俺が関東制覇は成らないと言っているからな。逆張りをした可能性もある。

「良く分かりました。権大納言様は関係ないようでおじゃりますな」

頭弁がホッとしたような表情を見せた。

「分かってくれるか」

「勿論でおじゃります。いや、麿も安心しました。権大納言様が絡んでいるとなれば大変な事になります。権大納言様だけの問題では済みませぬ。万里小路の家は帝にとって特別な家では有りますが相応の咎めを受けましょう」

頭弁が顔を青ざめさせた。謀叛と判断されても仕方が無いのだ。家を潰されかねない。そう思ったのだろう。

「この件、頭弁殿から権大納言様にお伝え下さい。詰まらぬ噂に巻き込まれぬようにご用心をと。一つ間違えると誠仁様のお立場にも悪い影響が出かねませぬ」

「ああ、分かった。父上には麿から話す」

頭弁が安心したように息を吐いた。まあこっちはこれで良いだろう。後は幕臣達だな。

永禄四年（一五六一年）二月中旬　山城国葛野・愛宕郡　西洞院大路　飛鳥井邸

飛鳥井基綱

「何を読んでるの？」

春齢が覗き込むように俺の手元を見ている。

「朽木の御爺からの文だ」

〃フーン〃と春齢が言った。

「長門の叔父御と織田殿の妹の縁談が正式に決まった。輿入れは四月になる」

春齢がまた〃フーン〃と言った。そしてさり気なく身体を寄せて来た。四月か、結構忙しいな。

幕府の邪魔が入らぬように、そんなところかもしれん。

「式には出るの？」

目を輝かせている。多分清水山城に行きたいのだろうな。

「いや、仕事が有るから無理でおじゃろうな」

頭中将って激務なんだよ。常に帝の傍に居ないといけないんだから……。その事は春齢も分かっている。それでも寂しそうな表情をする彼女を見ると胸が痛んだ。本当は式を挙げた後に朽木に連れて行こうと思ったんだが京を離れる事は出来なかった。

「三月には三好の邸（やしき）へ御成りがおじゃろう。何か畿内で動きが出るかもしれない。そういう意味でも行くのは難しい」

春齢が表情を曇らせた。

「戦になるの？」

「それは分からない。だが戦をしたがっている者が居る。戦というのはその気になれば何時でも始められる。止めるのは難しいがな……」

足利、六角、畠山、細川。……連中は三好との戦を切望している。そして三好がそれを避けようとするとは思えない。切っ掛けが有れば戦は簡単に始まるだろう。その事を言うと春齢が〝そうね〟と頷いた。

「それに麿と朽木の関係は出来るだけ薄いと思わせなければ……」

「そうよね、援助も断ったんだものね」

「うん」

朽木からの援助を断った事で色々と噂が流れている。公家達の間では勿体無いともっぱらの噂だそうだ。運上と領地で余程に収入が有るのだろうと羨む声も有る。そして幕府では俺と朽木の関係はあくまで俺と祖父の関係が親密なのであり、俺と長門の叔父は疎遠なのだと見ているらしい。長門の叔父は式に出なかったからな。それに俺を追って当主に成ったという経緯も有る。長門の叔父は俺よりも幕府を重んじていると思いたいのだ。まあそう思って貰えれば幸いだ。

「まあその辺りは御爺も長門の叔父御も分かっている。祝いの品を贈って終わりだ。織田にも贈らなければ……」

何が良いんだろう？　後で葉月に相談だな。その事を言うと春齢が頬を膨らませた。あのなあ、これは仕事だろう。一々焼き餅を焼くな！　注意すると唇を尖らせた。全く！　結婚したら少しは治まるかと思ったらむしろ激しくなった。困ったもんだよ。

「織田との繋がりは大事にしなければ……。以前にも言ったがいざとなればそちらに逃げる事も有り得る」

「……尾張には行って欲しくない」

未だ不満そうな表情をしている。

「麿が殺されてもか？」

「そんな事は」

首を横に振った。声が小さい。

「公家は力が無い。自分で自分の命を守るのには限界が有る。逃げる場所は確保しておかなければ……」

「越前の朝倉は？」

なんだかなあ、妙に織田を嫌っているんだよな。

「宗滴亡き後の朝倉は頼りにならぬ」

「でも……」

「近衛の寿殿を離縁するような者達でおじゃるぞ。気に入らぬなら飾りにしておく。その程度の配慮も出来ぬ阿呆を頼って如何する」

「……」

この時代の結婚は個人の問題じゃないんだ。家と家の問題だ。近衛の娘を離縁して送り返すなんて俺から見ればただの馬鹿だ。

「頼りにならぬ者を頼るのは危険だ。命を失う事になる。今、この乱世で頼れるのは織田か、長尾でおじゃろう」

「……でも……」

「いい加減にしろ！　大寧寺の変の事を忘れたか！　何人公家が巻き込まれて殺されたと思っている！　関白も殺されたのだぞ！　地方なら何処でも安全というわけでは無いのだ！」

春齢がハッとした表情で〝ごめんなさい〟と謝った。

大寧寺の変の事は公家社会では有名だ。大内氏の本拠地山口は多くの公家が戦火を逃れてやってきたため西の京と呼ばれるほどに京文化が繁栄した。だが大内義隆が陶晴賢の謀反で殺された時、山口に滞在していた公家も巻き込まれて死んでいる。関白二条尹房、息子の二条良豊、左大臣三条公頼、権中納言持明院基規等だ。闘争の場では官位なんて何の役にも立たない。戦は日本全国で行われているのだ。逃げる先を間違えれば関白といえども死ぬ事になる。今はそういう時代だ。

「二度と詰まらぬ事を言うな。これは好き嫌いの問題ではない。生きるか死ぬかの問題なのだ」

「……はい」

二ヶ月保つかな？　溜息が出た。

「朽木から幕府に、織田から嫁を取ると報せが行く筈だ。また煩く騒ぐだろう。上手く捌いてくれれば良いのだが……」

「そうね」

力が無いせいだろうな。妙にプライドだけが高いんだ。変に嫌がらせをして来なければ良いんだが……。

「産所の用意もしなければ……」

「産所？」

春齢が首を傾げた。養母が子供を産む場所だと言うと春齢が〝あ！〟と声を上げた。考えていなかったらしい。

「養母上は七月頃が産み月になる。その前に、多分五月頃にはこちらに宿下がりをするからそれまでに産所を用意しておく必要がある。産婆も要るな。乳母も要る。こちらは本家に相談してみよう」

春齢が頷いた。五月か……。きな臭くなる時期かな？

「道場に行く。その後近衛家に行くから帰りは少し遅くなる」

「……」

不満そうな表情は見せたが口には出さなかった。二ヶ月は無理だな。

馬と嫁

永禄四年（一五六一年）二月中旬　山城国葛野・愛宕郡　西洞院大路　飛鳥井邸

飛鳥井春齢

「ホウッ」

溜息が出た。兄様怒ってたな……。〝ホウッ〟また溜息が出た。

「如何なされました？」

「小雪」

声を掛けてきたのは小雪だった。私の傍に座って心配そうな顔で私を見ている。

「先程から溜息を何度も吐いております。何かございましたか？」

「……兄様をね、怒らせてしまったの。気付いてたでしょ？」

小雪が困ったような表情をした。

「それは、まあ。……先程頭中将様が大きなお声を出されましたので……。滅多に無い事にございます。何かございましたか？」

やっぱり気付いてたんだ。そうよね、忍者なんだもの。

「いざとなったら尾張に逃げるって……。行って欲しくないの」

「まあ、それは何故でございましょう」

「……尾張には濃姫が居るのよ」

小雪が〝濃姫？〟と言って首を傾げた。

「織田殿の正室。兄様の好みの女性なの」

「まあ」

小雪が目を丸くして声を上げた。

「そのような方がいらっしゃるのですか？　ですが織田様の奥方ともなれば頭中将様よりも随分とお年上の筈。十歳は離れていましょう」

「兄様はね、少し年上の女性が好きなの。母様とか」

「まあ」

また小雪が声を上げた。

「では私も？」

「……それは……、分からないけど……」

「左様でございますか」

なんで不満そうなの？　小雪も兄様が好きなの？　結婚してて夫もこの邸に居るのに……。そう言えば小雪は兄様と素手の調練をして親しいのよね。身体もくっつけてるし。なんか不潔！

「近衛の寿姫と御台所は大丈夫。兄様はちゃんと答えてくれる。でも濃姫の事は隠すのよ。怪しいでしょう？」

「それは……」

小雪が困ったような表情をしている。

「だからね、尾張には絶対行ってほしくないの。それでちょっと言い合いになっちゃって……」

「……」

「大寧寺の変の事を忘れたか、何人公家が巻き込まれて殺されたと思っているって言われたの……」

小雪が〝なるほど〟と言って頷いた。

「そうよね。関白も殺されたんですもの。私の焼き餅なんて馬鹿げてるわよね」

「まあ、それは……」

小雪が言い辛そうな表情をしている。また溜息が出た。兄様が怒るのも当然よね。生きるか死ぬかの問題なんだから。

「頭中将様を盗られるのでは無いかと心配でございますか？」

「……だって私達未だ本当に夫婦（めおと）じゃないし……」

ちょっと恥ずかしかった。身体が細いし胸だって少ししか膨（ふく）らんでないし女らしさなんて全然無い。兄様は私の事如何思ってるんだろう。大事にするって言ってくれたけど……。私の事本当に好きなのかしら……。

「それにね、兄様は素敵なの」

「……」

「裕福だし頼り甲斐があって皆夢中よ。母様だって私よりも兄様を可愛がっているくらいなんだから。兄様がこの邸に移った時なんて本当に寂しそうだった」

「はあ、左様でございますか」

「ええ」

呆れているのかしら？　でも本当の事なのよね。女官達も兄様の事になると目の色が変わるんだから。

「小雪だって兄様の事、素敵だって思うでしょ？」

「それは思います。ですが御方様は春齢様でございますよ」

「それはそうだけど……」

「御方様をこの邸にお迎えになられたのも宮中は危険だからでございます。御方様を想えばこそではございませぬか？」

「……そうかしら」

小雪が〝そう思います〟と言って頷いた。小雪って首筋が細いんだ……。この邸には独身の女は居ないけど皆姿形がすっきりしてるのよね。……やっぱり不安！

「それに時機を待つのも御方様に無理はさせたくないとのお気遣いにございます。今少し頭中将様をお信じになられても宜しいかと」

「……そうよね」

それは分かるんだけど……。

永禄四年（一五六一年）二月中旬　山城国葛野郡　近衛前嗣邸　飛鳥井基綱

「御加減は如何でございますか？」

問い掛けると太閤殿下が顔を綻ばせた。

「悪くない」

言葉もスムーズに出る。娘二人とよく話している所為だろうな。話すというのも機能の一つだ。使えば使うほど上達する。その娘達は両脇に控えている。この二人も上機嫌だ。殿下が病に倒れてから絆は深まったらしい。

「久し振り、じゃのう」

「はい。思ったよりも忙しいと思います」

殿下が頷いた。

「忙しいか。ど、うかな？　頭中将は」

「慣れぬ事ばかりで困惑しておじゃります」

殿下が〝ハハハ〟と声を上げて笑った。

そんな事は無い。本当に苦労している。その事を言うと今度は寿と毬が笑った。俺、信用無いな。

「謙遜じゃのう」

「帝は頭弁よりも女婿の頭中将を信任している。頭弁は頼りない、今では頭中将が蔵人所を仕切っているって宮中ではもっぱらの評判らしいわよ。目々典侍が懐妊したし飛鳥井の勢威は上昇する一方で新大典侍がピリピリしているって」

毬が俺を悪戯な表情で見ている。うん、まあそういうところはある。頭弁が余り頼りにならないんだ。テキパキ仕事を片付けていくタイプの人間じゃない。

仕事は段取り八分とも言うんだがその段取りが出来ない。甘露寺、勧修寺は頭弁に遠慮して自分から率先して動こうとはしないから仕事が溜まっていく。だから俺が采配を振る事になった。宮中なんて前例重視だから新任の俺には分からない事も多い。甘露寺、勧修寺、そして勾当内侍に相談、確認しながら作業を進めている。今じゃ俺が頭弁に指示を出している。

尤もお願いという形で仕事を任せているから頭弁本人は俺を助けていると思っているかもしれない。それで良いんだよ。相手はプライドだけは高いからな。煽ててヨイショして気持ち良くして使うのがベストだ。先日の警告も相手は悪く思っていない。後で小声で感謝された。まあそういう状況に新大典侍がピリピリしているのも事実だ。宮中で顔を合わせると嫌な目で俺を見る。相当に不満が有るらしい。養母の傍に梅と松を入れたのは正解だな。

「元日の節会も久し振りに行われましたし……。父も残念がっていました。でも来年は、ね？」

寿が太閤殿下に視線を向けると殿下が嬉しそうに〝うむ〟と頷いた。そうだな、来年は殿下にも参加して貰いたいものだ。その事を言うと殿下が益々嬉しそうにした。

「昨日は、春日局が来た」

「左様でおじゃりますか」

毬に視線を向けると〝ええ〟と言って頷いた。

「公方様の様子を教えてくれたわ。室町第では関東の事でもちきりのようよ。もうすぐ北条を下す、長尾が上洛するって大騒ぎらしいの」

「そのように麿も聞いております」

まあ気持ちは分からないでもないけどね。長尾の許には大勢の国人衆が集まり小田原に向けて兵を進めているらしい。関白殿下からそういう文が来た。しかしなあ、せめて小田原城を落としてから浮かれて欲しいわ。

春日局が此処に来るという事は足利と近衛の関係をこれ以上悪化させてはならないと考えているからだろう。公方は殆どここに来ないらしいからな。彼女は関東制覇は成らないと思っている。公方や幕臣達の浮かれる姿を苦い気持ちで見ているのだ。養母の呪詛の件も相談すると直ぐに手を打つと言ってくれた。あれは相当に驚いていたな。表沙汰になれば公方の立場が危うくなると怯えていた。もっとも今では彼女以上に幕臣達の方が怯えているだろう。依頼した陰陽師は殺された。発見された時は首が無かった……。もうすぐ、養母を呪詛したからだ、幕臣達が絡んでいる、陰陽師は口封じに殺されたと噂が流れる筈だ。

「来月には三好の邸に御成りになるんだけど今から楽しみなんですって」

「楽しみ？」

何が楽しみなんだ？　疑問に思っていると毬が〝ウフフ〟と笑った。寒いわ。

「三好の人間達の顔色が悪いだろうって。それが楽しみなんですって」

「なるほど」

そういう事か。この時期の御成りは表向きには三好との関係改善、そして三好は臣下なのだと周囲に、三好に知らしめるのが目的だと思っていた。勿論畠山、六角との連合を隠そうとしての事だと。だが関東制覇も関係しているのかもしれない。

義輝と幕臣達は自分には長尾が居るのだと三好に威圧を掛けているのだとしたら……。そういう威圧を掛ける事で三好の目を関東に向けようとしているのだとしたら……。なるほど、関東に目が行けばその分だけ畿内の監視は甘くなるか。案外関東制覇が上手くいかなくてもこういう形で利用出来ますと言った人間が居たのかも知れない。だとすれば幕臣達もなかなかに侮れない。

しかしな、武田、今川も関東の状況には危機感を抱いている。そろそろ動き始めるだろう。となればだ、長尾の攻勢も長くは続かない。史実では四月の末頃には関東遠征を打ち切った筈だ。あと二ヶ月か……。公方、幕臣、三好、六角、畠山、皆が振り回されそうだな。

「そう言えば三河の松平が馬を贈ってきたそうですわ」

「ほう」

とうとう動いたか。寿の言葉を聞きながら思った。松平は一線を越えた。もう後戻りは出来ない。

太閤殿下が意味ありげな表情をしている。気付いたかな？

「確か名前は嵐鹿毛(あらしかげ)と聞きました。かなりの名馬で公方様はお喜びとか。松平には返事を出したそうです」

「左様でおじゃりますか」

「良い事尽くめで室町第はお祭り騒ぎですね」

東海方面もそろそろだろう。楽しみだな。

永禄四年（一五六一年）二月中旬　　山城国葛野・愛宕郡　　平安京内裏　　目々典侍

「御加減は如何でおじゃりますか？」

「ええ、大丈夫ですよ」

頭中将が気遣ってくれる。激務で疲れているだろうに私にはそんな素振りは見せない。なんと優しいのか。

「春齢も元気でおじゃります。養母上の事を心配していました」

「そうですか。大丈夫だと伝えてください」

「分かりました」

穏やかな笑みを浮かべている。自慢の息子だ。

「ところで、松平が公方に馬を献じたそうですね」

「御存じで」

「ええ、帝が教えてくれました。そなたから聞いたと。何故私には話さぬのです？」

頭中将が困ったような表情を見せた。

「養母上のお心を煩わす事も無いと……」

「そのような気遣いは無用です。子を産むのは初めてではないのですよ」

「はい」

梅と松が可笑しそうにしている。頭中将が困っているのが珍しいのだろう。

「動いたのですね」

「はい、動きました」

三河の松平がとうとう今川から離れた。また一つ、この子の読みが当たった。

「この後は？」

頭中将の顔から困惑が消えた。冷たい表情をしている。ぞくりとした。

「織田と松平の間でせめぎ合いがおきましょう」

「せめぎ合い？」

「織田に従属するのか、それとも同盟という形を取るのか。公方に馬を献じたのは松平は小なりとはいえ大名である、織田とは対等の立場だと主張するためでしょう」

「……」

頭中将が〝フッ〟と笑った。

「松平の中では反織田感情が強い。次郎三郎は織田への従属では松平の家中が納得しないと見たのだと思います」

「それで馬を?」

「はい。但し、これで次郎三郎も引き返せなくなりました」

「……」

「織田に従属なら言い訳が出来ます。織田の勢力が強まるのに今川はそれを無視した。已むを得ず織田に従ったと。今川もそれを責める事は難しい。しかし自立、そして同盟では……」

頭中将が首を横に振った。自らの意志で自立、織田を選んだ。今川を見限ったという事になる。今川はそれを許せない……。

「では織田は松平と同盟を選ぶと?」

頭中将が頷いた。

「その方が利が多い。そうではおじゃりませぬか?」

「そうですね」

「それに一色が六角と同盟を結びました。次郎三郎は今なら多少強く出ても織田は譲歩すると見たのでしょう。なかなか売り時を心得ている男です」

頭中将が声を上げて笑った。三河半国の国人領主が織田と対等の同盟を結ぶ。松平次郎三郎、強かな男なのかもしれない。

永禄四年（一五六一年）二月下旬　山城国葛野・愛宕郡　室町第　細川藤孝

「久しいな、左兵衛尉」

「はっ、公方様には御機嫌麗しく、左兵衛尉心からお慶び申し上げまする」

朽木左兵衛尉殿が頭を上げた。緊張していると思った。部屋には公方様の他に幕臣達が居る。幕臣達の左兵衛尉殿を見る目は冷たい。しかし、それに慣れていないとも思えぬ。昔はこの室町第に居たのだ。突然朽木から出てきて謁見を願ったが一体何事が起きたのか……。

「それで今日は如何したのだ？」

「はっ。此度、兄朽木長門守と織田弾正忠様の妹君美乃様との婚約が整いましたので公方様に御報告をと兄に命じられ罷（まか）り越しましてございまする」

シンとした。皆が顔を見合わせている。長門守殿が織田の妹を娶る……。

「それはどういう事かな。某（それがし）は初めて聞いた。皆もそうではないか？」

上野中務少輔殿が周囲を見ながら言った。不愉快そうな表情だ。面白くなく思っている。そして中務少輔殿に同意するように頷く者も不愉快そうな表情をしている。幕府は一昨年上洛した織田を素気無く扱った。その織田と朽木が縁を結ぶ。不愉快なのだ。公方様も面白く無さそうな表情をしている。頭中将様が織田を褒める事も関係しているだろう。待てよ、この婚約、頭中将様が絡んでいる？　まさか……。

「されば、このように御報告致しておりまする」

「そうではない。何故我等に事前に相談が無いのかと問うている」

「不快かな、中務少輔殿」

「当然であろう。某だけではない。公方様も御不快であられようし皆も不快の筈。そうであろう」

中務少輔殿が皆に問うと同意する声が上がった。公方様も頷いている。

「左様か。ならば申し上げる。某も不快じゃ」

左兵衛尉殿が中務少輔殿を見据えて吐き捨てた。座がざわついた。

「兄は既に三十の半ばを過ぎた。だが嫁が無い。中務少輔殿、これはどういう事かな？」

座が静まった。皆が顔を見合わせている。長門守殿に嫁が居ないのは幕府が世話しなかったからだ。

「父も亡くなった兄も幕府から嫁を世話して頂いた。だが兄には無い。何故だ？」

「それは……」

「知らぬとは言わせぬぞ。朽木に五年も居たのだからな」

中務少輔殿が口を閉じた。顔を強張らせている。世話をしなかったのは長門守殿の立場が弱かったから。そして朽木家が頭中将様と関わりが有るからだった。長門守殿を、朽木家を忌諱したのだ。

「幕府が嫁を世話せぬ以上、自分で嫁取りをした。それだけの事よ。中務少輔、不快か？」

呼び捨てた。

「……幕府が、嫁を世話する。だから」

〝ふざけるな！〟と左兵衛尉殿が一喝した。

「今更遅いわ！　汝は忘れていた、申し訳ないとでも言うつもりか！　それで済ますつもりか！　何処まで兄を、朽木を馬鹿にする！　そのような嫁など要らぬわ！」

「……」

中務少輔殿が蒼白になっている。理は左兵衛尉殿に有る。これは幕府の落ち度だ。

交渉者

永禄四年（一五六一年）二月下旬　　山城国葛野・愛宕郡　　室町第　　細川藤孝

「左兵衛尉殿、そのように声を荒らげられるな」

左兵衛尉殿が発言した摂津中務大輔殿に険しい視線を向けた。中務大輔殿が眩しいかのように目を細めた。

「某、間違った事を申しましたかな？」

「いや、左兵衛尉殿の申される事、尤もにござる。長門守殿に嫁を世話しなかった事は幕府の失態、非は幕府に有る。我等の落ち度じゃ」

「……当主を蔑ろにされて喜ぶ家臣は居りませぬ」

中務大輔殿が〝如何にも〟と頷いた。

「某も武士なればその気持ちは良く分かり申す。……公方様、この件について我等は何の異議も言えませぬ。この上は長門守殿への祝いの言葉を左兵衛尉殿に託されるべきかと思いまする」

公方様の表情が曇った。

「……分かった。左兵衛尉、長門守に目出度い（めでた）と伝えてくれ」

「はっ！」

心からの言葉ではあるまい。その事は左兵衛尉殿も分かっていよう。だが祝いの言葉を貰ったという事は幕府も認めたという事だ。十分だと思っていよう。

「目出度いな、左兵衛尉殿。心からお祝い申し上げる。ところで織田家から嫁を貰うとの事だが朽木家は織田家と繋がりが有ったのかな？」

兄が問い掛けた。

「いえ、有りませぬな。ですが兄は桶狭間で勝利した織田様を非常に尊敬しており、その武勇に少しでもあやかりたいと言って使者を送りました。半ば以上は駄目かもしれぬと思っていたようにございます。なれど予想外の上首尾に皆が驚いております」

「ほう、左様か。妹姫と聞いたが養女かな？」

「いえ、実妹と聞いております。歳は十六歳とか」

ざわめきが起きた。織田と朽木では身代が違いすぎる。それなのに実妹？　しかも十六歳となれば何らかの理由で婚期を逃したわけでもない。三十の半ばを過ぎた長門守殿とは余りにも不釣り合いだ。

「それで式は？」

「四月に」

「ではその時は幕府からも人を出して祝いたいと思うが如何かな？」

「有り難うございまする。兄も喜びましょう」

兄と左兵衛尉殿がにこやかに話している。だが幕臣達の中には面白く無さそうな表情をする者が少なからず居た。四月か、早いな。朽木も織田も急いでいると思った。

左兵衛尉殿が下がり謁見が終わると兄が私を空いている小部屋へと誘った。憂鬱そうな表情をしている。先程左兵衛尉殿と和やかに話していた兄と同一人物とは思えない。座ると直ぐに話し掛けてきた。

「相当に憤懣が溜まっているようだな」

「……嫁の件は失敗でした」

兄が〝そうだな〟と頷いた。京に戻った時、或いは朽木家が二万石になった時、嫁を世話するべきだった。その事を言うと兄がまた〝そうだな〟と頷いた。

「前々から狙っていたのかもしれぬ」

「と言いますと？」

兄が〝フッ〟と嗤った。

「幕府にガツンと言ってやろうという事よ。朽木を舐めるなとな」

「なるほど」

十分に有り得る事だ。幕府内部での朽木の立場は左兵衛尉殿達が教えただろう。民部少輔殿、長門守殿がその事を不満に思ってもおかしくはない。

「人質も居らぬしな、もう幕府に遠慮は要らぬという事だ」

「……」

兄が〝フフフ〟と嗤った。左兵衛尉殿達が朽木に戻った事で枷が外れたか……。

「兄上、織田から嫁を取るとの事ですが訝しいとは思いませぬか？」

「何処がだ？」

兄が皮肉そうな笑みを浮かべている。兄も訝しんでいるのだと思った。

「朽木と織田に繋がりは有りませぬ。そして朽木は二万石、尾張からは遠い。織田から見て縁を結びたいと思えましょうか？」

兄が笑みを消した。

「織田と朽木に繋がりは無かった。だが織田と朽木を結ぶ人物が居た。その人物の口添えが有ったのだろうな」

「頭中将様」

私の言葉に兄が〝おそらくな〟と頷いた。深刻な表情をしている。

「頭中将様は桶狭間の戦いの折、尾張に滞在されていた。繋がりは有る。頭中将様の口利きで織田は嫁を出したと見るのが妥当だろう」

「だとすると織田から嫁を貰うという話が何時出たかです。昨年の頭中将様の婚儀で出たのだとすると随分早いと思いませぬか。二月掛からずに話が纏まったということになります。しかも養女ではありませぬ。実妹です。歳も若い。嫁ぎ先は幾らでも有る筈。それなのに……」

兄がジッと私を見た。

「織田は迷わず嫁を出す事を決めたという事だな。織田と頭中将様の関係は相当に深く強いという事になる」

「……」

「桶狭間の戦いに頭中将様が関わっているのかもしれぬ」

正確には織田の勝利に関わっているのだろう。だから織田も頭中将様の意向を無視出来ぬのだ。そして朽木と積極的に結ぶ事で頭中将様との関係を強めようとしているのかもしれぬ。それだけの価値があると認識している。

「それにしても、……普通なら身近な六角家を頼っても良い筈ですが……」

「そうだな。六角を通して幕府に嫁を世話して貰う。それならば幕府もそれなりの娘を出す。下手な娘を出しては六角の顔を潰す事になるからな」

「朽木はそれをしませんでした」

兄が一つ息を吐いた。

「避けたのだろう。三好、浅井との戦いに巻き込まれるのをな」

「そういう事でしょうな」

二人で顔を見合わせた。兄は苦い表情をしている。自分も同様だろう。六角から離れる、つまり幕府からも離れるという事だ。朽木は間違いなく幕府から距離を取りつつある。その事を言うと兄も頷いた。

「まあ已むを得ぬところは有る。恩賞もまともに出せぬのだからな」

「……」

「おまけに嫁も世話しなかった。朽木を敵視しそのくせ何かと便利使いしようとする。民部少輔殿もうんざりであろう。恩知らずにも程が有ると思っていよう」

「そうですな」

兄がほろ苦く嗤う。自分も嗤った。なんと拙い事か……。

「四月の式に出るつもりだ。そこで朽木の内情を探ってみようと思う。それと出来る事なら関係を改善したい。何と言っても直ぐ傍にあるから避難し易い。それに朽木は高島郡の中央にまで勢力を伸ばしたから六角との連携も取り易いのだ。いざという時は朽木に逃げて再起を図る。或いは朽木から六角へと移って京を目指す。それが最善の手だ」

兄の表情が渋い。兄は朽木が何処まで頼れるかを確認するつもりだろう。幕府のために兵を出して貰えるのか。それが無理ならいざという時に受け入れて貰えるのか……。今までとは違う。朽木は無条件に頼れる存在では無くなりつつあるのだと思った。

「某は頭中将様に接触してみようと思いますが」

「……」

「兄上は反対ですか？」

兄が〝いや〟と首を横に振った。

「これ以上頭中将様を無視し続けるのは得策ではなかろう。宮中の様子、朽木の様子を探る事にもなる」

「では」

「うむ。後程公方様にお許しを得よう。現実を認識して貰わなければ……」

兄が一つ息を吐いた。

「明日にでも頭中将様をお訪ねしようと思います」

「頼む。……気を付けろよ」

「……」

兄が心配そうな表情で私を見ている。

「相手は一筋縄ではいかぬ御方だからな」

「はい」

容易ならぬ相手である事は分かっている。三好も無視出来ずに居るのだ。むしろこれまで幕府が無視してきた事がおかしい。他の幕臣達から白い目で見られるかもしれぬがやらねばならぬ。

話が終わって兄と共に公方様の御前に戻ると進士主馬頭藤延殿が〝大和守殿〟と兄に話し掛けてきた。

「なんでござろうか?」

「長門守殿の婚儀に出られるとの事だがその必要が有るのかな?」

兄と顔を見合わせた。兄の目には不愉快そうな色が有った。御台所様が近衛家に戻って以来、進士一族の増長には目に余るものが有る。

「それはどういう意味でござろうか」

兄の声が尖った。主馬頭殿が多少狼狽したような表情を見せた。

「いや、長門守殿の婚儀は幕府が勧めたものではない。大和守殿が出席する必要が有るのかという事なのだが……」

「左様、幕府は関係無いのじゃ。勝手にやれば良いわ」

主馬頭殿に米田壱岐守求政殿が同調した。公方様も頷いている。なるほど、我等が居ない間に公方様は今回の婚儀に不満だと言ったらしい。

「先程摂津中務大輔殿が申されたが、長門守殿に嫁を世話しなかったのは幕府の手落ちでござろう。祝いの使者を出さねば幕府は此度の婚儀に不満を持っていると朽木は判断しましょうな。それで宜しいのかな？」

「実際不愉快でござろう。勝手に織田と結ぶなど」

吐き捨てたのは進士美作守晴舎殿だった。彼方此方(あちこち)で同意する声が上がった。公方様も頷いている。

「あの者達は信用出来ぬ。裏で頭中将様と繋がっておるのじゃ。嫁を世話しなかったのは幕府の落ち度かもしれぬ。だがそれなら幕府に嫁を世話してくれと訴えればよいではないか。六角を通して幕府に訴えるという手もある。それなら我等も無下にはしなかった筈じゃ。それをせずに勝手に織田から嫁を迎えるなど……、幕府から離れようとしているとしか思えぬわ！」

「中務少輔殿の言う通りだ。朽木は居城を移し兵は出さぬと身勝手過ぎる。公方様も御不満じゃ！」

「織田と結んだのも頭中将様の御意向であろう。頭中将様は織田と親しいからな！」

上野中務少輔清信殿、主馬頭殿、真木島玄蕃頭昭光殿が口々に朽木を非難した。なるほど、この連中も婚儀の裏に頭中将様が居ると気付いたか。公方様の御不満もそれ故かもしれぬ。朽木が幕府よりも頭中将様を頼りにしているのではないかと不満なのだ。兄が大きく頷いた。

「なるほど、道理でございますな。ならば出席は取り止めましょう」

兄の言葉に彼方此方から満足そうな声が上がった。中務少輔殿、主馬頭殿、玄蕃頭殿も満足そうに笑みを浮かべている。公方様も同様だ。愚かな……。

「ところでもし万一、公方様に京を離れて頂くとなった場合、公方様にはどちらにお移り頂くのか。どなたかこの大和守に御教示頂けませぬかな」

兄の言葉に皆が顔を見合わせた。

「それは……」

「まさか朽木とは申されまいな、中務少輔殿。朽木は信用出来ぬと今申されたばかりだが」

何か言いかけた中務少輔殿が兄に睨まれて顔を真っ赤にして俯いた。

「主馬頭殿、玄蕃頭殿、御両所は如何思われる」

二人も答えない。兄が周囲を見回すと皆が視線を避けた。公方様も困惑を隠さない。信用出来ない朽木を頼るつもりだったらしい。

信用出来ないと言っても最後は頼るのだ。所詮本心からのものではない。この連中の信用出来ないというのは朽木が自分達の思うように動かない、玩具にならないという不満に過ぎない。幕府の意のままに動く大名など居ない。その事を皆が不満に思っている。朽木までがそれに倣うのかと不満なのだ。そして朽木が頭中将様と血縁関係にある事、幕府よりも頭中将様を重視しているのではないかという疑念が朽木への感情を悪化させている。頭中将様を朽木から追ったという負い目も有る。

そう、この連中は朽木には幕府に犬のように忠義を尽くして欲しいと思っているのだ。そして幕府だけを見詰めて欲しいと願っている。かつての朽木はそうだった。だから朽木は足利に忠義の家と言われてきた。だが今は幕府の言う通りには動かない。朽木は幕府から距離を置きつつあると非難するのは容易い。だが足利への忠義を尽くす事が難しくなっているという状況もあるのだろう。幕臣達もその事に薄々気付いている筈だ。だから余計に苛立つ。兄が〝公方様〟と声を掛けた。

「朽木は足利に忠義の家にございますが近年、その忠義にひびが生じつつありまする。これを放置するべきではありませぬ。此度の婚儀に出席し民部少輔殿、長門守殿とじっくり話す事で関係を改善したいと考えております。御理解頂きたいと思いまする」

「分かった」

兄の言葉に公方様が頷いた。頼りないわ、本来なら公方様が関係改善の必要性を幕臣達に命じなければならないのに……。いや、幕臣だけではないな。公方様も朽木が裏切るとは微塵も考えていないのだろう。要するに甘えているのだ。だから鈍い。

「それと今一つお願いが」

「何か？」

兄が私を見た。

「弟の兵部大輔を頭中将様に接触させたいと思います」

ざわめきが起きた。

「それは何故か？　大和守」

公方様が険しい声を出した。なるほど、やはり頭中将様の存在が目障りなのだ。

「御不快かもしれませぬが、これ以上頭中将様を無視するのは幕府のためにならぬと思うからにございます」

シンとした。声が無い。皆も反論出来ないのだと思った。

「帝の信頼も厚く宮中の実力者となりつつあります。それに見識にも優れ、弱年なれど当代屈指の人物でございましょう。避けるのではなくむしろその考えを聞き出す事で幕府の利に繋げるべきかと。何卒お許しを頂きとうございまする」

兄が頭を下げたから私も下げた。一つ息を吐く音が聞こえた。

「分かった。許す」

「有り難うございまする」

「有り難うございまする。明日にも頭中将様の御邸を訪ねまする」

必ずしも好意的な声では無かった。どちらかと言えば投げやりな口調だった。兄が頭中将様を褒めたのが面白くないのだろう。だが許可は得たのだ。後は成果が出れば公方様も納得される筈だ。

永禄四年（一五六一年）二月下旬　　山城国葛野・愛宕郡　　西洞院大路　　飛鳥井邸

朽木成綱

「良い香りでおじゃりますな」

「はい」

部屋の中には微(かす)かに梅の香りが漂っていた。細長い緑色の花瓶に梅の枝が入っている。花が咲いているが花よりも香りの方が春の訪れを告げているようだ。出された茶を一口飲んだ。ホッとした。長く仕えた幕府よりもこの邸の方が落ち着く。穏やかに微笑む頭中将様を見るとどうしても兄を思い出す。優しかった兄を。その所為かもしれない。

「それで、如何でおじゃりましたかな？　織田家との縁談、幕府は喜んでくれましたか」

頭中将様の問いに思わず苦笑いが出た。幕府が喜ばぬ事など御存じであられように……。

「面白く無さそうでございました」

「ホホホホホホ」

私の言葉に頭中将様が笑い出した。扇子で口元を隠している。

「笑い事ではございませぬ。自分達に相談が無いのは何故か。不愉快だと上野中務少輔が露骨に言った程にございます」

頭中将様がまた〝ホホホホホホ〟と笑った。頭中将様を咎められない。自分も笑っているのだ。

二人で顔を見合わせて笑っている。公方様も幕臣達も朽木が勝手に縁組みした事が不愉快だったのだろうが結んだ相手が織田であった事も不愉快だったのだろう。幕府内部には朽木だけでなく織田にも良い感情を持たぬ人間が少なくない。

「それで叔父上は何と答えたので？」

「こちらも不愉快だと言いました。朽木の家は代々幕府が嫁を世話した。しかし兄にはそれが無い。だから勝手に嫁を娶った。それだけだと」

頭中将様が〝ほう〟と声を上げた。中務少輔は幕府が嫁を世話すると言いだしたな。馬鹿にした話よ。どうせなら素直に非を認めれば良いものを……。

「随分と強気に出ましたな」

「父が許せぬと言っております」

「御爺が？」

「はい。朽木を馬鹿にするなと。兄を蔑ろにし頭中将様を敵視する事を許せぬと。朽木がこれまで足利に尽くしてきた忠義を無視するのかと憤慨しております」

頭中将様が一つ息を吐いた。

「麿の事は良いのです。御爺に余りムキにならぬようにとお伝えください。朽木は小さい。好んで敵を作る事は無い」

「分かりました。そのように」

私が答えると頭中将様が頷いた。確かに頭中将様の言う通りだ。しかし父の怒りも当然だろう。

実際摂津中務大輔が非を認め公方様を説得した。その事を言うと頭中将様が一つ息を吐いた。表情に憂いが有る。

「安心は出来ませぬぞ。幕府には非を認めぬ者もおじゃりましょう。その者達は顔を潰されたと思い朽木に報復をと考える筈。注意が必要でおじゃります」

「はい」

十分に有り得る事だ。不愉快そうな表情をしていた者は少なくなかった。特に進士、上野。油断は出来ぬ。

「公方は朽木と織田の縁談を認めたのでおじゃりますな?」

「はい。必ずしも喜んではおりませんでしたが」

頭中将様が頷いた。

「ま、内実はどうあれ形としては認めた事になる。十分でおじゃりましょう」

その通りだ。今の朽木と幕府の関係ではそれ以上を望むべきではない。

「婚儀には幕府からも祝いの使者が来るそうにございます」

「ほう、どなたが?」

「三淵大和守殿が」

「……」

頭中将様が無言でこちらを見ている。

「大和守殿は弟の細川兵部大輔殿と共に朽木に敵意を持たぬ御仁にございます」

「それは……、厄介でおじゃりますな。大和守殿は朽木と幕府の関係改善をと考えているのかもしれませぬ」

ポツンとした口調だった。

「はて、朽木にとって悪くないのでは有りませぬか？」

疑問に思って問うと頭中将様が首を横に振った。

「関係を改善するだけなら良いと思います。それを梃子に厄介な要求をしてくるかもしれませぬ」

「大和守殿が、でございますか？」

あの御仁は朽木の重要性を理解している。それほど無茶な事は要求しないと思うのだが……。納得しかねているとまた頭中将様が首を横に振った。

「大和守殿とは限りますまい。要求するのは別の人物かもしれませぬ」

なるほどと思った。その人物が反朽木なら……。

「確かに厄介でございます。父、兄に気を許す事は出来ぬと伝えましょう」

頭中将様が頷いた。六角からの嫁は防げたがまだまだ油断は出来ぬか……。


永禄四年（一五六一年）二月下旬　尾張国春日井郡清洲村　清洲城　織田濃

ドンドンドンドンと足音がした。速い、興奮している。カラリと戸が開いた。

「いらせられませ」

「うむ」

夫が部屋の中に入るとむずと座った。

「まあ、開けたままで寒いこと」

立ち上がって戸を閉めた。夫が〝であるか〟と言った。困ったお人。

「如何なされました」

座って問い掛けると夫がニヤリと笑った。

「松平がこちらに付いたわ」

「真でございますか？」

驚いて問い掛けると夫が声を上げて笑った。本当なのだと思った。そして思った。頭中将様の考えたとおりになったと。

「桶狭間から半年が過ぎた。待った甲斐が有ったというものよ」

「藤四郎殿が？」

「うむ。次郎三郎が織田と結びたいとな、言ってきたそうだ」

「そうですか」

夫がまた笑った。余程に嬉しいのだと思った。

「次郎三郎め、幕府に馬を贈ったらしい」

「まあ」

「国人では無く大名として扱って欲しいという事よ。俺との関係も服属では無く対等、そう考えて次郎三郎の馬を喜んで受け取ったらしい。上手く幕府を利用したわ。やるものよ」

「……」

「幕府も長尾の関東制覇を願っているからな。北条の味方をする今川を快くは思っておらぬ。次郎三郎殿が強かな交渉をするのが嬉しいらしい。

夫が嬉しそうに膝を叩いている。

「六角の事もある。今なら俺に強く出られる。そう思ったようだな」

「宜しいのでございますか？」

問い掛けると夫が頷いた。

「構わぬ。大事なのは松平が織田と結ぶ事よ。それにな、松平の家中は反織田感情が強い。ここは無理は出来ぬ。次郎三郎の顔を立てる」

「なるほど」

無理に服属を迫れば松平は混乱する。或いは今川に戻るということも有り得る。それでは意味が無いと思ったのだろう。夫が何を思ったのか笑い出した。

「如何なされました」

「美乃にも話した」

「まあ、美乃殿は何と？」

「面白くなってきたと言っていたな」

「まあ」

二人で顔を合わせて笑った。一頻り笑った後、夫が私をじっと見た。

「お濃」

「はい」

夫がニヤリとした。

「美濃が見えて来たぞ、天下もな」

「はい！」

永禄四年（一五六一年）二月下旬　山城国葛野・愛宕郡　西洞院大路　飛鳥井邸
飛鳥井基綱

宮中から帰って来ると九兵衛が出迎えてくれた。ふむ、珍しいな。今日は春齢が出迎えない。

「お客様がお待ちでございます」

「客？」

問い返すと九兵衛が頷いた。ふむ、弾正かな？　それとも春日局か。少し疲れているから面倒だと思った。

「細川兵部大輔様にございます」

「……そうか」

身体が引き締まる感じがした。何時かは来るんじゃないかと思っていたがとうとう来たか……。

疲れてなどいられないな。

「何時来たのだ？」

「小半刻程前に」

小半刻前か。大体三十分前だな。もう戌の刻なんだが……。

「奥方様がお相手をしております」

「春齢が？」

九兵衛が頷く。急に不安になってきた。急いで着替えて兵部大輔の許へと向かった。

〝ハハハハハハ〟、〝ホホホホホホ〟、笑い声が聞こえる。ふむ、兵部大輔は座談の名手らしい。声を掛けて部屋の中に入った。後で春齢が何を話したかを確認しなければ……。

「楽しそうでおじゃりますな」

「お帰りなさい」

「夜分におじゃましておりまする」

兵部大輔が俺を見てにこやかに頭を下げた。

「では私はこれで」

「うむ、済まぬな」

春齢が席を立つと兵部大輔がまた頭を下げた。春齢が部屋を出るのを見届けてから席に座った。

「久しゅうおじゃりますな。こうして面と向かって会うのは九年ぶりになりましょうか？」

「はい、九年になりまする」

あの時は俺に朽木に戻ってはどうかと勧めてきた。左兵衛尉の叔父御も一緒だったな。まあ断ったが。

「今お戻りでございますか。お忙しいようでございますな」

現代なら二十時を回っているだろう。この時代は電気が無いから夜の活動は極めて制限される。それに灯りに使う油も値が張るからな。普通はもう寝る時間だ。

「なにかと雑用が多いので如何しても遅くなります」

今日は帝と勾当内侍と俺とで今年の予算の件で打ち合わせだった。

俺が献上した二百貫は元日の節会や他の正月の行事で綺麗に無くなった。残りは千二百貫だがその内の二百貫は非常用の積立金になるから残りは一千貫。これをどう使うか……。朝廷にも収入はあるがこいつは当てにならない。一千貫で予算を作成し収入は予備費として考えようということになった。はっきり言ってきついわ。もっと銭が要る。なんとか稼ぐ方法を考えないと……。もっとも勾当内侍に言わせると一千貫という銭があるだけでも有り難いそうだ。〝今年は楽です〟なんて言っていたし帝も頷いていた。涙が出そうになったよ。

「帝の御信任が厚いと聞いておりますぞ」

「春齢を妻に娶りましたので何かとお引き立てを頂いております」

そう、出世は能力じゃ無い、縁故だよ。ちょっと苦しいかな。兵部大輔が苦笑いを浮かべた。

「そのような事はございますまい。三条西権大納言様より伺いました。清原侍従からもです。蔵人所を差配するのは頭中将様、帝も満足しておられると」

「新任の蔵人頭でおじゃります。とてもそのような……」

〝ホホホホホ〟と扇子で表情を隠して笑った。三条西権大納言か、ふむ、和歌の繋がりだな。清原氏は学者の家だ。侍従には俺も学問を教わった事がある。そうか、兵部大輔の母親が清原の出だったな。

「それで、今日は何用でおじゃりますかな？」

「用というものは有りませぬ。頭中将様と懇意になりたいと思ったのでございます」

兵部大輔がにこやかに言った。

「ほう、宜しいのかな？　公方も幕臣達も麿を忌諱しておりましょう。居辛くなりますぞ」

「御安心を、公方様にはお許しを得ております」

ふむ、兵部大輔が俺との交渉担当者か。或いは情報収集者かな。まあ悪い人選じゃ無さそうだ。このタイミングでの来訪となると長門の叔父の結婚だろうな。昨日、左兵衛尉の叔父が来た。幕府の了承は得たと言っていたが……。幕府内で問題になったようだな。さて、如何あしらうか……。

「なるほど、ではこれからは時々会う事になりますな」

「お許しを頂けましょうか？」

「構いませぬよ。誰が此処を訪ねようと困る事はおじゃりませぬ。むしろ好都合でおじゃりますな。妙な邪推をされずに済む」

「邪推でございますか」

兵部大輔が俺をジッと見た。

「何か有りましたかな？」

誘いを掛けると兵部大輔が一つ息を吐いた。

「朽木長門守殿が織田家より嫁を娶る事になりました」

「そう聞いております」

「織田と朽木では身代が釣り合いませぬ。それに尾張と近江というのも些か遠すぎる。不自然にございます。頭中将様のお口添えが有ったのではありませぬか？」

兵部大輔がジッと俺を見ている。

「ええ、そうです。麿が織田殿に嫁を世話してくれと頼みました」

「……」

兵部大輔は目が点だ。正直に答えるとは思っていなかったらしい。〝真でございますか？〟と問い掛けてきた声は掠れていた。

「ホホホホホホ、嘘を吐いても納得はしますまい。それでは嘘を吐く意味が無い。違いますかな？」

「それは……、まあ……」

ふむ。こいつ、相手が予想外の行動を取ると身動きが出来なくなるらしい。

疑心暗鬼

永禄四年(一五六一年) 二月下旬 山城国葛野・愛宕郡 西洞院大路 飛鳥井邸

細川藤孝

頭中将様が穏やかな表情で微笑んでいる。

「祖父から頼まれたのです。長門の叔父に良い嫁を世話して欲しいと。幕府は嫁を世話するつもりはないようだし左兵衛尉の叔父の話では、幕府には朽木を麿の縁者という事で忌諱する者が多い。これでは嫁を世話してくれと改めて頼んでも侮られてまともな嫁が来るとは思えぬと。随分と嘆いておりましたな。これまで忠義を尽くして来たのにと」

「……そのような事が……」

頭中将様が〝ええ〟と言ってから一つ息を吐いた。

「麿も驚きましたな。困惑もしました。十二歳の麿に嫁を世話してくれと頼まれても……。一度はそう言って断ったのですが飛鳥井家の伝手(つて)でなんとか良い嫁を世話してくれぬかと。余程に困ったのでおじゃりましょうなあ」

胸に苦い思いが満ちた。朽木家の幕府に対する不信は相当なものだと感じた。

「六角家を何故頼らなかったのでしょう」

「……」

「六角家を通して幕府に嫁をと願い出る事も出来た筈ではありませぬか？　それならば幕府も決して粗略な扱いはしなかった。関係も改善したと思うのですが」

頭中将様が私を見て〝ホホホホホホ〟と笑った。

「信用出来なかったようでおじゃりますぞ」

信用出来なかった？　それは如何いう事か？　三好、浅井との戦いに巻き込まれるのを避けたのではないのか？　訝しんでいると頭中将様が〝ホホホホホホ〟とまたお笑いになった。

「御存じないようでおじゃりますな。朽木では高島越中の後ろに六角家が居たのではないかと疑っておじゃりますぞ」

「何と！　それは真で？」

「さあ、疑っているのは事実でおじゃります。実際に六角が居たのかは……、麿には分かりかねますな」

頭中将様が首を横に振った。

「しかし何故？」

「……」

頭中将様は答えない。まさかと思った。だが有り得ぬと断言出来ようか？……頭中将様はこちらを憐(あわ)れむように見ている。事実なのだと思った。少なくとも頭中将様は事実だと判断している。あの戦いの裏に六角が潜んでいた。狙いは何だろう？

「朽木には銭がおじゃりますからなあ。それに京の傍に在る。何かと都合が良い」

銭か！　確かに銭が有る。公方様が兵を挙げた時、民部少輔殿は千五百貫の銭を献上した。それにいざという時には公方様は朽木へと移る。となれば狙いは朽木を滅ぼす事とは思えない。争わせて適当なところで仲裁に入る事で朽木に対して影響力を強めようとした。あわよくば従属させたいと思った、そんなところか。ならば六角と浅井の戦いで朽木が六角に馳走しなかったのは当然と言える。六角の影響下にあるとは思わせたくなかったのだ。幕府が馳走せよと命じた事は不快でしかなかっただろう。幕府は何も分かっておらぬ、頼りにならぬと不満に思ったに違いない。

「六角に頼んでは六角から嫁が来かねませぬ。それでは思う壺でおじゃりましょう」

「……」

その通りだ。今回の嫁の件、朽木は六角を頼る事など最初から考えもしなかっただろう。もし頼れば六角は幕府に自分の娘を朽木に嫁がせようと言ったに違いない。朽木は誰も頼れなかったのだ。そして幕府はそれに全く気付かなかった。また思った。朽木家の幕府に対する不信は相当なものだと。左兵衛尉殿が憤懣をぶちまけたのも当然だ。……頭中将様に嫁を世話して欲しいと頼んだのは戦に巻き込まれる不安よりも幕府や六角に対する不信からなのかも知れぬ。

「いけませぬなあ」

「……」

「朽木は足利にとってもっとも大事な存在ではおじゃりませぬかな？　それなのにまるで関心を持

っていない」

「……」

言葉が出ない。頭中将様が一つ息を吐いた。

「麿の縁者という事で何かと朽木を敵視する者が居るようでおじゃりますが逆でおじゃりましょう？　むしろ朽木を大事にし麿と朽木は別、幕府は朽木を信頼していると伝えるべきだったと思いますぞ。そうでおじゃれば朽木も何かと幕府を頼ったでしょう。それなのに……、今では朽木は幕府を信用出来ず頼れずにいる」

その通りだと思った。頭中将様は憂えるような表情をしている。少なくとも幕府の失態を喜んではいない。幕府と朽木の関係が思わしくない事を憂えているのだろうか……。

「思うように行かぬ。憤懣をぶつける相手が要る。朽木ならば構わぬと思ったというなら余りにも拙い。弱いという事の惨めさ、辛さを誰よりも知っているのは幕府ではおじゃりませぬかな？　それなのに自分よりも弱い者を見つけて嬲るとは……。嬲られた方が如何思うか。それも幕府が一番良く分かっている筈」

「……」

答えられずに居ると頭中将様が溜息を吐いた。

「高島越中の事、幕府も関わっているのではおじゃりませぬか？」

「それはどういう……」

意味を測りかねていると頭中将様がジッと私を見た。

「公方が朽木に逼塞（ひっそく）している間、どの大名も公方のために動かなかった」

「……」

「未だお分かりにならぬのかな？　それともとぼけているのか……」

「……某は何も……」

頭中将様が〝フッ〟と笑った。

「六角を動かすために朽木を売ったのではないかという事でおじゃります」

「！」

愕然とした。そんな事は有り得ない。〝馬鹿な〟と言うのが精一杯だった。

「馬鹿な、でおじゃりますか。しかしそう考えると妙に辻褄が合う」

「辻褄？」

頭中将様が〝如何にも〟と頷いた。

「公方が京に戻ると直ぐに高島が朽木を攻めた。磨も殺されかかり左兵衛尉の叔父御達も何かと白い目で見られるようになった。朽木の者達が邪魔になったのではおじゃりませぬかな」

「そのような事はございませぬ！」

そのような事は無い。有る筈が無い。頭中将様が〝ホホホホホ〟とお笑いになった。扇子で口元を隠している。

「そうムキになる事もおじゃりますまい」

「有り得ぬ事にございます」

「真に？　朽木は兵を出さなかった。その事に不満を持つ者も多かった筈。それなら六角をこの地に と思った者も居たのではおじゃりませぬか？」

「……」

「六角と高島は朽木は大した事は無いと思ったかもしれませぬな。兵を出さなかったのですから。しかし朽木は勝った。そして高島を滅ぼし二万石になった。六角は話が違うと思った。当然だが幕府に苦情を言ったでしょう。その事が叔父御達への、朽木への粗雑な扱いになった。有り得ませぬかな？」

「有り得ぬ事にございます」

断言すると頭中将様が頷きながら〝そうでおじゃりましょうな〟と言った。

「磨も幕府がそのような事をしたとは思いませぬ。朽木にもそんな疑いを持つ者はおじゃりますまい」

「某を嬲ったのでございますか？」

非難すると頭中将様が首を横に振った。

「そうではおじゃりませぬ。朽木が幕府に対して不信を持っているのは事実。それを放置しておいて良いのかと言っております。一つ疑えば二つ、二つ疑えば三つと疑念は増えていくもの。疑念が増えればそれまでは疑わない事も疑うようになっていきますぞ。そうではおじゃりませぬか？」

「……」

その通りだ。何時かは幕府が朽木を売ったのではないかと疑うようになる。

「今は掠り傷でも放置すれば膿み、爛れ、取り返しのつかない事態になるやもしれませぬ。早めの手当こそが肝要。まあ麿が何を言っても聞く耳が無ければどうしようも無い」

「そのような事は……」

否定しようとすると頭中将様が〝フッ〟と笑った。

「室町第では長尾が十万の兵を集め北条の城を攻略している事に大喜びだと聞きました。直に北条を下して上洛するだろうと。長尾に比べれば朽木は余りにも小さい。僅かに二万石。これでは無下に扱うのも無理はない。それに三好に追われて逃げる事も無いともなれば……。憐れでおじゃりますな」

「……」

耳が痛いと思った。確かに今の幕府は関東の事で沸き立っている。だからと言って朽木を蔑ろにして良いわけではない。いざという時、頼れるのは身近に居る者なのだ。いや、それよりも憐れというのは誰の事だろう？　朽木か？　それとも関東の情勢に浮かれる幕府か……。

「しかし小田原城が落ちたわけでも無ければ武田、今川が北条を見離したわけでも無い。現状では長尾が有利ではおじゃりましょうがそれ以上ではない。未だ未だ先は不透明と思いますぞ。そうではおじゃりませぬかな？」

頭中将様が私を見ている。答えられない。答えれば公方様を、幕府を誹る事になるだろう。頭中将様に会っている事だけでも注意が必要なのだ。言動には細心の注意が要る。

「織田家から嫁をとお考えになったのは何故でしょう？」

頭中将様が苦笑を浮かべられた。私の思いを察したのかもしれない。

「先代の織田弾正忠殿は子沢山でおじゃったようです。それに一族も多い。一人くらいなら近江に出してくれるかもと思いました。それに織田と朽木が縁を結べば当然ですが幕府も朽木を通して織田との関係を強化出来ましょう。朽木家の幕府内での立場も多少は良くなる。そう思ったのです」

「それは……」

確かにそうだが、それだけだろうか……。

「実の妹を嫁に出すとは思いませんでしたな。その事は驚いております」

「……」

頭中将様が私を見ている。気遣うような表情だ。

「他に聞きたい事がおじゃりますかな？」

「……いえ」

自然と答えていた。頭中将様が頷いた。

「ならばお帰りになる事です。この邸に長居は無用でおじゃりましょう。来訪は歓迎しますが余り頻繁には来ない方が良い。此処に入り浸っているなどと噂が立っては幕府内での立場が悪くなる」

「お気遣い、有り難うございまする」

頭を下げ礼を言った。

「気を付けて、見送りは致しませぬ」

「はい。いずれまた」

頭中将様が目で笑われた。十分に成果は有った。苦い成果だが知らぬよりは知った方が良いのだ……。

永禄四年（一五六一年）　二月下旬　　　山城国葛野・愛宕郡　　西洞院大路　　飛鳥井邸
飛鳥井基綱

兵部大輔が帰った。

「潜んでいるか？」

「はっ、三郎にございます」

壁の奥からくぐもった声が聞こえた。

「こちらへ参れ」

「はっ」

直ぐに戸が開いて穴戸三郎康近が入ってきて前に座った。二十代の半ば、挙措に落ち着きが有る。頼りになりそうな男だ。

「御苦労でおじゃったな」

労うと三郎が〝はっ〟と畏まった。

「春齢と兵部大輔は何を話した？」

「頭中将様の御帰りが遅い事、なかなか一緒に居る時間が無い事など他愛(たわい)無い事にございました」

「そうか」

春齢はこの邸の女主人なのだ。俺が不在の時に相手をするのは可笑しな話じゃない。だが春齢から機密が漏れる事は避けなければ……。後で注意しておこう。

「それで細川兵部大輔だが如何判断した」

三郎が俺を見た。

「されば、声に力がありませんでした。沈んでおりましたな。相当に困惑、或いは後悔をしていたかと思います。それに頭中将様の問いに答えない事もしばしばございました。忸怩(じくじ)たるものが有る。声からはそのように」

「判断したか」

「はい」

声も重要な判断要素の一つだ。こういう時は耳だけでこの部屋を探っていた三郎の判断の方が信用出来るだろう。俺ではどうしても顔の表情、動きに惑わされてしまう。

兵部大輔にとって織田と朽木の婚姻は相当にショックだったらしい。何故此処まで幕府と朽木の関係が悪化してしまったのかと後悔している。

「麿に対する感情は？」

「最初は構えるものが有ったかと思います。しかし最後は相当に心を許していたかと。あくまで某の心証でございますが」

「織田との結婚を勧めたのが麿だと認めたからな」

「はっ、随分と驚いておりました。……しかし、宜しかったのでございますか？」

三郎が心配そうに俺を見ている。

「構わぬ。相手を騙せぬ嘘など不信を募らせるだけでおじゃろう。意味が無い。織田との縁談を勧めたのは、織田と縁を結べば少しは幕府内での扱いも改善するだろうと思ったからだ。だから朽木は織田との縁談を受け入れた。この事は御爺にも文で伝えてある」

まあそれだけかと疑うだろうがそれ以上のものは出てこない。となれば渋々でも自分を納得させるだろう。この婚姻の意味が表に出るのはずっと先の事だ。

「兵部大輔は呪詛の件、知らぬようでおじゃるの」

「はい、某もそのように見ました」

「磨を探るよりも仲間を探った方が良かろうに……」

思わず嘲笑が出た。幕臣の中には如何見ても思慮の足りない連中が居るし三好のスパイもいる。それを放置して俺を探っても……。

「それにしても幕府が朽木を売ったとは……」

「驚いたか?」

「はい」

三郎が素直に頷いた。向こうはこっちを探りに来ている。素直に探らせることはないさ。混乱させ怒らせ宥め同情する。そうする事で少しずつ心に食い込む。兵部大輔の心には俺への警戒よりも幕府への危機感があるだろう。

「折角幕府から人が来たのだ。手厚く持て成さなければ……」

思わず含み笑いが漏れた。三郎がギョッとした表情で俺を見ている。

「これで少しは幕府も朽木の事を考えるだろう。無茶は言い辛くなる筈だ。そうでおじゃろう」

「はい」

そんな怯えたような顔をするな。俺は嬉しいんだよ。細川兵部大輔が俺のところに来たんだからな。これから長い付き合いになるだろう。楽しくなりそうだな……。


永禄四年(一五六一年) 二月下旬　山城国葛野・愛宕郡　三淵邸　三淵藤英

部屋に入ると弟の兵部大輔が頭を下げた。

「夜分遅くに申し訳ありませぬ」

顔を上げた弟が深刻そうな表情をしている。

「気にするな。頭中将様を訪ねたのだな？」

「はい、先程」

「ならば冷えただろう。今白湯が来る。話はそれからだ」

弟が無言で頷いた。明日、室町第で話すのではなく我が家に来た。室町第では話し辛いという事だろう。厄介な事だがそれなりの収穫が有ったという事でもある。一体何を聞いてきたのか……。

女中がやってきて私と弟の前に白湯を置いた。弟が一口飲んで顔を綻ばせた。

「温まりますな。外は冷えます。風が有る」

「西洞院大路の飛鳥井家は如何であった」

訊ねると弟が苦笑を浮かべた。雑談も出来ぬと思ったのかもしれない。

「銭が有りますな。家具、調度、いずれも見事な物で。他の公家の邸とは違います」

「運上が有るからな」

弟が〝はい〟と頷いた。

「それで、頭中将様と何を話した」

弟が茶碗を置いて表情を改めた。

「一昨年の事ですが長門守殿が高島越中守を滅ぼしました」

「うむ」

「朽木と高島は犬猿の仲です。戦が起こった時も左程(さほど)には驚きませんでした。むしろ長門守殿が越中守を滅ぼした事、朽木が二万石になった事に驚いたと覚えております」

「……そうだな」

弟がジッとこちらを見た。

「六角が高島越中守をけしかけたそうです」

「馬鹿な……」

弟が首を横に振った。

「朽木はそう思っています。頭中将様もそう見ています」

馬鹿なとまた思った。弟が言葉を続けた。

朽木と織田の婚儀を取り計らったのは頭中将様だった。朽木の側から頭中将様に長門守殿に嫁を世話してくれと頼んだらしい。なぜ幕府を頼らなかったのか、六角を頼らなかったのか。弟の問いに頭中将様は幕府、六角に対して不信が有るからだと答えたという。幕府は朽木を敵視している。六角は高島を使って朽木を攻めた……。弟がまた茶碗を手に取って一口飲んだ。沈痛な表情をしている。私も一口飲んだ。

「織田との縁談は朽木の側から相談されてのものでした。頭中将様も長門守殿の嫁を世話してくれと頼まれて、そこまで幕府との関係が悪化しているのかと驚いたそうです」

「……有り得ると思うか。高島の後ろに六角が居た事だが……」

問い掛けると弟が頷いた。

「潰すつもりはなかったでしょう。適当なところで仲裁し朽木を六角に従属させようとしたのだと思います」

もしそれが事実なら確かに朽木は六角を頼れない。しかし……。

「そなたはそう思うのだな？」

弟が唇に力を入れた。

「頭中将様は朽木には銭が有る。それに京に近い。押さえれば何かと都合が良い。そう言っていました」

「確かにそれは認める。しかしだ、幕府としては到底認める事は出来ぬ。それを認めれば幕府は信を失うぞ。それに今は幕府と六角の関係は円滑だが悪化するという時が来ないとは言えぬ。朽木はいざという時に公方様が避難する場所なのだ。六角の支配下に置くなど論外だ。自立して貰わなければ困る」

弟が私を見て〝兄上〟と言った。

「頭中将様は幕府も知っていたのではないかと言いました。いやそれを望んでいたのではないかと」

「馬鹿な……」

「公方様が朽木に居た時、六角も畠山も公方様の兵を挙げよという頼みを無視しました。朽木も兵は出さなかった」

「だが朽木は銭を出した。五年間我らを支え軍資金を出したのだ。そなたはそれを忘れたのか？」

幾分強い口調で言うと弟が首を横に振った。

「確かに銭は出しました。ですが兵を出さなかった事に不満を持った幕臣は少なからず居た筈です。違いましょうか？」

千五百貫の銭は決して少なくは無い。大金だ。朽木は役に立たないと声を上げる者は居なかった。だが……。

「何が言いたい」

問い掛けると弟が私をじっと見た。

「幕府は六角を動かすために朽木を売ったのではないかと頭中将様に言われました」

「馬鹿な！　有り得ぬ！」

思わず語気が荒くなった。弟は無言で私を見ている。

「兵部大輔、否定したのだろうな！」

「勿論否定しました。有り得ぬ事だと思ったからです」

「……」

「頭中将様も有り得ぬ事だと認めました。朽木もそんな事は思っていないだろうと。ですが朽木が幕府に対して不信を持っているのは事実。それを放置すれば、不信が募れば、それまで思っていない事を思う様になると」

思わず〝馬鹿な〟と言葉が出た。その口調の弱さに驚いた。自分は何時か朽木がそう思う様になると感じているのかもしれない。弟が〝兄上〟と私を呼んだ。

「本当に有り得ぬと思いますか？」

弟の顔を見た。深刻な表情をしている。私が首を横に振ると弟が息を吐いた。

「兄上も有り得ると思うのですな」

今度は私が息を吐いた。

「現実に朽木は幕府よりも頭中将様を重視している。そして左兵衛尉殿の振舞いをみれば相当に幕府に対して不満、不信を持っているのは明らかだ」

織田と結べば、そして織田が勢力を強めれば、朽木は益々幕府から離れるだろう。弟が首を横に振っている。はて……。

「そちらでは有りませぬ。某は実際に朽木を売った者が居るのではないかと問うているのです」

「何を言っている。そなたも有り得ぬと言ったばかりではないか」

「頭中将様を押さえる事が出来ると言っても有り得ませぬか？」

「何だと？」

声が高くなった。弟が私をじっと見ている。

「某も最初は有り得ぬと思いました。しかし頭中将様の邸を出てここへ来るまでに考えたのですが、六角の本当の狙いは頭中将様だったのではないかと思ったのです。朽木を押さえる事で頭中将様を六角の影響下に置こうとした。そうは考えられませぬか？」

「……」

「改元の折、頭中将様は六角と接触しております。六角は頭中将様の才を認め六角の側に引き込もうとした」

「そのために朽木を押さえようとしたと言うのか？」

声が掠れた。弟が頷いた。白湯を一口飲んだ。まさか、そのような事が……。

「頭中将様は朽木から援助を受けておりました」

「……」

「幕府と頭中将様が対立関係にある事、その所為で幕府内部で朽木に反感を持つ者が増えている事も六角は分かっていたでしょう。頭中将様を押さえる事が出来ると言えば朽木を従属させる事を幕府は認めると思ったのかもしれませぬ」

有り得ないとは言えない。実際に認めたかどうかは分からない。だが六角がそう考えた可能性は有る。

「実際、幕臣の中に認めた者が居たのではないかと某は思っております」

「如何いう事だ？」

思わず声が尖った。

「六角が高島をけしかける前に幕臣達の感触を探ったのではないかという事です。認めた者は自分が公方様を説得すると言ったのでしょう」

「馬鹿な……」

弟が首を横に振った。

「室町第で頭中将様の暗殺未遂が有ったのが永禄二年の二月でした。公方様はその事で宮中に出向いて謝罪する羽目になった。高島と朽木が戦になったのはその後、確か五月だったと覚えております。その間は頭中将様に対する反発が強かった時期です。有り得ぬと思いますか？」

溜息が出た。有り得ないとは言えない。その時期に六角が幕臣達に接触したならば認めた者が居ただろう。

「そなたのところには来たか？」

問い掛けると弟が苦笑した。

「来ませぬな。兄上のところには？」

「勿論来ない。どうやら我ら兄弟は避けられたようだな」

「はい。訪ねる迄も無い。拒絶すると見られたのでしょう。或いは認めた者が行くだけ無駄だと助言したか」

二人で苦笑をした。寂しい。使者が来なかった事ではない。幕臣達の中に信用出来ない者が居る事が寂しい。朽木が幕府から離れるわけよ……。白湯を飲もうとして茶碗が空な事に気付いた。弟の茶碗も空になっている。

「喉が渇いたな」

「はい、渇きました」

訳も無く二人で笑った。弟が遣る瀬無さそうな表情をしている。弟も寂しさを感じているのだろう。声を上げて人を呼んだ。直ぐに女中が来た。白湯のお代わりを頼むと茶碗を持って下がった。

「となると頭中将様が宇治川の葦から運上を得たのは……」

弟が〝はい〟と言った。

「朽木を守るためでしょう。頭中将様は六角の狙いが自分だと気付いたのです。今年に入ってからは朽木からの援助そのものを断っています」

溜息が出た。頭中将様は三好から千石程の所領を得ている。六角にとっては予想外の事だっただろう。

「朽木と織田の婚姻もそうだな。織田の勢力が増せば朽木の存在価値はそれだけ大きくなる。手強いのう」

「はい」

「振り回されたか」

弟が苦笑いを浮かべながら〝はい〟と答えた。

「正直に言えばあしらわれたという思いが有ります。ですが会って話した事で分かった事も有る。無駄ではありませぬ」

そうだな。これまで無視してきた事が間違いだったのだ。

「明日は如何する」

「公方様に頭中将様との会談をありのままに話します」

「ありのままか」

弟が〝はい〟と頷いた。

「いけませぬか？」

「いいや、それで良い。大騒ぎになるだろうがそれで良い。朽木までが幕府を信用出来ぬと判断して距離を置こうとしている。その現実を認識して貰わなければならぬ」

「某もそう思います」

顔を見合わせて互いに頷いた。寂しい事だ。幕府の勢威が振るわぬのは三好だけが問題ではないのだと思わざるを得ない。

「今日はもう遅い。泊まっていけ」

「では、遠慮なく」

弟が顔を綻ばせた。そろそろ白湯が来るな。白湯を飲んだらもう少しだけ話そう。この寂しさを弟なら分かってくれる筈だ……。

永禄四年（一五六一年）二月下旬　山城国葛野・愛宕郡　室町第　小侍従

〝入るぞ〟と声がして戸が開いた。公方様が憂鬱そうな表情で部屋の中に入ってくる。そして一つ息を吐くとドスンと音を立てて腰を下ろした。

「如何なされました？　此処に来て宜しいのでございますか？」

表に居なくて良いのかと問うと公方様が〝良い〟と不愉快そうな表情で吐き捨てた。

「一人になりたかったのだ」

「まあ」

「誰の顔も見たくない。誰にも顔を見られたくない」

吹き出してしまった。まるで子供のような……。

「ホホホホホホ、私が居りますが？」

公方様が笑っている私を睨んだ。

「幕臣達の事だ」

「……何かございましたか？」

「……」

公方様は答えない。無言で唇を噛み締めている。重ねて問おうとして止めた。此処に来たのは表で面白くない事が有ったから。公方様は逃げてきたのだ。私がこれ以上問えば逃げる場所も無くなってしまう。

「だいぶ暖かくなってまいりました」

「そうだな」

気のない御返事。

「梅の花が綻び始めたようにございます」

「ふむ、梅か」

「御存じでございましたか？」

公方様がバツの悪そうなお顔をなされた。

「いや、気付かなかった。そうか、もう観梅の時季か。宴を開かねばならぬな」

「はい、皆が喜びましょう」

少し寒いけど梅の花を楽しみながら宴を催す。公方様もお心が晴れる筈。賑やかに春の和歌でも詠めば興を添えるだろう。

「梅が終われば桜、その後は若葉の季節か。一年で一番過ごし易い季節だな」

「はい」

公方様が私を見た。先程までの不機嫌そうな表情は無い。

「済まぬな、気を遣わせる」

「いいえ、そのような」

「何が有ったか、知りたかろう」

「お話しになりたくないのではございませぬか？」

公方様が苦笑を浮かべられた。

「そうだな。話したくない」

「それなら」

首を横に振ると公方様が〝良いのだ〟と言った。

「話さねば心に澱が溜まりそうだ。話せるのは此処しかない。そなたしかな」

寂しそうなお顔。この御方の心は決して強くない。そしてこの御方もそれを分かっている。その事に苦しんでいる。

「では、何がございました？」

改めて問い掛けると公方様が〝うん〟と答えた。

「小侍従も長門守が織田から妻を迎えるのは知っていよう」

「はい」

父も兄もその事を非常に不愉快に思っている。悪し様に長門守様を、朽木を罵っていた。幕府に断りも無しに勝手に婚姻を結ぶとは何事かと幕臣達の中にも怒っている人が多いと聞く。公方様も御不満だと聞いているけど……。

「朽木は、予が信用出来ぬそうだ」

「それはどういう事でございますか？」

朽木家は足利に忠義の家とまで言われる家。その朽木家が公方様を信用出来ない？　思わず声が尖った。そんな私を公方様が困ったように見ている。

「兵部大輔がな」

兵部大輔？　細川兵部大輔様？

「昨夜頭中将の邸を訪ねた。頭中将をこれ以上無視するのは幕府のためにならぬという事でな。左兵衛尉は長門守が自分で織田との縁を結んだと言ったが織田と朽木を結んだのは頭中将ではないかという疑念も有った」

公方様がぼそぼそと零す。頭中将様が絡むと面白くないのだと思った。

「それで、如何でございました」

公方様が〝うむ〟と唸った。

「朽木と織田を結んだのは頭中将だった。だがな、それは朽木の側から嫁を世話してくれと頼まれての事だったらしい。頭中将が押し付けた訳ではないそうだ」

「なんと……。でも朽木は何故幕府に、公方様に嫁を世話してくれと頼まなかったのでしょう」

信用出来ないとはどういう事かとは問わなかった。聞けば傷付くと思ったから。公方様がまた〝うむ〟と唸った。

「一昨年の事だが朽木と高島が戦となり長門守は高島を滅ぼした。小侍従も覚えていよう」

「はい」

あの時、公方様はとても喜ばれた。長門守様を朽木家の当主にしたのは間違いでは無かったと何度も口にされた事を覚えている。

「あれはな、六角が高島を唆(そそのか)したそうだ」

「まさか」

公方様が首を横に振った。

「民部少輔と長門守はそう思っているらしい」

朽木と高島は犬猿の仲、朽木家の先代当主宮内少輔様は高島に殺された。戦が起こっても不思議では無かった。六角が唆した？

「朽木を滅ぼそうと？」

公方様が首を横に振って〝いや〟と言った。

「そうではない。仲裁して朽木に影響力を強めようとした。六角に従属させようとした。民部少輔達はそう見ているようだな」

「何故でしょう？　朽木は足利に忠義の家。六角にとっても敵ではありませぬ。わざわざ戦を仕掛けて押さえ付けなくても……」

公方様が苦笑を浮かべた。

「朽木には銭が有る。それに朽木は京に接している。従属させれば何かと都合が良い。そう思ったのではないかと頭中将は言ったようだ。否定は出来ぬ。朽木は千五百貫もの銭を予に出したのだ。皆が手に入れたいと思うだろう」

「……」

「兵部大輔は六角には他にも狙いが有ったと見ている」

「他にも？」

「ああ、朽木を押さえる事で頭中将にも影響力を振るおうとしたのではないかという事だ」

まさかと思った。六角がそんな事を……。

「真の事なのでしょうか？」

公方様が〝分からぬ〟と首を横に振った。

「兵部大輔の他にも大和守が有り得ると見ている。二人に賛成する者も居る。そしてそんな事は有り得ないと否定する者も居る。予の前で口から泡を飛ばして口論した。いや、あれは口論かな。最後は罵り合いに近かった」

「……確証は無いのでございますね」

公方様が〝そうだ〟と頷いた。

「罵り合いになったのはな、積極的にそれを勧めた者が幕臣達の中に居るのではないかと兵部大輔が言ったからだ」

「まさか、そのような」

公方様が首を横に振った。

「朽木で過ごした五年間、どの大名も予の三好を討てという檄に応えなかった。惨めで情けない五年間であった。だからな、朽木を与える事で六角を動かそうと考えたのではないかと」

「！」

「勿論、朽木を潰すのではない。六角に従属させるだけだ。その方が万一朽木に逃げた時も六角を動かし易いと考えたのではないかと」

まさかと思った。父や兄が関係している?

「公方様は如何思われるのです?」

公方様が私を一瞬見て視線を逸らした。まさかと思った。公方様も私同様父や兄を疑っている?

「分からぬ。だが有り得ぬとは断言出来ぬ。人も減り孤立無援だったのだ。あの惨めさをもう一度味わいたいと思う者は居るまい。予を含めてな」

そうではない。誰が考えてもおかしくはないと思っているのだ。或いは公方様自身、悪い考えではないと思っているのかもしれない。

「朽木が嘘を吐いていると言う者も居る。予から離れようとして嘘を吐いているとな」

「公方様もそう思われますか? 朽木は足利に忠義の家でございますよ」

公方様が〝分からぬ〟と首を横に振った。そして〝ハハハハハハ〟と虚ろな笑い声を上げた。

「思いたくはないが分からぬのよ」

「……」

答えられずにいると公方様が私を見た。

「結局結論は出なかった。真実は分からぬ。或いは予に嘘を吐いている者が居るのかもしれぬ。寂しい事だ」

「……」

「それが嫌でな、此処に逃げてきた」

「……」

「本当ならそんな事は無い。幕臣達にそんな者は居ない。六角も朽木に野心など持っていない。朽木の思い過ごしだと言えれば良いのだが……」

「言えませぬか？」

公方様が苦い表情で頷いた。

「予が朽木に居た時、予を解任しようという動きが有った。六角も畠山もそれを知っていながら予には報せなかった。心の底から信用出来る者達ではない」

「……」

「だが予は両者を咎める事が出来ぬのだ。三好に対抗するには彼らの協力が必要だからな」

「……」

「惨めな事だ」

公方様が背を丸めて呟いた。

「予が強く出られるのは朽木ぐらいのものだ。だが朽木にしてみればそんな予を如何思っただろう。信用出来ぬ六角や畠山を重視し、忠義を尽くしてきた自分達を粗雑に扱うのかと不満を持ったかもしれぬ」

「……」

公方様が私を見た。

「そなたは以前朽木と六角の仲は必ずしも円滑ならずと言ったな」

「はい、朽木が六角に助勢しなかった時でした。浅井攻めです」

「本当に高島の後ろに六角が居た。いや、そう思っているのなら六角に加勢などは出来まいな。むしろふざけるなと思っただろう。兵糧を出したのは予の命を無下には出来ぬと思っての事かもしれぬ。腹立たしかっただろう。そう思うと朽木が予から離れようとしているという意見も否定出来ぬ。付き合い切れぬと思ったのだろう」

公方様が私を見た。縋るような視線だった。

「そなたは否定出来るか？」

「……いいえ、否定出来ませぬ」

迷ったけど正直に答えた。公方様が〝そうだな〟と言って寂しそうに笑った。

「弱いというのは惨めなものだ。誰かに縋らざるを得ぬ。そして縋るという事はその者に強くは出られぬという事だ」

「……」

「予は征夷大将軍、武家の棟梁ではあるが自らの足で立つ事が出来ぬ……」

公方様が首を横に振っている。

「公方様」

「三好を討てば自らの足で立てるだろうか……」

公方様が宙を見て呟いた。そして私を見た。

「そなたは如何思う？」

「分かりませぬ」

分からない。幕府の力が大きくなるだろうか？　むしろ六角、畠山の力が大きくなるだけかもしれない。公方様が顔を綻ばせた。

「そなたは正直だな」

「正直、でございますか？」

「ああ、幕臣達なら予の力は増大し天下は安定すると言うだろう」

「実際にそうなるやもしれませぬ」

「そうだな、なるやもしれぬ」

公方様の表情は暗い。誰よりも公方様がそれを信じていないのだと思った。公方様が〝小侍従〟と私を呼んだ。表情に笑みが有った。寂しそうな笑み……。

「観梅の宴でも開くか」

胸を衝かれた。

「はい、皆も喜びましょう。春が来たと」

「そうだな。皆も喜ぼう。……何時か本当に春が来れば良い」

「……」

最後は呟くような口調になった。公方様が望む春とは公方様が武家の棟梁として実権を取り戻した時の事だろう。そんな日が本当に来るのだろうか？　私は返事が出来なかった。

永禄四年（一五六一年）二月下旬　　山城国葛野・愛宕郡　　平安京内裏　　正親町帝

「目々よ、大事はないか」

「はい、この通りにございます」

目々が腹部をさすりながら答えた。衣服に隠れて未だ目立たぬが後五ヶ月もすれば子が生まれる。

「動くか？」

「はい、時折蹴りまする」

「そうか、蹴るか。元気な子だな」

「はい」

出来れば男子であって欲しい。皇子が誠仁一人では心細い限りだ。

新大典侍がその事で相当に苛立っている。頭弁が頼りなく、如何しても頭中将を頼みにせざるを得ない事が面白くないらしい。そして目々が身籠もった……。目々の産む子が男子なら次の帝位を奪われるのではないかと思っているのかもしれぬ。愚かな……。帝位は誠仁、生まれてくる子はあくまで控えだ。

目々の傍に寄って腹部に手を当てた。目々が恥ずかしそうに、しかし嬉しそうにしている。

「おお、動いた」

「はい、動きました」

驚いた、腹の中の子が私の手を蹴った。間違いなく目々の腹の中には私の子が居るのだと思った。

「なんと、驚いたわ」

「はい」

手を腹から離しても蹴られた感触が残っている。何とも不思議だった。

頭弁を早めに参議にした方が良いかも知れぬな。頭弁のままでは誰もが頭中将と比較するだろう。だが余りに露骨には動かせぬ。やはり最低でもあと一年程は頭弁に留め置かねばなるまい。……万里小路という事で優遇したが失敗であったな。これからは気を付けねばならぬ……。

「出来れば男子が欲しいものよ」

「はい、私もそのように思っておりまする」

「風邪を引いてはならぬぞ」

「はい、これからは暖かくなります。御心配には及びませぬ」

「そうだな、もう直に三月だ」

「はい」

三月か、公方が三好の邸に行く筈だ。三好はだいぶ公家達に参列せよと声を掛けているらしい。自分達は朝廷に大きな影響力を持っていると公方に見せつけたいのであろう。ふむ、一体どんな訪問になるのか……。頭中将にも参加させるか。頭中将ならば何か察するかもしれぬ……。

群雄

永禄四年（一五六一年）　三月上旬　　山城国葛野・愛宕郡　　西洞院大路　　飛鳥井邸

松永久秀

「遅いな」

三好日向守長逸殿が顔を顰(しか)めて呟いた。

「もう直でしょう。先程ざわめきがありました。宮中からお戻りになられたのだと思います」

私が宥めると日向守殿が〝フン〟と鼻を鳴らした。そして白湯を一口飲む。直ぐにトントントンと足音が聞こえてきた。日向守殿と顔を見合わせた。緊張している。豪胆な日向守殿でも頭中将様に会うのは容易な事ではないらしい。その事が少しだけ可笑しかった。

カラリと戸が開いて頭中将様が部屋の中を見た。十三歳、小柄だが身体付きはしっかりとしている。そして表情にも子供らしさはない。公家の持つ弱々しさは何処にも無かった。二、三年経てば背も伸び精悍(せいかん)さを増すだろう。

「お待たせしたようでおじゃりますな。お許し下さい」

そう言いながら部屋の中に入ってきた。

「いえ、頭中将様が忙しい事は我等も分かっておりまする」

頭中将様が座って威儀を正した。

「呼び立てたのは麿におじゃります。にもかかわらず待たせるような形になった。礼を失しておじゃりましょう。改めてお詫びします。この通りです」

頭中将様が頭を下げた。

「左程に待ったわけではありませぬ。どうかそのような事は……」

日向守殿に視線を向けると日向守殿が顔を顰めた。

「左様、弾正の言う通りにござる。どうか、頭をお上げ下され」

頭中将様が頭を上げたのは日向守殿の言葉が終わってからだった。随分とこちらに気を遣っている。女中が現れた。我等の前にあった茶碗を新しい茶碗に替えた。中には茶色い水が入っている。香りからするとゲンノショウコらしい。女中は頭中将様にも茶碗を置いて立ち去った。頭中将様が一口飲み〝ホウッ〟と息を吐いた。私も一口飲むと日向守殿も一口飲んだ。

「日向守殿はこの邸は初めてでおじゃりましたな」

「はい、今日は弾正が頭中将様に呼ばれたと聞いて某も同道致しました。御迷惑でございましたか？」

頭中将様が〝いいえ〟と首を横に振った。

「歓迎致しますぞ。これからは何時でも遠慮無く訪ねて欲しいものです」

「それは、有り難うございまする」

日向守殿の声が硬いと思った。まあ何度か命を狙った相手に歓迎されても素直には喜べぬか。今日、此処に来たのも私と頭中将様が親しい事を危ぶんでの事……。

「御成りの準備で忙しいのでおじゃりましょうな」

〝それは〟、〝まあ〟と私達が答えると頭中将様が頷いた。

「順調ですかな？」

「大凡（おおよそ）のところは。後は細かいところを詰めれば……」

「月末（つきすえ）の式日には間に合いましょう」

私と日向守殿が答えるとまた頭中将様が頷いた。ふむ、用件は御成りについてか……。

「堂上の方々は如何でおじゃりますかな？」

「大勢の方々が参加して下さる事になりました。戦が無くなると皆様喜んでおります。賑やかな御成りになりましょう」

「ま、その分費（つい）えは掛かります」

日向守殿の言葉に頭中将様が〝ホホホホホホ〟と笑った。

「筑前守殿の晴れ舞台です。多少の出費は已むを得ますまい」

その通りだ。公家達を呼んで派手に行おうというのは頭中将様の御発案。殿も筑前守様も三好の勢威を示す機会だと大いに乗り気だ。日向守殿も頭中将様の御発案という事にこだわってはいるが案そのものには賛成している。

「今日、お呼び立てしたのは麿も其処に加わりたいと思ったからなのです。久し振りに筑前守殿にも御会いしたい。席を用意して頂けますかな？」

「真でございますか？　お忙しいのでは？」

「……」

頭中将様は笑みを浮かべたまま答えない。頭中将の職は帝の側近、そして頭中将様は帝の御信任が厚い。簡単には傍を離れる事など出来ない筈だが……。事実一度は断られたのだ。

「帝からそのような御指示が？」

まさかと思った。そのような事が……。日向守殿の問いに頭中将様は笑みを浮かべたままだ。

「……如何でおじゃりましょう。難しいですかな？」

日向守殿と顔を見合わせた。緊張している。自分も同様だろう。頭中将様は何も答えない。つまり、帝の命なのだと思った。私が頷くと日向守殿も頷いた。

「そのような事はございませぬ。頭中将様の御臨席を頂ければ皆も喜びましょう」

「弾正の申す通りにございます」

私達が答えると頭中将様が〝よしなに願いまする〟と言って頭を下げた。胸が震える。帝が今回の御成りに関心を持っている。頭中将様を臨席させるという事は単純に平和が来ると喜んでいるわけではないのだろう。頭中将様は御成りは三好を欺く欺瞞だと帝に伝えている可能性が高い。帝は三好と足利の動向を危惧している。つまり畿内で戦が起きる可能性が有ると見ているのだ。それは頭中将様の見立てでもあるのだろう。

「麿の話は以上ですが日向守殿が居られるのです。今少しお話ししたいと思いますが如何でおじゃりますかな？」

「それは、願っても無い事で」

日向守殿がつっかえながら答えると頭中将様が顔を綻ばせた。ふむ、頭中将様は日向守殿を忌諱する事は無いらしい。

「それは嬉しい。で、何を話しましょう。遠慮は要りませぬぞ」

頭中将様が私達を見た。なるほど、折角だから聞きたい事は聞いていけという事か。

「されば、朽木長門守殿が織田から嫁を貰うと聞きました。頭中将様のお口添えが有ったと聞きますが真でございますか？」

日向守殿が問うと頭中将様が苦笑を漏らした。

「その話を何処で聞かれましたかな？」

「……」

私と日向守殿が無言でいると今度は〝クスッ〟と笑った。

「先日、細川兵部大輔殿が見えましてな。その時に長門の叔父上の嫁取りの話になりました。麿が口添えしたというのはその時に初めて出た話だと思うのですが……」

「……」

答えられずにいるとまた頭中将様が〝クスッ〟と笑った。

「事実でおじゃりますよ。麿が口添えしました」

「頭中将様が織田と親しいのは知っていましたが……」

朽木と織田では身代が違い過ぎる。にもかかわらず話が纏まった。

「まあウマが合う、そんなところでおじゃりますな」

ウマが合う？　日向守殿を見た。難しい顔をしている。頭中将様が〝クスッ〟と笑った。

「そのように難しく考える事はおじゃりますまい」

日向守殿が〝いや、それは〟と言うと頭中将様が〝ホホホホホホ〟と声を上げて笑った。

「尾張一国の統一も未だというのに僅かな手勢で上洛した。妙な御仁だと思って興味半分に会ったのです。なかなか面白い人物でおじゃりましたぞ」

日向守殿が私を見た。訝しんでいると思った。

「それに運も良い。誰もが負けると思った今川に勝った」

「頭中将様のお力添えが有ったのではありませぬか？」

日向守殿が問うと頭中将様が苦笑を浮かべられた。

「弾正殿からも似たような事を言われましたが麿は何もしておりませぬ。買いかぶりでおじゃりますな」

「……」

我等が無言でいると〝困ったものです。なかなか信用されない〟と頭中将様が笑った。

「いや、疑うわけではありませぬ。ですが……」

「左様、我等は頭中将様を良く知っておりますので……」

頭中将様がゲンノショウコを一口飲んだ。

「朽木も困っていたようです。幕府との関係が思わしくない。その所為で幕府に嫁を世話して貰えない。だからといって嫁を世話してくれと頼めば更に蔑みを受けかねないと」

「……」

「それで麿に相談したのです。驚きましたな。其処まで関係が拗れているとは思いませんでした。麿にも責任の一端は有る。無下には出来ませぬ。それで織田に話してみようとなったのです。織田は親族が多い、一人くらい出してくれるかもしれぬと」

「……」

我等が無言でいると頭中将様が〝クスッ〟と笑った。

「やれやれでおじゃりますな」

「……」

「まあ織田殿もこれからが大変でおじゃりましょう。今川との因縁はより強まった。そして美濃の一色とも敵対している。一色は六角と同盟を結びましたから対織田戦に総力を挙げられる。東と北、両方の敵を相手にするのです。楽ではない」

確かに、東海道はこれからが大変だろう。織田にとって年頃の娘は何かと使い道が有る筈だ。にもかかわらず織田は朽木に娘を出した。やはり織田は頭中将様を重視している。如何しても桶狭間へと視線が向く。

「美濃の一色治部大輔殿が左京大夫に推挙された事、御存じでおじゃりますかな？」

「存じております。六角と同盟を結びましたからな、それへの褒美でございましょう」

日向守殿が冷笑すると頭中将様が〝ホホホホホ〟と笑った。

「とは限りますまい。織田と一色は不倶戴天(ふぐたいてん)の仲、織田と朽木の婚姻を不快に思う人間が一色を左京大夫に推挙する事を公方に勧めた。麿はそう思っております。まあ表向きは同盟への褒美でしょうが」

なるほど、同盟を結んだ事を評価するなら推挙はもっと早くても良い。幕府内部での織田、朽木への反感は相当に強いのだと思った。

「ところで陰陽師の件ですが」

話題を変えると頭中将様が顔から笑みを消した。

「驚きました。まさか呪詛など……、余りに愚か過ぎる」

「陰陽師が殺されました」

日向守殿の言葉に頭中将様が頷いた。

「御成りの前でおじゃります。皆が平和が来ると喜んでいるのです。大事にしたくないと思い春日局殿に止めさせて欲しいと頼みました。陰陽師が殺されたのはその直後でおじゃりましたな」

「口封じだと噂が流れております」

「ええ、麿が命じました」

シンとした。まさか認めるとは……。日向守殿も驚いている。頭中将様が〝フフフ〟と笑った。

「そのように驚く事はおじゃりますまい。養母は麿にとって命の恩人なのです。日向守殿はお分かりでおじゃりましょうな」

「それは……」

「今回は警告でおじゃります。だから陰陽師だけで留めました。次に養母の命を危うくするような真似をすれば容赦はしませぬ」

警告か……。これは幕臣達へだけではない。我等に対する警告でも有るのだろう。

「西三河の松平が公方様に馬を献じましたが」

私が問うと頭中将様が頷いた。

「そのようでおじゃりますな。今川の混乱が酷いと見たのでしょうが自立するようです。三河は混乱するかもしれませぬな。今川は苦しい立場になる」

織田と結ぶのだろうか？　となると織田は今川との間に楯を得たという事になる？　それとも織田と今川の関係はより悪化する？　判断が難しいところだ。

「織田が松平を如何するのか。喰えば織田の勢力は一気に三河一国に広がりましょう。手を結ぶのなら北へという事になりますが……、悩ましいところでおじゃりますな」

十分にそれも有り得る事だ。長尾、北条、武田、今川、織田、一色、それに松平。一体どうなるのか……。

頭中将様が〝そうそう〟と膝を叩いた。

「忘れていました。御成りの件でおじゃりますが太閤殿下にお声を掛けましたかな？」

頭中将様が心配そうな表情をしている。思わず日向守殿と顔を見合わせた。

「いえ、掛けておりませぬ。お身体が万全では無いと伺っておりますので」

私が答えると頭中将様が〝ふむ〟と頷いた。

「お誘いしては？　だいぶ具合は宜しいようでおじゃりますぞ。ずっと邸に居るので鬱屈しているようです。介添えとして寿殿と御台所も一緒にと誘えば臨席なされるのではないかと思います。その時は麿も傍に付きましょう」

日向守殿に視線を向けると日向守殿が頷いた。

「分かりました。では太閤殿下に御臨席を願いまする」

「臨席されるかは分かりませぬが声を掛ければ太閤殿下もお慶びになりましょう。それに華やかな宴には美しい花がなければ。そうではおじゃりませぬかな？」

〝それは〟、〝まあ〟、私と日向守殿が苦笑いをすると頭中将様も〝ホホホホホホ〟と笑った。ふむ、太閤殿下と公方様の関係は今一つだ。太閤殿下に三好が近付く良い機会になる。不遇な時こそ人の恩を感じるものだからな……。


永禄四年（一五六一年）　三月上旬　　山城国葛野・愛宕郡　　西洞院大路　　飛鳥井邸

飛鳥井春齢

カラッと戸を開けて兄様が入ってきた。そして座ると溜息を吐いた。

「大丈夫だった？」

「うむ、心配は要らない」

「でも、三好日向守が来たのでしょう」

兄様が〝ああ〟と言って頷いた。兄様を殺したがっている日向守、まさか兄様を訪ねてくるなんて……。

「それに溜息を吐いてた」

兄様がまた溜息を吐いた。

「桶狭間の件を疑われている」

「やっぱり……」

「それと織田と朽木の結婚も」

「そうよね」

身代が違い過ぎるんだもの。私にだっておかしいと分かる。

「それに松平が公方に馬を献じた。その事も気にしていた。確証は無いが東海で動きが出つつある。そう見ているのだろう」

「……」

「まあ疑われても構わぬ。今の時点で織田を上洛させようと考えているなどとは誰も思うまい。稲葉山城は難攻不落だからな。だが鬱陶しい事だ」

疲れているのだと思った。あ、いけない！

「織田から文が来てるわ」

文箱から封書を取り出して渡すと兄様が文を取り出して読み始めた。表情が厳しい。そして息を大きく吐いた。

「松平から同盟を結びたいと打診が有ったそうだ」

「！」

凄い、兄様の予想通りになった。でも……。

「大丈夫？　疑われない？」

「大丈夫だ。上洛を疑うのはまだ先、稲葉山城が落ちてからだ」

「なら良いけど……。疲れていない？」

「大丈夫だ」

本当かしら？　毎日出仕して遅くに帰ってくる。疲れている筈よ。遠慮して欲しくないな、疲れているって言って欲しい。

「それよりだ、三好は危ないぞ」

呟くような口調だったけど兄様の表情は厳しかった。

「十河讃岐守の病を疑っていないようだ。弾正も日向守も幕府を警戒する素振りがない。あの二人、連中よりも麿を警戒している。麿と織田の関係をな」

「……本当に病じゃないの」

兄様が私を見た。厳しい目をしている。

「たとえそうでも疑うべきでおじゃろう。畠山を破り、六角は浅井に敗れた。そのせいでおじゃろうな、彼らを甘く見ているとしか麿には思えぬ」

「……」

「十河讃岐守は和泉国で松浦家に養子に行った息子の後見をしている事になっている。多分、そういう事にして療養しているのだろうが状態は良くないようだ。重蔵の報せでは外に出かける姿を見た者が居ないらしい。有り得ぬ事だ」

「……」

「もしかすると讃岐守は修理大夫に自分の本当の病状を報せていないのかもしれぬ。だとすれば弾正、日向守に危機感が無いのも頷ける。讃岐守も毒を盛られたとは思っていないのだろう。つまり三好家全体が油断しているという事だ。益々危ない」

そんな事が有るのかしら。

「或いは三好も関東の情勢に気を取られているのか……」

「……」

「あの二人、関東の事には一言も触れなかった。敢えて触れなかったのなら相当に気にしているのかもしれぬ……」

兄様は俯き加減に何かを考えている。有り得るのだと思った。兄様が顔を上げた。

「九兵衛！　九兵衛は居らぬか！」

「これに」

兄様が声を張り上げた。直ぐにタタタタタと軽い音がして戸が開いた。

「入れ！」

「はっ」

兄様の声が鋭い。嫌でも身が引き締まった。九兵衛が部屋の中に入って戸を閉めた。

「九兵衛、松平がその気になったぞ」

「真でございますか？」

「うむ、とうとう耐えられなくなったらしい」

兄様が笑うと九兵衛も笑った。

「いよいよ美濃攻めでございますか」

「そういう事になるな。知っていると思うが日向守と弾正は麿が織田と朽木の縁結びをしたと知っていた」

「幕府では朽木の件で細川兵部大輔様と進士主馬頭様が公方様の御前で激論になったと聞いております」

「三好に筒抜けとも知らずにか？」

兄様の口調が冷たい。蔑んでいるのだと思った。

「まあ良い。これで幕府も朽木に無理を言うのは少しは躊躇おう。それに三好も朽木と幕府の間には相当に溝が有ると見た筈。朽木を危険視はすまい」

「その代わり、頭中将様を危険視しております。日向守の来訪はそれ故でございましょう」

九兵衛が心配している。やっぱり不安、大丈夫かしら。

「麿には兵は無い。それに親足利でもない。本来三好にとって麿の危険度は小さいのだ。弾正、日向守が麿を危険視するのは六角、畠山を侮っているからでおじゃろう。もうじき麿に構っている様な余裕は無くなる」

「でも織田が上洛すれば……」

私が口を出すと兄様が小さく笑った。

「確かにそうだな。危険視されよう。逃げねばならぬという事も十分に有り得る。だが未だ未だ先の事だ。今の段階では何も見えぬ」

その時には尾張に行くのだと思った。織田弾正忠の軍勢と共に上洛するのだろう。行って欲しくないけど京に居れば間違いなく殺されると思った。

「それにしても、兵部大輔様、中々のお働きでございますな」

九兵衛の声が笑っている。

「そのために餌を与えたのだ。役に立って貰わなければ困る」

「御意」

兄様の声も笑っていた。二人とも怖い。細川兵部大輔、感じの良い人だったけど兄様と九兵衛にとっては利用出来る、役に立つ道具なのだと思った。

「朽木領で噂を流すように重蔵に伝えて欲しい」

「はっ、どのような噂を?」

「浅井が兵を整えつつある。意外に野良田の戦いでの損害は少なかったようだと」

「朽木領だけで宜しいのでございますか?」

兄様が頷いた。

「噂は徐々に高島五頭に広がれば良い。一気に広めると訝しむだろう。讃岐守の死後でも良いかと考えていたが存外六角の動きは速いかもしれぬ。噂が追いつかぬようでは意味が無い。御爺と長門の叔父御には磨から文を送る」

九兵衛が〝なるほど〟と頷いた。

「六角は宜しいので？」

「うむ、構わぬ。それよりも浅井領で噂を流して欲しい。六角が畠山と組んで三好と戦おうとしている。だがその前に浅井を一叩きしようとするかもしれないと」

「なるほど、浅井がそれに備えれば……」

「浅井が戦支度をしている。朽木は高島五頭に協力して備えようと声を掛ける事が出来る。そして六角には五頭と協力して浅井に備えると言える。六角も無視は出来まい」

九兵衛が〝確かに〟と頷いた。

「他には何か？」

兄様が首を横に振った。九兵衛が一礼して部屋を出て行くと兄様が溜息を吐いた。

「小さい、弱いというのは惨めだ。どうしても周囲に振り回される」

「朽木の事？」

兄様が頷いた。

「三好との戦に巻き込まれれば碌な事にはならない。なんとか此処を凌がなければ……」

「……」

「楽では無いな」

「うん」

頷くと兄様が大きく息を吐いた。

「織田殿に文を書く。松平との同盟の件、目出度いとな。織田と朽木の縁談で京は幕府も三好も大騒ぎだと伝えよう。直に朝廷でも騒ぎになる。そして松平との同盟が公になればその事も騒ぎになるだろうとな。織田殿も喜ぶだろう」

「喜ぶの？」

問い掛けると兄様が頷いた。

「先年、上洛した時は誰も織田殿に注目はしなかった。小さく、弱い存在だと思われたのだ。だが今は違う。織田殿はもう無力ではない。戦国の群雄の一人だ。その一挙手一投足に皆が注目する」

そうよね、私だって織田なんて気にした事は無かったんだから。でも今では三好も幕府も無視出来ない存在になっている。だから幕府も三好も兄様との関係を危険視するのだろう。……あまり無理はして欲しくないな……。

十万の兵

永禄四年（一五六一年）　三月上旬　　山城国葛野郡　　桔梗屋　　当麻葉月

「なるほど、朽木と浅井で噂を流すか」

「はい、六角の動きは存外速いかもしれぬと」

九兵衛の答えに棟梁が〝うむ〟と頷いた。

「そうだな、かもしれぬ。それが上手く行けば朽木は畿内の戦に巻き込まれずに済むだろう。織田との縁談も上手く利用したな」

棟梁が笑うと九兵衛も笑った。

「幕臣達の中にも朽木への扱いに不安を感じる者が居るようで……。頭中将様はそれを利用しました」

「婚儀には幕臣も参列すると聞いております。三淵大和守。恐らくは朽木との関係改善のためでしょう」

九兵衛と私の言葉に棟梁が頷いた。

「織田からもそれなりの人物が来る筈だ。案外大和守の狙いは織田の家臣との顔合わせかもしれぬ。婚儀の頃には松平との同盟も公になっていよう。松平は今川を離れ織田に付いた。これは大きい。

桶狭間の勝利を運が良かっただけとは蔑めなくなったのだ。朽木を通しての繋がりだけでは満足出来まい。是が非でも直接の繋がりが欲しい筈」

なるほどと思った。たとえ今はその気が無くてもその時になれば望むだろう。

「婚儀の場で幕府が織田との接触を望むかもしれない……。織田様に伝えておきましょう」

私の言葉に棟梁が頷いた。

「当然だがそれを面白く思わぬ者も居よう」

「一色ですね」

「六角という事も有り得る」

棟梁の言葉に部屋の中がシンとした。朽木を孤立させたい、六角に服属させたいと考えれば有り得る事だ。

「輿入れの行列には陰供を付ける」

「承知しました」

六角が敵となれば甲賀が相手という事になる。ゾクリとした。面白い、我等鞍馬忍者の力を示す良い機会よ。

九兵衛が〝今ひとつ〟と言って懐から書状を出した。

「この書状を織田様に」

「頭中将様が？」

問い掛けると九兵衛が頷いた。

「内密に渡して欲しいとの事で」

棟梁と顔を見合わせた。

「何が書いてある？」

棟梁が問うと九兵衛が首を横に振った。

「教えて頂けませんでした」

棟梁も私も九兵衛の手にある書状を見た。何の変哲もない書状……。

「何やら物騒な匂いが致しますな」

私の言葉に棟梁が笑い、九兵衛も笑った。九兵衛から書状を受け取った。特に脹らんではいない。重さも無い。はて、一体何が書かれているのか……。

「九兵衛、頭中将様は婚儀には参列せぬのか？」

「今のところそのようなお話は有りませぬ」

「棟梁、それは無理です。頭中将は激務ですし畿内では何時戦が始まるか分かりませぬ。京を離れるなど……」

私の言葉に棟梁が頷いた。

「関東では長尾が十万の大軍で相模国に攻め込んだ。小田原城を始めその周辺の城を囲んでいる」

十万……。分かっていた事だが溜息が出た。

「保ちましょうか？」

九兵衛が問うと棟梁が〝さあて、如何かな〟と言った。頼りない言葉だが眼は笑っている。

「苦労しているようだぞ。関東は昨年凶作だった。その所為で米が無い。集まった諸将の間では撤兵を望む者も居るらしい」

「真でございますか？」

問い掛けると棟梁が頷いた。

「越後でも関東への兵や荷の輸送で混乱が生じているらしい。長尾も十万の大軍を率いるのは初めてだ。思う様に行かずに頭を抱えているかもしれぬ」

なるほど、十万の兵を集めるのと十万の兵を使うのは別か。その事を言うと棟梁と九兵衛が頷いた。

「北条が籠城を選んでいるのもそれが理由かもしれぬ。長期戦に持ち込めば相手は瓦解すると見ているのだろう」

「……」

北条左京大夫氏康、強かな男だと思った。

「それにな、武田が動いている」

「援軍を？」

私の言葉に棟梁が〝それも有る〟と言った。それも？

「北信濃埴科郡に海津城という城が有る。長尾との最前線の城だがこの城に兵力を増強している。おそらく、北信濃で事を起こすつもりだろう。北上して水内郡を制すれば次は越後国頸城郡だ。頸城郡には春日山城がある」

九兵衛が息を呑んだ。そうなれば長尾の喉に手を掛けた事になるだろう。長尾は放置出来ない。

〃棟梁〃と声を掛けると棟梁が〃ああ〃と頷いた。

「長尾はそれを放置出来ぬ」

「……」

「関東の戦は直に終わるだろう。次は長尾と武田が北信濃で戦う筈だ。こちらも大きな戦になる」

私、九兵衛、棟梁、三人が顔を見合わせて頷いた。

「頭中将様の見立て通りでございますな」

九兵衛が言った。声には畏怖が有ると思った。

「問題はこの後よ。戦の結果次第で天下の動きは変わる。楽しみよ」

棟梁が笑う。私も笑った。九兵衛が少し遅れて笑う。次は一体何を見せて貰えるのか……。それに受け取った書状……。


永禄四年(一五六一年) 三月上旬　山城国葛野郡　近衛前嗣邸　近衛稙家

「ふむ、ま、麿にも出ろ、と申すか」

松永弾正が〃はっ〃と畏まった。

「頭中将様より太閤殿下をお誘いしてはどうかと。御加減もだいぶ良いようだと伺いましたので」

「ふむ」

頭中将の名を聞いた寿が僅かに身体を動かした。

「御台所様、寿姫様の介添えが有れば左程に不安は無いのではないかと。殿下が御臨席為される時は自分も傍にてお支えすると申されました」

「さ、左様か」

何とも嬉しい事よ。顔が綻ぶのを止められぬ。しかしだ、ここで出るとなれば室町第が煩く騒ぐかもしれぬが……。

「如何でございましょう?」

弾正が答えを迫ってきた。

「そうで、おじゃるの。如何するかな?」

娘達に問うと二人が行きたいと言った。そうじゃの、年寄りの相手ばかりさせては可哀想じゃ。以前と違って頭中将もなかなか来られぬ。室町第には事前に出席するとだけ伝えれば良かろう。

「では、出席しよう。む、娘達と」

「有り難うございまする。必ずや御満足頂けるよう、おもてなしさせて頂きまする」

「うむ、楽しみ、でおじゃるの」

「はい」

「本当に」

娘達が同意した。松永弾正、中々の人物よ。人当たりも良く交渉役に向いていよう。修理大夫の信頼が厚いと聞くがそれだけのものはある。

「では、当日はこちらから迎えの者を出しまする」

「うむ、頼む」

弾正が深々と一礼して席を立った。寿と毬が見送りに立つ。ふむ、この時が寂しいの。自らの足で見送れぬ……。考えても仕方ないの。御成りか……。頭中将も出ると聞いた。頭中将が帝の傍を離れる。訝しい事よ。帝の命だとすれば危ぶんでいるという事になろう。

「如何なされました?」

「うむ」

戻ってきた寿が訝しげな声を上げた。毬も不安そうに儂を見ている。

「なにやらお悩みのようですが」

「いや、何でも、無い」

困ったものよ。何でも無いと言っても不安そうな表情をしている。

病に倒れてから室町第の様子を知る事は難しくなった。頭中将は御成りに出る事で己の目で確認しろと言っているのかもしれぬの。そして自分と今後の見通しを話し合おうというのかもしれぬ。ふむ、戦は避けられぬと見ているのか……。

「楽しみよの」

儂の言葉に二人が顔を綻ばせた。さて、一体何を見ることになるのか……。

永禄四年（一五六一年）　三月中旬　　河内国讃良郡飯盛山　　飯盛山城　　三好長慶

「御加減は如何でございますか？」

大叔父が心配そうな表情で儂を見ている。いや、大叔父だけではないな。弾正、倅の筑前守も同様だ。

「ハハハハハ。案ずるな、大叔父上。この通りだ」

笑いながら両手を広げると皆がホッとしたような表情を見せた。

「無理は成りませぬぞ」

今度は弾正が儂を気遣った。

「分かっておる。時々身体が怠く起き上がれなくなるが何処かが痛むというわけでは無い。歳かな？」

敢えて軽口を叩くと皆が苦笑した。どれ、今一つ。

「まあ倅も一人前になった。隠居もしたし気が緩んだのかもしれぬのう」

筑前守を見ながら言うと筑前守が顔を赤らめた。

「某など、まだまだにございます。父上に色々と教えて頂かなければ……」

「ハハハ、そなたは孝行息子だな。親を喜ばせる」

筑前守が益々顔を赤らめて〝そのような〟と言った。大叔父、弾正が声を上げて笑う。漸く空気が軽くなったわ。

昨年の暮れから時折起き上がれなくなる。何も考えられなくなり唯々物憂い。五日から十日程も寝込む事が有る。医師は疲れで心が弱っているのだと言うが……。畠山を叩いて三好の覇権を確立した。その思いが心を緩ませたのかのう……。やはり歳かな。儂ももう四十になった。父よりも十年近く長生きした事になる。良く生き残ったわ。そして戦って勝った。この息子が居れば儂が死んでも心配は要らぬ……。

「それで、如何した？」

儂の問いに三人が顔を見合わせた。はて……。訝しんでいると筑前守が〝父上〟と言った。表情が硬いと思った。

「十河の叔父上が亡くなりました」

「……」

息子が何を言っているのか、良く分からなかった。讃岐守が死んだ？　あれは未だ三十にもなっておるまい。死んだとはどういう事だ？　大叔父、弾正に視線を向けた。大叔父が嘘ではないというように頷いた。

「毒殺にございます」

毒殺という大叔父の言葉が耳に響いた。

「馬鹿な……。体調が優れぬとは聞いていたが大した事は無いとも聞いていた。毒を盛られていたというのか。室町第からは何も聞こえてこぬぞ」

「畠山、六角が独自の判断で動いたのかもしれませぬ」

無いとは言えぬ、と思った。岸和田城に讃岐守を置けば滅多な事で後れは取らぬと見ていた。畠山は動けぬと。

畠山も同じような事を考えたのかもしれぬ。何と言っても畠山は昨年儂に手も足も出ぬ程に敗れた。六角と手を組んでも簡単には勝てぬと思ったのかもしれぬ。だとすれば岸和田城の讃岐守を毒殺する事で少しでも優位に立とうと考えたとしてもおかしくはない。いや、手を下したのは六角の可能性も有るな。昨年の負け戦を見て畠山は頼りになるのかと不安に思ったのかもしれぬ。このままでは自分のところに三好の大軍が押し寄せてくる。それを防ぎ少しでも畠山側に三好の兵力を引き付けようとしたのだとすれば……。

「或いは幕臣達の一部が独自の判断で動いた可能性も有りましょう」

弾正の言葉に大叔父、筑前守が頷いた。これも有りそうな事よ。少しでも三好の力を削ごうと六角、畠山を唆したのかもしれぬ。

「してやられたか」

儂の言葉に三人が頷いた。苦いと思った。讃岐守を失った痛みよりも油断した、その油断を突かれたという苦味の方が強い。

「隠せるか？　今知られるのは拙いが」

「長くは保ちませぬ。一月が限界でしょう」

筑前守の言葉に大叔父、弾正が頷いた。一月か、その間にこちらの態勢を整えなければならん。

「豊前守に文を書く。岸和田城に入って畠山を抑えて貰わなければなるまい」

三人が頷いた。

「それと十河、松浦の家中にも文を書かねばなるまい」

また三人が頷いた。十河、松浦の家中は讃岐守を失って混乱していよう。これを抑えなければならん。豊前守の負担を少しでも軽くしなければ……。

「筑前守、御成りが近いが準備は大丈夫か？」

「はい」

筑前守がはっきりと答えた。大叔父、弾正も頷いている。うむ、問題は無いらしい。

「抜かるなよ。幕臣共に讃岐守の死で三好は動揺しているなどと思わせるな。六角、畠山も御成りを注視していよう。付け込む隙が有ると思わせてはならぬ」

筑前守が〝分かっております〟と言った。

「それに御成りには大勢の公家も来る。公家達にそなたの存在を知らしめる良い機会なのじゃ。必ず成功させよ」

「はい」

「武家の棟梁は公方ではない、儂だ。その方は儂の名代として公方をもてなす。皆の度肝を抜くほどに豪華に行うのだ。公方や幕臣達が不機嫌になるほどにな。その事を忘れるな」

「分かっております」

筑前守が厳しい表情で答えた。大叔父、弾正に視線を向けると二人が頷いた。大丈夫だ。この二人が付いている。

「ところで殿」

「何だ、大叔父上」

「公方様の事、このままにしておきますので？」

大叔父がジッと儂を見詰めている。弾正が〝日向守様〟と大叔父を窘めた。

「放置せよと申すのか、弾正。讃岐守殿が毒殺されたのだぞ。報復せねば甘く見られるだけであろう」

「分かっております。しかし公方様が関与したという証拠は有りませぬぞ」

「関与しておる！　あの御方が六角、畠山を煽らなければ讃岐守殿が毒殺される事は無かった！　そうであろう！」

大叔父が吐き捨てる。弾正が押し黙った。筑前守も無言だ。

「そうだな。全く関与しておらぬとは言えぬな」

三人が儂を見た。

「大叔父上は如何したい」

問い掛けると大叔父が〝されば〟と口を開いた。

「敵と見做して討つべきかと」

弾正が〝なりませぬぞ！〟と声を上げた。

「そのような事はなりませぬ。それを行えば三好は主殺しとして非難を浴びましょう。六角、畠山はそれを大義名分として味方を募る筈、大変な事になります」

大叔父が弾正を睨んだ。

「讃岐守殿が毒殺された事を公表すれば良い。仕掛けてきたのは公方様じゃ。我等は受けて立っただけの事よ。武士として当然の事であろう」

「それが通用するとお思いか。赤松のようになりますぞ」

「では解任じゃ」

「……」

弾正が厳しい目で大叔父を見ている。大叔父が〝フッ〟と息を吐いた。

「分かっておる。混乱するだけだと言うのだろう。三好家のためにならぬと。だがな、何もしなければ甘く見られるだけだ。向こうは図に乗って更に仕掛けてくるだろう。弾正、違うか？」

「……それは……」

弾正の声が弱い。弾正も何らかの報復は必要だと見ている。

「公方様を討つ、或いは廃するという事を儂が声高に主張した。そういう噂を流すだけでも違う筈だ。そうではありませぬか？」

大叔父が儂に問い掛けてきた。そうだな、確かに違う。しかし噂か。脅す事しか出来ぬとは……。

「憎まれ役を大叔父上が引き受けてくれるというのか」

大叔父がニヤリと笑った。

「年寄りには似合いの役目でござろう」

「何時流す」

「されば、戦の直前ですな。室町第で意気が上がった時を見計らって冷や水をぶっかけましょう」

弾正、筑前守が頷いている。

「良いだろう。大叔父上、任せて良いか？」

「はい」

大叔父がまたニヤリと笑った。脅しか、ふむ。

「大叔父上、その時は京に兵を集めて欲しい」

大叔父がジッと儂を見た。

「ただの噂では効果が薄かろう。あの連中を本気で震え上がらせねばの」

「戦の直前ならば可笑しな事では有りませぬな」

「ついでに人質も出させよう。誰が京を支配しているのか、思い知らせなければ」

大叔父が満足そうに頷いている。儒子（こぞう）を震え上がらせてやろう。だが何時かは……。


永禄四年（一五六一年）　三月中旬　　山城国葛野・愛宕郡　　平安京内裏　　飛鳥井基綱

「養母上」

声を掛けて部屋の中に入ると養母が〝まあ〟と声を上げた。

「如何したのです。今宵は小番ではないのですか」

「帝から養母上を見舞うようにと。今日は具合が良くなかったと聞きました。大丈夫でおじゃりま

すか？」

養母が顔を綻ばせた。

「大した事は有りません。昼間、ちょっと気分が優れなかっただけです。今は大丈夫ですよ」

本当に？　灯りが薄暗いせいで顔色は良く分からない。梅と松に視線を向けると二人が頷いた。嘘ではないらしい。

「それなら良いのですが……。大事にしなくては」

「ええ、そうですね」

帝も心配している。男子を産んで欲しい、そういう思いが強くあるのだ。

「夜もだいぶ暖かくなって来ました」

「そうですね。過ごしやすくなりました」

養母が出産するのは夏に入る直前だろう。余り負担にならずに済む。

「五月には宿下がりする事になります。もうすぐでおじゃりますな」

「ええ」

養母が嬉しそうに頷いた。以前から西洞院大路の邸に宿下がりする事を楽しみにしている。産所の準備にも取り掛かった。養母の宿下がりまでには間に合う。

「ところで、もうすぐ公方が三好家に御成りになりますね」

「はい」

「頭中将殿も御成りに参列するとか」

「はい」

どういうわけかシンとした。養母が気遣わしげに俺を見ている。

「大丈夫ですか？」

「……」

「三好日向守はそなたを危険視しています。それに公方と幕臣達はそなたを敵視している。危険ではありませぬか？」

「参加者は大勢になるようです。滅多な事はしないでしょう」

先ず問題は無い。御成りは三好筑前守の晴れ舞台でもあるのだ。三好側は詰まらない事をしないし公方や幕臣にさせる事も無いだろう。その事を言ったが余り納得した様子は無い。

「それに今の三好はそれどころではおじゃりますまい」

「それは？」

養母が訝しげに問い掛けてきた。

「十河讃岐守」

「まさか……」

養母が怯えたような声を出した。

「死んだか、死にかけているか。三好修理大夫、三好豊前守の間で慌ただしい動きがあるようです。三好修理大夫の使者が十河讃岐守の許へ、岸和田城に行っています」

「……」

多分、死んだだろう。尤も公表は四月になってからだろうな。先ずは御成りを成功させる。足利に弱みを見せる事は出来ないと考えている筈だ。御成りが終わるまでに三好修理大夫、三好豊前守の間で畠山の抑えを如何するかを決める筈だ。讃岐守の死を公表するのはそれが終わってからだろう。その事を言うと養母が不安そうな面持ちで頷いた。

「その事、帝は御存じですか？」

「先程、お伝え致しました」

「それで、何と？」

「憂えておいでです。戦になるかと御下問が」

「戦になりますか？」

養母が息を吐いた。

「先ず間違いなく」

十河讃岐守は鬼十河と呼ばれるほどの武勇の男だ。この男が死ぬという事は畠山への抑えが無くなるというだけじゃない。三好の軍事力の低下でもあるのだ。畠山は大喜びだろう。公方、幕臣もだ。

「三好は気付いていないのですか？　毒殺だと」

「さあ、疑ってはいるかもしれませぬな」

「……」

多分義輝は知らないだろう。幕臣達の一部、おそらくは進士一族を中心とした一握りが考えたのだ。実行したのは六角配下の甲賀か、或いは畠山配下の者達か……。幕府の怖いところだ。義輝の幕臣達への統制が弱い事が幕臣達の勝手な行動に繋がっている。その所為で幕府の動きが分かり辛い。

養母の部屋を辞して小番の詰め所に戻った。俺が来るまでは談笑していた連中が俺が来るなり無言になった。なんで？


永禄四年（一五六一年）　三月中旬　　尾張国春日井郡清洲村　　清洲城　　当麻葉月

「ふむ、婚儀には幕臣も祝いに来るか」

「はい、幕府では長門守様が織田様と縁を結ぶ事を知ってだいぶ慌てているようにございます」

私の言葉に弾正忠様が〝ほう〟と声を上げた。

「自分達の知らぬところで朽木家が織田家と縁を結ぶ事を決めたのが不快なのでしょうが不安でもあるのでしょう。幕府から離れるのではないかと。今回の婚儀に出席して関係を改善したいと考えているようにございます」

「朽木が頭中将の縁者という事で疎んじていたと聞いていたが」

「はい。ですが実際に離れられるとなると……。ホホホホホホ」

私が笑うと弾正忠様も〝ハハハハハハ〟と声を上げて笑った。

「不安になったか」

「何と言っても朽木は足利に忠義の家、京を追われる度に頼った家にございます」

「困った時だけ頼られてもな。恩賞もまともに貰っておらぬのだろう」

「はい」

「それでは長門守の心が離れるというものよ。愚かな」

弾正忠様の声には蔑みの色が有った。実際幕府の振舞いは愚かとしか言いようが無い。これから三好との戦が始まるというのにいざという時に何処に逃げるつもりなのか……。

「此度の婚儀を利用して幕府が織田家と直接繋がりを持とうとするかもしれませぬ」

「フフフ、昔は歯牙にもかけなかったのだがな」

「今の織田様は昔とは違いまする。それに織田様が松平と同盟を結んだ事は遠からず幕府にも伝わる筈。益々無視は出来ますまい」

弾正忠様がまた〝フフフ〟と笑った。上機嫌だ。自分の力が増大しているのを実感しているのかもしれない。

「それだけに用心が必要にございます」

「……ほう、それは？」

「織田様が朽木と結ぶ事、幕府が織田様を重視する事を不愉快に思う者も居る筈」

綻んでいた弾正忠様の顔が引き締まった。

「なるほど、六角に一色か」

「はい、油断は出来ませぬ」

「そうだな、十分に気を付けよう」

弾正忠様が二度、三度と頷いた。

「ところで、頭中将様より織田様への書状を預かっております」

懐から書状を取り出すと弾正忠様が無言で受け取り読み始めた。忽ち表情が厳しくなった。二度、三度と頷きながら読み返す。そして大きく息を吐いた。

「なるほどな。そういう手があるか。上手い事を考えるものよ」

「……」

「内容を知っているか？」

「いえ、知りませぬ」

私が答えると弾正忠様が書状をしまいながら頷いた。

「三河の松平次郎三郎だがな、駿府に妻と子が人質として居る」

「はい、奥方様は今川の親族衆から迎えたと聞いております」

「うむ、このまま行けば殺される事になる。次郎三郎もその覚悟はしているだろう」

「はい」

乱世なのだ。家を保つために人質を見捨てる。珍しい事ではない。

「書状には人質を助ける方策が書いてあった」

「なんと、それは一体どのような……」

弾正忠様が〝フフフ〟と笑った。

「三河国宝飯郡に上ノ郷城という城がある。城主は鵜殿藤太郎長照というのだがこの男、母親が今川の女でな、俺が討ち取った治部大輔の妹だ」

「では治部大輔様の甥」

「うむ、そして現当主彦五郎の従兄という事になる。桶狭間で治部大輔が敗れるまでは大高城を守っていた」

「左様ですか」

最前線の城を任されたのだ。相当に信頼されていたのだろう。今川治部大輔が大高城の救出に自ら向かったのも親族衆を見殺しには出来ないという思いが一因として有ったのかもしれない。

「藤太郎には子供が二人居る。頭中将の策は上ノ郷城を攻め、藤太郎とその子等を捕らえ人質との交換に使えというものだ」

なるほどと思った。確かにそれならば人質は取り返せる。しかし……。

「上手く行きましょうか?」

問い掛けると弾正忠様が〃分からぬ〃と首を振った。

「城を落とせるか、鵜殿親子を捕らえられるかという問題も有るがその前に駿府に残した人質が無事かという問題も有る。まあ人質も今川の親族の血を引いている。次郎三郎との交渉にも使える事を考えれば直ぐに殺されるとは思わぬが条件が悪過ぎる。不可能とは言わぬが助けるのは中々に難しかろう。その事は頭中将も認めている」

「左様でございましょうな」

弾正忠様が〃しかしな〃と言った。厳しい表情をしている。

「頭中将はこうも言っている。この方策を次郎三郎に提示すれば俺が次郎三郎の苦境に無関心では無い事を示す事になるだろうとな」

「……」

「織田と松平は長年敵対してきた。今同盟を結ぶ事になったがその所為で妻子を見殺しにするとなれば次郎三郎に対して家中から批判が出かねぬ。織田との同盟のために妻子を見殺しにしたのかとな」

「確かに」

「次郎三郎はずっと駿府に居た。三河での根は浅い。当主としての立場は不安定なのだ。だからな、人質交換の策を示す。成る成らぬは別として織田は松平を重視しているという証にはなる。今川が松平の苦境を無視し続けた事を考えればどちらが頼り甲斐があるか。次郎三郎が今川よりも織田を選んだのは間違っていないと家臣達も思うだろう。上手く成功すればより一層三河者の心をこちらに引き付ける事が出来よう」

なるほどと思った。狙いは人質の奪回よりも松平を織田に引き付ける事か。その事を問うと弾正忠様が頷いた。

「北に向かうには東をしっかりと固めねばならぬからな」

「左様でございますね」

「それにしても憎い男よ。上手い手を考えるわ。ハハハハハハ」

弾正忠様が声を上げて笑った。人質交換が成功すれば松平次郎三郎の立場はより強固なものになる。上ノ郷城か、棟梁に調べるように進言してみよう。

永禄四年（一五六一年）三月中旬　山城国葛野・愛宕郡　西洞院大路　飛鳥井邸

倉石長助

「如何かな、この菜花は」

「うん、なかなか良さそうね。お浸しにしたら美味しそうだわ」

　小雪殿が熱心に籠の中を見ている。

「そうだろう。こっちの独活は如何かな。風味があって良いぞ。酒の肴にもってこいだ。昨日、酢味噌を付けて食べたがなかなか美味かったぞ」

「酢味噌か、良いわね」

　うむ、なかなか良い。この女子は料理上手だと見た。こういう女を嫁にすべきだな。良い女房になる筈だ。小雪殿が顔を上げた。

「採ってきたの？」

「昨日採ってきた。筍もあるぞ。独活はそろそろ終わりだが筍はこれからだ。初物だな」

「筍か。私は先の柔らかい方が好きだわ」

「根元の固い方も包丁で切れ目を入れて良く焼いて食べればなかなかに美味いぞ。俺は味噌を塗って食べるのが好きだな」

　小雪殿が〝ふーん〟と唸った。

「美味しそうね。塗ってから焼くの？」

「うむ。先ず味噌を酒で溶いておく。筍を少し焼いてから味噌を塗ってまた焼くのだ。味噌が焼ける香ばしい匂いが堪らんぞ」

小雪殿が大きく頷いた。その気になったらしい。やはり買わせるには美味い食べ方も教えなくては……。

「菜花は全部貰うわ。筍も四本貰う」

「独活は如何する？」

「そうね、独活も五本全部貰うわ」

「よし、では全部で四十文だ」

値切るかと思ったが四十文を素直に払ってくれた。人が多くなった分だけ買う量が増えた。やはり西洞院大路の飛鳥井家は裕福よ。

「小雪殿、うちの棟梁が頭中将様にお会いしたいのだが……」

「今日は小番明けだから居るわよ。今は寝てらっしゃるけど……」

「起きて出かけるという事は？」

訊ねると小雪殿が首を横に振った。

「最近忙しい日が続いたから邸に居るって言っていたわ。春齢様に偶にはゆっくりして欲しいって言われたみたいね」

「そうか、ではお目覚めになったら今夜訪ねると伝えて欲しいのだが」

「良いわよ」

これで良し。

「ところで、目々典侍様がこちらに宿下がりされると聞いたが？」

「五月にね。産所の用意も進んでいるわ」

「頭中将様も御方様もお若いから大変だろう」

「ええ、でも御本家の方々も心配しているし私達も居るから……」

「まあ、そうだが……。気を付けた方が良いぞ。飛鳥井家はやっかまれているからな」

小雪殿が無言で頷いた。

「ただのやっかみなら良いが頭中将様が勢威を強めるのではないかと怖れている人間も居る。用心が必要だ。そうだろう？」

「ええ」

「陰陽師の件は上手くやったな」

小雪殿が困ったような表情を見せた。幕臣の一部が陰陽師を雇って呪詛を行った。その陰陽師は殺され帝の御子を呪詛した事の天罰だと噂が流れた……。

「進士も上野も慌てているようだぞ。春日局もだ。こちらの主殿を怒らせるのは危険だと改めて思ったようだ」

「……」

「万里小路権大納言も慌てているようだ」

俺の言葉に小雪殿が訝しげな表情をした。

「万里小路権大納言は無関係じゃないの？　頭弁はそう言ったと聞いたわ」

「いや、万里小路家では頭弁は相手にされておらぬ。あの家を動かしているのは権大納言と新大典侍だ。頭弁は頭中将様の側に居る。頭中将様の目を欺くために敢えて除け者にされている可能性が有る」

〝なんて事〟と小雪殿が呟いた。

「そう嘆かぬ事だ。陰陽師の件はこっちが気付いた時には始末されていた。余りの素早さにあっけにとられたわ」

「……でも」

「そうだな。万里小路の件は少し甘かったな」

「良いの？　こっちに情報を流して」

心配そうに俺を見ている。ちょっと嬉しかった。

「まあこんな事は大した事じゃ無い。それにお得意様を守るのは当然の事だ」

胸を張って言うと小雪殿が笑い出した。

「あんたねえ……」

「ハハハハハハ」

「……ねえ、ここで野菜を作ってみる？」

思わず〝はあ？〟と言ってしまった。

「本気か？　いや、そういう話が有ったのは棟梁から聞いて知っているが……」

あれは冗談だよな。いや、この家は良く分からんからな。本気だったのか？

「九州の大友が頭中将様に種を送ってきたのよ。異国の野菜の種なんだけど……」

「異国の野菜？」

ちょっと待て、それは面白そうだな。

「そう、唐辛子と南瓜（かぼちゃ）っていうんだけど……」

「唐辛子と南瓜か……」

一風変わった名前だな。一体どんな野菜なのか……。名前からは想像がつかぬ。

「ウチは今桃、柿、梅、柚、栗、林檎（りんご）の他に葡萄（ぶどう）とか温州蜜柑（うんしゅうみかん）とか色々と果物を植えているの。頭中将様は三好家から貰った領地で育てようと考えているんだけどその前にここで試してみようって」

「なるほど」

葡萄に温州蜜柑か。うむ、それも面白そうだな。

「多分、唐辛子と南瓜もその一つになるんだと思う。それだけじゃ無いわよ。頭中将様は大友に他にも珍しい種があったら送って欲しいって文を書いてたから」

「うーむ」

いかん、腕がムズムズする。落ち着け。

「それでね、頭中将様が長助に任せてみるかって言ってたのよ。何処まで本気かは分からないけどやる気が有るのならあんたの棟梁から頭中将様に頼んでみれば。ここで野菜や果物を育てさせてくれって」

「なるほど」

そうか、その手が有るな。うむ、上手く行くかもしれぬ。

「しかし良いのか。俺は三好の忍びなのだが……」

小雪殿が笑い出した。

「あんた如何見ても忍びよりも百姓の方が向いてるわよ。うちじゃ皆言ってるわよ。忍びを辞めて百姓に専念しますって何時か言い出すって」

「……いや、まあ、それは……」

「あんたのところの仲間もそう思ってるんじゃないの」

「……無い、とは言い切れんな。皆俺の作る野菜を美味いと言っているし百姓になれと言われる事がある。偶にな」

「偶になの？」

「……」

小雪殿が悪戯な表情で俺の顔を覗き込んだ。困ったな、答えられん。

「ほらね。これを機に本当に百姓になったら。歓迎するわよ」

小雪殿がまた笑った。いや、そんなに笑わなくても……。

横死

永禄四年（一五六一年）　三月中旬　　山城国葛野・愛宕郡　　西洞院大路　　飛鳥井邸

堀川国重

「だいぶ暖かくなってきました」

「うむ、夜も過ごし易くなった。それで、今日は何用かな？」

思わず顔が綻んだ。会って早々に何用かとは……。頭中将様も微笑んだ。

「お互い暇ではおじゃらぬ。話し易いようにと思ったのだが……」

「これは、お気遣いを頂きましたようで……」

二人で声を合わせて笑った。妙なものだ。この御方は三好家が最も警戒する人物なのだが妙に話がし易い。部屋には私と頭中将様の他に九兵衛が居る。九兵衛は私を警戒しているが頭中将様にはそんな気配は無い。私を信用しているという事なのだろうか？

「では先ずは簡単な事から」

「長助の事かな？」

「はい、構いませぬので？」

問い掛けると頭中将様が笑い出した。九兵衛も笑う。こちらも笑った。長助の奴、困ったものよ。この西洞院大路の邸で野菜を作りたいとは……。頭を床に擦り付けて頼み込んできた。そういう話が有ったのは事実だが、探索する相手の邸で野菜作りなど……。やはりあれは忍びには向かぬな。

「構わぬぞ。いや、むしろこちらから長助に頼みたい。好きこそものの上手なれという言葉も有る。初めて作る野菜だ。失敗する事もおじゃろう。野菜作りの好きな者でなければ続かぬ」

「なるほど」

「麿は独り占めするつもりは無い。ここで上手く行ったら三好の領地でも同じように作れば良い。その時は長助が百姓に教える事になる。新しい産物が出来ればそれだけ豊かになる。そうではおじゃらぬかな？」

「確かに」

素直に頷けた。そして思った。やはりこの御方は変わっていると。まあ良いか。どうなるかは分からぬが悪いようにはなるまい。これも一興よ。

「ではお願い致しまする」

「うむ。どんな野菜が出来るか、楽しみでおじゃるな」

「はい」

また頭中将様と声を合わせて笑った。困ったものよ。これから話す事は笑える事ではないのだが……。

「それで、今日来訪の理由は？」

問われて出されていた白湯を一口飲んだ。気を鎮めなければならぬ。茶碗を置く時にカチリと音がした。

「……十河讃岐守様が亡くなられました。一昨日の事にございます」

頭中将様は無言だ。九兵衛にも驚いた様子は無い。

「やはり、御存じでございましたか」

「讃岐守殿の姿が見えぬという事は報せを受けて知っていた。おそらく床に伏している、相当に悪いと見ていた」

無表情に淡々と話す。その姿に恐怖を感じた。おそらく讃岐守様が周りに自分の容態を伏せていた事、その所為で三好家が混乱している事も御存じだろう。

「毒が使われた形跡がございます」

「……」

頭中将様も九兵衛も表情が動かない。一つ息を吐いた。

「これも御存じでございましたか」

「可能性が有る。そう見ていた」

今度は頭中将様が一つ息を吐いた。

「畠山を破り六角は浅井に敗れた。その所為で三好家全体に畠山、六角を甘く見るような風潮が生じた。違うかな？」

「……確かに」

口中が苦い。頭中将様の仰る通りだ。油断したつもりは無かったが何処かで相手を甘く見たのだろう。

「修理大夫殿は岸和田城に十河讃岐守殿を置いた。これで畠山は動けぬ。皆がそう思った事でおじゃろう。その事も油断を助長した」

「……」

「先日、弾正殿と日向守殿がこの邸に来た。二人とも麿と織田殿の繋がりばかり気にしていた。危うい事だと思った」

溜息が出た。もう少しで何故教えてくれなかったのかと口に出しそうになった。愚かな……。この御方は敵ではないが味方でもないのだ。むしろこうして答えてくれる事はこちらへの好意だろう。

「毒殺の事、何時お気付きになりました？」

問い掛けると頭中将様が〝九兵衛〟と声を掛けた。九兵衛が〝宜しいので？〟と問うと頭中将様が頷いた。

「その事を頭中将様が口にされたのは昨年の暮れ、春齢様との婚儀の時にござる」

「……」

表情が動きそうになるのを懸命に堪えた。まさかその頃に……。

「六角と畠山が三好との戦を望んでいる事、そのためには岸和田城の讃岐守様が邪魔な事。浅井の回復を考えればここ一、二年の間に戦を起こそうとするであろう事。そして幕府内部で進士の影響力が強まっている事。それらを突き合わせれば十河讃岐守様のお命が危ういと」

溜息が出た。頭中将様を見た。無表情に座っている。

「お教え頂ければ……」

愚痴が出た。言っても詮無き事なのに……。

「証拠は何処にもおじゃらぬ。全て麿の憶測よ。これを表に出せば幕府、六角、畠山を誣告する事になるだろう」

その通りだ。場合によっては大問題になるだろう。気付かなかったのはこちらの落ち度……。

「公方の周囲には三好家に通じている者が居る筈」

「……」

「警告は無かったのでおじゃるな」

「……はい」

頭中将様が頷いた。

「その者が警告を出さなかったという事は讃岐守の暗殺は公の場で討議された事は無い。そういう事でおじゃろう。おそらくは一部の者が独断で六角、畠山と謀ったか。或いは六角、畠山が幕府に諮る事無く事を起こしたか。いずれにしろ公方は知るまいな」

だからこちらに動きが見えなかった。

「讃岐守様の逝去を知れば公方様も気付きましょう」

「おそらくな、余りにも都合が良すぎる。訝しむと思う。だが知らぬ振りをするだろう。言わぬが花ならば聞かぬも花というものでおじゃろう。違うかな?」

「……」

答えられずにいると頭中将様が冷たい笑みを見せた。

「汚れ仕事は下の者にやらせ自らの手は白いままにしておく。上の者の特権でおじゃろう」

「左様でございますな」

その通りだ。我等もそうやってきた。

「讃岐守殿の死、何時公表するのかな？」

「……御成りの後、四月の半ば以降になるかと」

頭中将様が頷かれた。

「他に聞きたい事は？」

「いえ、ございませぬ」

頭中将様が〝フッ〟と息を吐いた。

「日向守殿に麿が知っているか確認せよと命じられたかな？」

「それもございますが某自身が知りたいと思いまして」

頭中将様が頷いた。

「気を付ける事だ。幕府は八岐大蛇(やまたのおろち)のようなものでおじゃろう。頭が八つ有りそれぞれに別な事を考えて動く。それだけに動きが読み辛い」

「確かに」

だがその読み辛い動きを読み切る方が居る……。

「畠山も六角もここが勝負と見ておじゃろう。六角は一色と同盟を結んだ。改元の時は一色を使って六角を牽制出来たが今回はそうはいかぬ。一色も織田との戦いに総力を挙げる必要が有ると見たらしい。六角との同盟はそういう事でおじゃろう。畿内以上に東海も緊張している」

「はい」

予想外の動きであった。こちらに気付かれる事無く一色と交渉した。織田か、織田……。

「今度の御成り、気を付けた方が良い」

「と申されますと？」

頭中将様の表情が厳しくなった。

「六角も畠山も戦の準備は整ったと見て良い。そして三好が混乱しているとも見ている筈。ならば後は戦のきっかけでおじゃろう」

「……そのきっかけを作りに来ると？」

頭中将様が頷いた。

「その可能性が有る。三好に非礼が有ればそれを咎める。六角、畠山はそれをきっかけに兵を挙げる。非は三好にある。そういう形を取るのではおじゃらぬかな？」

「……」

「そうなれば筑前守殿の面目を潰す事にもなる。三好家内部でも筑前守殿を責める声が上がろう」

「なるほど」

十分に有り得る事よ。気を付けなければならぬ……。

永禄四年（一五六一年）　三月中旬　　山城国葛野・愛宕郡　　西洞院大路　　飛鳥井邸

飛鳥井春齢

「入って良い？」

声を掛けると〝良いぞ〟と兄様の返事が有った。部屋には兄様と九兵衛が厳しい表情で座っている。兄様の隣に座った。

「十河讃岐守が死んだ」

思わず兄様の顔をまじまじと見てしまった。そして九兵衛の顔を。二人とも私を見ようとしない。

「病死なの？」

問い掛けると兄様が首を横に振った。

「毒が使われた形跡が有るとの事でございました」

答えたのは九兵衛だった。本当に毒殺だなんて……。

「六角も畠山も周到に準備を進めている。三好は後れを取った」

「どうなるの？」

兄様が私を見た。

「先ずは岸和田城に誰を入れるかだが……。九兵衛、如何思う？」

問い掛けられた九兵衛が〝されば〟と畏まった。

「三好豊前守殿を入れるのではないかと」

兄様が頷いた。

「そうだな。だが……」

「如何したの？」

問い掛けると兄様が私を見た。

「状況を動かしているのは幕府、六角、畠山でおじゃろう。三好は主導権を取れずにいる。いや、幕府、六角、畠山に振り回されている。このままなら苦戦するだろう」

「負けるの？」

兄様が〝分からない〟と首を横に振った。

「京で戦が起きる？」

また兄様が〝分からない〟と首を横に振った。

「三好が讃岐守の死を公表するのは来月の半ば過ぎになる。態勢を立て直すのにそれだけの時が要るという事、そこをどう凌ぐか……」

「……」

「暫（しばら）くは三好は受け太刀で戦わざるを得なくなる。上手く受けられれば良いがそうで無ければ手酷い損害を受ける事になる」

「……」

「出かける」

兄様が立ち上がった。

「出かけるって今から？　もう夜よ。何処へ行くの？」

まさか近衛？

「帝にお伝えする。始まったと」

兄様が歩き出すと九兵衛が後に続いた。戦が始まったのだと思った。


永禄四年（一五六一年）　三月中旬　　山城国葛野・愛宕郡　　四条通り　　三好邸　　堀川国重

空気が重いと思った。部屋には日向守様、弾正様、私の三人が居る。だが静かだった。そして重い……。日向守様が一つ息を吐いた。

「幕府は八岐大蛇か。言い得て妙よ。確かにそういうところが有る」

「織田と頭中将様の事もありました。そちらに気を取られたという事も有ります」

日向守様、弾正様の表情が渋い。してやられたと思っているのだろう。

「毒は甲賀者の得意とするところにございます。調べたところ讃岐守様の傍近くに仕える女中が一人消えておりました。名は奈津、昨年の秋に召し抱えられた者です。おそらくはそれが……」

「甲賀者か……」

「ではないかと」

弾正様の問いに答えると弾正様が息を吐いた。

「此度の御成り、我等の目を欺こうとする稚拙な罠と思ったが……」

日向守様の言葉に弾正様が首を横に振った。

「余りにも稚拙過ぎます。本当の狙いは頭中将様の仰った通り、戦のきっかけを作る事なのかもしれませぬ」

「そうだな」

「筑前守様のお立場を守るためにもなんとか無事に終わらせなければ……」

「うむ。……しかし一体どんな手を使ってくるか……」

日向守様の表情が渋い。難しいと思った。相手の手が読めない以上、その場での判断が求められる。そして筑前守様は未だお若い。果たして上手く凌げるのか……。

「頭中将様が讃岐守様の暗殺を想定していたという事は、帝にもそれは伝わっておりましょう。となれば頭中将様が御成りに御臨席なされるというのは……」

「単純に結末を見届けるだけではないのかもしれぬ。或いは戦のきっかけを作ろうとする公方や幕臣達を抑えようという事かもしれぬ」

弾正様と日向守様が顔を見合わせて頷いた。十分有り得る事だ。今戦となれば京が戦場になる事も有り得る。帝がそれを望んでいるとは思えない。となれば頭中将様になんとか抑えよと命じた可能性はある。私に忠告したのもそれ故だろう。その事を言うと二人が頷いた。

「太閤殿下の御臨席の事もありましたな」

「確かにそうだ」

なるほど、太閤殿下の御臨席を勧めたのも頭中将様だった。太閤殿下は公方の舅だが反三好感情が強い御方ではない。どちらかと言えば公方や幕臣達を抑える事が多い御方だ。頭中将様が太閤殿下のお力を借りようと考えている可能性はある。

「頭中将様は我等の味方というわけでは有りませんが戦を防ぐという点ではこちらの力になってくれましょう」

「うむ。御成りを無事に終わらせる、その一点では信じて良かろう。京での戦を避けたいとお考えの筈だ」

「こちらの態勢を整えるには最低でも一月は時を稼がねば……」

弾正様が呻くように言った。日向守様が息を吐いた。

「儂は豊前守殿の負担が大きくなる事が不安だ。四国の抑えと畠山の抑え、どちらも片手間に出来る事ではない。本当ならお主の弟に岸和田城を頼みたいところだが……」

弾正様が首を横に振った。

「それは無理です。弟は丹波を抑えなければなりませぬ」

「そうだな」

日向守様の表情が渋い。丹波の国人衆は昨年の戦で畠山寄りの動きをした。それを無視は出来ぬ。人が足りぬと思った。やはり讃岐守様の死は痛い。

「それよりも日向守殿。これからは朝廷にも目配りが必要ですぞ。頭中将様が帝の御傍に居る以上、朝廷は無力な存在ではありませぬ。何より、頭中将様を通して幕府の動きを知る事が出来ましょう」

弾正様の言葉に日向守様が渋い表情で〝うむ〟と頷いた。

「兵は無いが目と耳の良さ、そして頭中将様の状況を見極める力は油断がならぬ。残念だが勾当内侍、広橋権大納言様だけでは頭中将様の動きは追いきれぬ」

日向守様が私を見た。弾正様も私を見ている。

「宮中に人を入れるのは難しいかと思います。幸い頭中将様の邸には出入りを許されております。情報の交換、それによる情勢の見極め、意見交換という形で頭中将様の内懐に食い込むしかございませぬ」

「……」

「今まで以上に接触する事になります。場合によっては頭中将様のお手伝いをする事も有り得ましょう。お許し頂けましょうか?」

私の言葉に二人が顔を見合わせて頷いた。

参内

永禄四年（一五六一年）　三月中旬　　山城国葛野・愛宕郡　　平安京内裏　　飛鳥井基綱

内裏に参内すると直ぐに従三位、左近衛中将四条隆益(しじょうたかます)がやって来た。三十前後の小柄な男で皆からは三位中将と呼ばれている。今夜は小番で宿直(とのい)だったらしいな。外様だから衣冠・直垂(ひたたれ)姿の略装だ。内々なら正装である束帯になる。外様が略装なのは帝の御前に出る事が無いからだ。何か有っても指示は内々から受けるだけで帝から直接指示を受ける事は無い。外様は殿上の下侍の外様番衆所が詰所になる。

「頭中将、何かおじゃりましたか？」

「ええ、少し。帝は既に御寝(ぎょしん)なされましたか？」

問い掛けると三位中将が右の眉を上げた。

「半刻程前に夜御殿にお入りになられたと持明院三位宰相から聞いております」

「左様でおじゃりますか」

そうか、今日は持明院三位宰相が小番か。

「如何なされます？」

三位中将が気遣うような表情で俺を見ている。帝を起こすのは避けた方が良いと思っているのだろう。出直せという事だ。

「お出ましを願いまする」

三位中将が目を瞠った。そして小声で〝宜しいので〟と問い掛けてきた。

「お気遣い有り難うおじゃりまする。なれど如何しても急ぎますので……」

軽く頭を下げて先を急いだ。多分、明日は大騒ぎだろうな。

四条家の家格は羽林、極官は権大納言だから飛鳥井家と全く同じだ。年上だし普通なら反発しても良いのだがそれが無いのは、いやむしろ俺を気遣っているのは俺に感謝しているからだ。四条家の家業は笙(しょう)と庖丁道なのだが、四条家の庖丁道は四条流と呼ばれ料理だけではなく料理に関する作法・故実も含まれている。例年、元日節会は中止だったが今年は行われた。三位中将も久し振りに腕を振るう機会を与えられたのだ。四条家にとっては晴れ舞台だったし実際に帝からお褒めの言葉を頂いた。面目を施したのだ。その事で俺に感謝している。来年も節会が出来れば良いが……。

　先へ進むと今度は持明院三位宰相が現れた。

「如何なされました？」

「帝は御寝なされたと三位中将から聞きましたが？」

「ええ、先程」

　この人も応対が丁寧なんだよな。まあ実母の再婚相手だし俺から援助も受けている。遣り辛いとか思っているのかもしれない。これから無理なお願いをすると思うとちょっと心が痛んだ。いや、俺が直接起こした方が良いな。

「お出ましを願いたいと思っております」

　三位宰相が目を瞠った。

「本気でおじゃりますか？」

「急ぎまする」

　小声で問い掛けてきたから小声で答えると三位宰相が大きく息を吐いた。

「分かりました。麿がお願い致しましょう」

「いえ、麿が」

三位宰相が首を横に振った。

「今宵は新内侍がお相手を務めておじゃります」

なるほど、この人の娘が今夜の相手か。まあ、俺が起こすよりはましかな。

「分かりました。ではお願い致しまする。麿は常御所で帝のお出ましを待ちまする」

三位宰相が頷いて夜御殿へと向かった。俺は常御所へと向かった。

灯の用意をして常御所で一人帝を待つ。少し寒いな。三月も半ばだが夜は未だ冷える。それに薄暗いから余計に寒々しい。小半刻程待つと帝が三位宰相と共に姿を現した。帝は束帯だ。身支度を整えてきたのだ。寝ているところを叩き起こしたのに……。真面目なのだな、頭が自然と下がった。

「宰相、御苦労であった。下がって良いぞ」

「はっ」

三位宰相が一礼して下がった。

「何事が有った？　寝ているところを起こすとは尋常ではないが」

偉いものだ。不機嫌そうな素振りなど微塵も無い。

「御傍に寄らせて頂きまする」

「うむ」

帝の傍に寄った。大体一尺ほどまで寄った。帝が驚いている。此処まで傍に寄られるとは思っていなかったのだろう。

「如何した？」

「十河讃岐守が亡くなりました。毒殺におじゃります」

「真か？」

帝の声が掠れている。〝真におじゃります〟と答えると帝が大きく息を吐いた。

「亡くなったのは一昨日と聞きました」

「……如何やってそれを知った？」

「三好の者が今宵訪ねて参りました」

また帝が大きく息を吐いた。

「公方か？」

声に嫌悪の色が有ると思った。元々公方には良い感情を持っていない。毒を使ったと聞いて更にそれが強まったのだろう。

「公方の周辺には三好に通じる者がおじゃります。公方がそれを周囲に諮ったのであれば三好はそれを阻止出来た筈におじゃります」

「なるほど、では公方ではないか」

「或いは幕臣の中にそれを考えた者が居るのやもしれませぬ。畠山、六角と謀った可能性もおじゃりましょう。しかし手を下したのは畠山か六角ではないかと」

帝が頷いた。

「その可能性が有るとは聞いていたが……、戦になるか」

「間違いなく」

「……何時始まる」

視線が強い。嫌でも身が引き締まった。

「三好は讃岐守の死を四月の半ば以降に公表するそうにおじゃります」

帝が〝四月の半ばか〟と呟いた。

「それまでは隠せると？」

「三好はそう見ているようにおじゃります」

多分毒は長期に亘って少しずつ讃岐守に投与されたのだろう。だから讃岐守は徐々に体調を崩した。或いは一時的に投与を止めてある程度体調を回復させたかもしれない。その方が毒を盛られたと疑う事も無いだろう。だとするともう回復は無理と見た時点で毒を盛った者は逃げた筈だ。死んだ事を確認してから逃げたのではないだろう。その事を言うと帝が〝なるほど〟と言って頷いた。

「公表するまでに三好は態勢を立て直そうとする筈でおじゃります」

「出来るのか？」

「分かりませぬ」

「間に合わなかったら？」

帝が俺をじっと見た。

「三好は危うい状況になります」

「そなたから三好は油断していると聞いていたが……」

油断か。そうだな、昨年の三好は怖いくらいに勝ち運に恵まれていた。畠山に完勝しただけじゃない。浅井が六角から離反し野良田の戦いで六角を破った。三好は六角の武威も落ちた、そう思った筈だ。これじゃ三好が六角、畠山を侮るのも無理はない。いや、三好だけじゃない。殆どの者が当分三好の天下は安泰だと思った筈だ。

「どちらが勝つ？」

「地力では三好の方が上でおじゃりましょう。ですが此度は不意を衝かれました。態勢を整えたとしても厳しい戦いになるかと思いまする」

「京が戦場になるか？」

「……そのお覚悟は必要かと」

嘘を言っても仕方が無い。不意を衝かれ有力な指揮官を失った。そして三好は二正面作戦を強要される。決して楽な戦にはならない。

「京が戦場になるのは避けたい」

苦渋が滲み出るような声音だった。

「町が焼け民が苦しむ姿を見たくないのだ。見ても朕には何も出来ぬ。助ける事が出来ぬ。それが心苦しい」

「……」

「京が戦場になるのを避けられぬか？」

帝が俺をじっと見た。縋るような視線だ。胸が切なくなった。

「出来る限りの事はしたいと思います。ですが確約は出来ませぬ」

「そうか……」

「先ずは御成りを無事に終わらせなくてはなりませぬ」

「それは？」

「公方は戦のきっかけを欲している筈。御成りの場で無理難題を三好に突きつけるやもしれませぬ。三好が拒絶すれば三好に非礼有りと非難しましょう。六角、畠山はそれをきっかけに兵を挙げる可能性がおじゃります」

帝が〝なるほど〟と頷いた。

「今戦となれば三好は十分に準備が整っておりませぬ。六角、畠山の兵は京に雪崩れ込みましょう。それは避けねば……」

「うむ。そうだな」

「今宵訪ねてきた三好の者にはその辺りの事は注意致しました。後は当日、臣も御成りには参列致しますれば決裂せぬように尽力致しまする」

「頼むぞ」

「はっ」

何処まで出来るかは分からない。と言うより幕府側が何を言い出すかが分からない。行き当たりばったりの対応になる。何処まで防げるか……。

「他に何かあるか？」

「いえ、特には」

答えると帝が〝そうか〟と呟いた。顔色が良くない。こういうのを憂色っていうのだろうな。部屋が暗いから余計にそう見える。帝が一つ息を吐いた。

「頭中将、讃岐守の毒殺だがこの件が足利と三好の対立に如何影響すると思うか?」

そうだよな。それが気になるよな。

「……養母よりお聞きになったかもしれませぬがもう足利将軍家と三好の共存は不可能かと思いまする。対立は憎悪へ、そして排除へと変わりましょう」

帝が〝排除か〟と呟いた。永禄の変が起きるまであと四年だ。それまでは緊張が高まる一方だろう。或いは史実よりも早く暴発する可能性も有る。修理大夫の統制が何処まで続くか……。

「御苦労で有った。良く教えてくれた」

「畏れ入りまする」

「下がって邸に戻るがよい」

「はっ、帝は如何なされますか?」

問い掛けると帝が一つ息を吐いた。

「朕は今少し此処に居る。一人で考えたい事が有る」

「……三月も半ばとはいえ夜は冷えまする。御自愛頂きとうおじゃりまする」

「うむ、案ずるな。直ぐに休む」

「はっ」

頭を下げてから帝の御前を下がった。三位宰相に小半刻程経ったら声を掛けるようにと頼んでおこう。気持ちは分かるがこの問題は悩んでもどうにもならん。悩むくらいなら眠った方がましだ。眠れればだがな。

永禄四年（一五六一年）　三月中旬　　山城国葛野・愛宕郡　　平安京内裏　　正親町帝

部屋が急に冷えたような気がした。先程までは頭中将が居た。寒さを感じる事は無かったのに……。溜息が出た。自分の無力さにどうしようもないほどに情けなさを感じる。父も似たような想いをしたのだろう。父だけではない。祖父も、曾祖父も……。

「惨めよの」

愚痴が出た。力が無いのは惨めだ。いや、元々朝廷には力は無いのだ。惨めなのは力が無い事ではない。頼れる庇護者が居ないという事、混乱を黙って見ているしかないという事だ。

また溜息が出た。足利は駄目だ。弱いだけなら我慢出来る。だが足利は弱い上に世の中が混乱するような事ばかりする。何故朝廷を守り五機内を守ろうとしないのか……。いや、私が悪いのか？　改元を三好と行った。その事は、足利は征夷大将軍だが武家の棟梁とは認めない、武家の棟梁は三好だと朝廷が宣言した事になる。その事が三好と足利の対立を強めたのだとしたら……。公方が三好を討てと騒ぐのも三好を叩き落とさねば武家の棟梁として認められぬという危機感があるのだとしたら……。この戦乱は私が招いたものという事になる。

「私の所為か……、武家を甘く見たか」

あの時は御大葬、御大典に協力しなかった公方に憤懣が有った。何のための幕府か、何のための武家の棟梁か。役に立たぬのなら要らぬと思った。感情的になりすぎたのだろうか？　あの時は頭中将が良くやってくれた。御大葬、御大典は恙無く執り行う事が出来た。改元もだ。戦は起きたがそれほど大きな戦にはならなかった。京も無事だった。全て頭中将の想定した通りに事態は動いた。その事も幕府など無力だと思わせたのかもしれぬ。だが此度はそうは行かぬ。頭中将も先が読めぬと言っている。

「詮無い事よ」

今更過去を振り返っても仕方が無いわ。考えるのは先の事よ。先ずは御成りか。御成りの結末がどうなるかだ。こうなると頭中将を御成りに参列させる事にしたのは幸いであった。あの者なら何とか三好と足利の決裂を防いでくれよう。だが……。

「排除か」

頭中将は排除と言った。三好が此処を凌げば公方を排除する日が来るという事だろう。自分もそう思う。讃岐守が殺されたのだ。たとえ公方が関係していなくても許す事は出来まい。頭中将は足利将軍家とも言ったな。なるほど、平島公方家か。公方を排除して平島公方家から将軍を迎える……。だが平島公方家が天下の大名達に受け入れられようか？　一度はそれで断念した筈だが……。

「帝」

呼ばれて顔を上げると新大典侍が下座からこちらを見ていた。気付かなかったな、何時の間に来たのか……。

「新大典侍か」

「はい。如何なされました？　お一人で」

「少し考えたい事が有ったのだ」

新大典侍が〝まあ〟と言った。

「頭中将が帝のお出ましを願ったと聞いております」

「うむ」

「その事でございますか？」

「そうだ」

「一体何を？」

新大典侍が探るような視線でこちらを見ている。鬱陶しいと思った。

「そなたには関わりの無い事だ」

「……」

不満そうな表情をしている。自分には報されて当然と思っているのだろう。

「夜分にお出ましを願うなど、明日にすれば良いものを」

「良いのだ」

「ですが」

「良いのだ」

幾分強い口調で言うと口を閉じた。だが不満そうな表情はより強くなった。

「畏れながら些か御寵愛が過ぎは致しませぬか？　頭中将は春齢様を娶り駙馬（ふば）と呼ばれる立場になりましたが」

「控えよ」

「……」

しつこい女だ。何故分かろうとせぬのか。

「朕があれを重用するのは訳あっての事。春齢を娶ったからではない。それに、あれは意味も無く朕を呼び出したりはせぬ。そのような事で自分の権勢を誇るような者ではない。朕を呼び出したのは必要が有っての事、この件に関して口出しは許さぬ」

「……」

下がれば良いものを。何故下がらぬのか……。万里小路を些か特別扱いし過ぎたのかもしれぬ。それを当然と受け取るようになった。

「失礼を致しまする」

声と共に姿を現したのは三位宰相だった。新大典侍の後ろに控えると気遣うような表情で私と新大典侍を見ている。

「如何した？」

「畏れながらそろそろ夜御殿にお戻りになられるべきかと思いまする」

「……今少し此処に居たいが……」

「未だ夜は寒うおじゃりまする。頭中将も心配しておりました。風邪をひいてはなりませぬ」

「そうか……」

頭中将が三位宰相に私を休ませるようにと頼んだのだと分かった。そうだな、此処で悩んでいても仕方が無いか……。不意に可笑しくなった。宰相の進言に従えばまた新大典侍は不満に思うだろう。

「そうだな、夜御殿に戻ろう。新内侍も寂しがっていようからな」

「畏れ入りまする」

三位宰相が頭を下げた。

「新大典侍、そなたも下がれ。夜は冷える」

「……はい」

やはり不満そうだ。

「ハハハハハハ」

こんな時でも人は笑えるのだと思った。不思議なものよ……。

御信任

永禄四年（一五六一年）三月中旬　　山城国葛野・愛宕郡　　持明院大路　　持明院邸

持明院綾

「殿様のお戻りにございます」

「父上がお戻りになった」

「父上」

家令の報せに安王丸と若王丸が声を上げて玄関へと向かった。私も急いで廊下に出て後を追う。七歳の安王丸は心配いらないけれど三歳の若王丸は未だ足取りが頼りない。気を付けなければ……。

こちらに向かってくる夫の姿が見えた。

「危ないぞ、走ってはならぬ」

夫が走りながら燥(はしゃ)ぐ子供達を窘めた。でも子供達は気にする事無く夫へと走り寄った。そんな子供達を夫が両手に抱き上げた。子供達が笑う、そして夫が笑った。

「綾、今戻ったぞ」

「お帰りなさいませ、お疲れでございましょう。安王丸、若王丸、お父上は小番明けでお疲れです。さあ、降りなさい」

子供達が夫の顔を見た。夫が笑みを浮かべた。

「なあに、大丈夫だ。部屋までこのままで行こう」

夫の言葉に子供達が喜びの声を上げた。夫が部屋に向かって歩く。その後ろを歩きながら幸せだと思った。もう一人、もう一人子が居ても良い。出来れば女の子を……。部屋に戻り夫が子供達と遊んでいる姿を見ていると女中が飲み物を持ってきた。夫が茶碗を受け取り一口飲んで顔を綻ばせた。

「小番明けのゲンノショウコは何とも言えぬ。身体から緊張が解れるような気がする」

「お役目、ご苦労様でございました」

改めて夫を労うと夫が〃うむ〃と頷いた。目の下に隈が有るように思える。昨夜の小番は少し疲れたのかもしれない。

「お疲れのように見えます。お休みになられては如何でございますか？」

夫が〃そうだな〃と言ったから自分でも自覚が有るのだと思った。

「だが……」

「如何なされました？」

「うむ、そうだな。やはり話した方が良かろう。少し二人だけで話したい」

夫が沈鬱な表情をしている。昨日、小番で何か有ったのだろうか？　女中を呼んで息子達を預けた。息子達は夫から離れるのを嫌がったけど少しの間だけだからと宥めると大人しく女中と共に部屋から去った。

子等が去っても夫は口を開かない。腕組みをして黙考している。話し掛けるのを控えていると夫が大きく息を吐いた。

「昨夜遅くの事でおじゃるが頭中将が参内して帝に拝謁を願った」

「……」

あの子が……。何も言えずにいると夫がまた一つ息を吐いた。

「既に帝は御寝なされていた。明日にしてはと言ったのだが頭中将は押して拝謁を願った」

「まあ」

「已むを得ず帝に取り次いだ。叱責を受けるかと思ったが帝は着替えて頭中将に会った。常御所でおよそ半刻ほどの間だ、余人を交えず二人だけで話し合っていた」

あの子が帝の御信任を得ているとは夫から、妹から聞いていた。でも夜中に二人だけで密談するなんて……。改めて帝の御信任の厚さに驚いた。

「頭中将が退出した後、帝はなおも常御所でお悩みであった。麿は頭中将より小半刻程経ったら帝に御寝なさるように進言して欲しいと頼まれていた。小半刻程経って帝の許に赴くと新大典侍が既に居た」

「新大典侍様が……」

私が呟くと夫が頷いた。

「盗み聞きをするつもりは無かった。だが常御所に近付くにつれて穏やかならぬ遣り取りが聞こえた」

「それは……」

「うむ、頭中将の事であった。新大典侍が寵愛が過ぎると不満を言っていた」

「そのような事を……」

夫が頷いた。

「万里小路家と飛鳥井家の対立が強まっていると聞いておりますが……」

「うむ。飛鳥井家は昨年外様から内々になった。宮中では蔵人所を差配しているのは頭中将で、頭弁は飾りだともっぱらの評判だ。実際帝の御信任は頭弁よりも頭中将にある。そして目々典侍が懐妊した。万里小路家出身の新大典侍が苛立つのも無理は無い」

「……」

「実際麿が見ても頭弁は些か頼りない。帝が頭中将を御信任なされるのも無理は無いと思う。それに頭中将は元は武家の出だ。戦の帰趨を読む目は鋭い、他者の追随を許さぬ。頭中将への抜擢はそれも有っての事だと思うが……」

溜息が出そうになって慌てて堪えた。あの子は未だ十三歳の筈、それなのに……。

「一体何を話したのでしょう?」

夫が〝分からぬ〟と首を振った。

「だが詰まらぬ事で帝を起こしたわけではない。帝はひどくお悩みであられた。余程の大事を話し合ったのだとは思う」

「幕府の事、三好の事でしょうか?」

夫が首を振った。

「もうすぐ御成りが有る。これまで三好に敵意を示してきた公方だが昨年畠山が三好に敗れ、六角が浅井に敗れた事でもう三好を討つ事を諦めたのではないかと皆が見ている。だから御成りをする事で三好との関係を改善しようとしているのだとな」

「……」

「或いは関東の事かもしれぬが関東は遠い。夜、参内する程急ぐ必要が有るとも思えぬ」

「……」

一体何を話したのか……。あの子の事になると不安ばかり感じる。夫が息を吐くと顔を綻ばせた。

「悩んでも仕方が無いの。答えは出ぬ。それよりも休んで疲れを取るか」

夫が優しい目で私を見ている。私を気遣ってくれたのだろうか？

「左様でございますね」

「そなたも余り気に病むな。悩んでも仕方が無い事じゃ」

やはり私を気遣ってくれたのだと思った。〝はい〟と答える。胸に有った不安は消えた。私は幸せなのだと思った。


永禄四年（一五六一年）　三月中旬　　山城国葛野・愛宕郡　　平安京内裏　　新大典侍

「良いかな？」

声をかけながら兄権大納言万里小路惟房が部屋に入ってきた。

「どうぞ、構いませぬ」

私が答えると〝ハハハハハハ〟と笑いながら兄が座った。

「三月になったというのに今日は冷えるの。白湯を貰えぬかな」

「ホホホホホホ、容易（たやす）い事にございます」

笑いながら女官に用意させると兄が嬉しそうに白湯を飲んだ。それを見ながら女官達に席を外すように命じた。先程兄が笑いながら座ったのは二人だけで話したいという合図。だから私も笑いながら白湯を用意させた。二人とも上機嫌、これならどんな話をしても女官達は察する事は出来ない。兄が口を開いたのは女官達が去って十も数えた頃だった。顔から笑みは消えている。

「一昨日、頭中将が夜遅くに帝に拝謁したと聞いたが」

「はい」

兄がチラッと私を見た。

「何を話したのだ？」

「分かりませぬ。立ち会った者は居ないのです。頭中将が参内したと聞いて私が常御所に行った時には帝はお一人でした」

「……お訊ねしなかったのか？」

「お訊ねしたのですが……」

兄の顎に力が入っている。平静を保っているが内心では不愉快なのだと思った。その思いは私の思いでもある。何故教えて下さらぬのか……。

「まあ良い。おそらくは戦の事でおじゃろう」

「本当に戦が起きるのでございますか？」

私が問うと兄が頷いた。

「公方も幕臣達もやる気じゃ。畠山、六角もその気になっておる」

「では御成りは目眩(めくら)まし」

「そういう事でおじゃるの」

兄が白湯を一口飲んだ。

「妙な噂が流れておるぞ、知っているか?」

「噂とは?」

今度は露骨に不愉快そうに顔を顰めた。

「知らぬのか。そなたがしつこく食い下がったが帝に相手にされなかったという噂よ。彼方此方で公家達が興じているわ」

「……」

「新大典侍は自分が特別扱いをされぬのが不満のようだ。しかし御大葬、御大典、そして元日節会の事を考えれば帝の御信任が頭中将にあるのは明白。それを受け入れられぬとは随分と思い上がったものだとな」

「誰がそのような事を……」

身体が震えるほどの怒りを感じた。あそこに居たのは持明院三位宰相だった。宰相の妻はあの者の母親、私を貶めようと噂を流したのか……。

「持明院三位宰相ですね」

「違う」

「違う?」

否定された事が意外で問い返すと兄が渋い表情で頷いた。

「あの男は左様な噂話をする男では無い。実直だけが取り柄の男よ」

「ですが」

「噂が広まるのが速すぎる。誰かが故意に広めたと見てよい」

「……」

「嫉(ねた)まれているのは飛鳥井だけではない。万里小路も皆から嫉まれているのだ。そうでおじゃろう?」

「それは……」

渋々だが頷いた。確かに万里小路家は妬まれる立場にある。では誰が……。

「多くの者にとって飛鳥井も万里小路も嫉ましい存在なのだ。その両家が争っている。面白可笑しく噂を流して喜んでいる。いや、我等を煽って喜んでいる。そんなところよ。精々潰し合え、とな」

私が〝不愉快な〟と言うと兄が面白く無さそうに〝ふん〟と鼻を鳴らした。

「余りムキになるな。周りを喜ばせるだけだ」

「……分かりました。ですが不愉快にございます」

兄がジロリと私を見た。そして白湯を一口飲んだ。

「万里小路と飛鳥井は何かと競合する立場にあるからの。頭弁と頭中将、そなたと目々典侍……。目々典侍が皇子を産めば益々張り合う事になろう」

「次の帝は誠仁様にございます」

「今は皆がそう言っておる。新たに皇子が生まれてもその御方は誠仁様の控えとな。しかし十年後は分からぬ」

「……」

兄がやるせなさそうに息を吐いた。

「だいぶ見劣りがするからの。皆が頭弁は頼りないと見ておる」

ポツンと零した。そして私を見た。

「そなたもそうは思わぬか？」

「それは……」

私が言葉を濁すと兄が寂しそうに笑った。兄の子、頭弁が頼りないのは否定出来ない事実。そして頭中将は頭弁よりも年少だというのに皆に一目置かれる程に頼り甲斐がある。悪い事に二人は蔵人頭として帝をお支えする立場にある。それだけに頭弁の頼りなさが目立ってしまう。

「万里小路は帝の外戚。常に帝の御傍に仕え帝を献身的にお支えしなければならぬ。そう思って厳しく育てたのだがそれが悪かったのかもしれぬ。あれは麿に叱責されるのを怖れ自分で考えて動くという事が出来なくなってしまった」

人から指図を受けなければ動けない。歯痒い限りだ。今は兄が居て私が居るから良い。しかし私達が居なくなったら……。

「邪魔でございますね」

「頭中将か？」

「はい」

「確かに邪魔でおじゃるの、目障りじゃ。だが手出しは無用じゃ」

「……」

兄が口元に笑みを浮かべた。

「あの者、怖いからの」

「それは知っておりますが」

〝フフフ〟と笑いながら兄が首を横に振った。

「真に、その怖さを知っているなら良いがの」

「……どういう意味でございますか」

兄が笑うのを止めた。怖いほどに顔が厳しくなっている。

「一月ほど前の事じゃ。幕臣達の一部が日々典侍の呪詛を市井の陰陽師に依頼した。密かにな」

「真でございますか?」

驚いて問うと兄が頷いた。

「余程に頭中将が気に入らぬらしいわ。麿はその件に関わったわけではおじゃらぬ。たまたま知ったのだが止める事はしなかった。高みの見物を決め込んだのだが甘かったの。あっという間に頭中将から釘を刺された。詰まらぬ真似をすると誠仁様のお立場にも影響が出るとな」

「……なんと……」

「しかもそれを麿に伝えたのは真っ青になった頭弁であった。驚いたわ」

手強いと思った。こちらが向こうを危険視している以上に向こうはこちらを危険視しているのかもしれない。その事を言うと兄が頷いた。

「頭弁には何と?」

「麿は関係無いと答えた。それが事実だからの。幕臣達にも警告が入ったようじゃ。慌てて陰陽師の口を塞いで証拠の隠滅を図ろうとしたようだが陰陽師は既に殺されていたと聞く」

「真でございますか？」

問い掛けた声が掠れていた。兄が頷くのを見ながら思った。偶然は有り得ない。間違いなく頭中将が動いたのだ。速い、そして苛烈だと思った。幕臣達も度肝を抜かれただろう。これも警告なのかもしれない。

「分かるか？」

「はい、警告でございますね」

兄が〝うむ〟と頷いた。

「普通なら陰陽師の身柄を押さえて生き証人、手駒にする。そうする事で幕臣達を押さえようとする筈じゃ。或いは公方に処罰を要求するか。公方も嫌とは言えぬ。だがそれをせずに殺した」

「……」

兄がニヤッと笑った。

「証拠が要らぬという事はじゃ、公にする事は無いという事。そして人知れず闇に葬るという事でおじゃろう。つまりじゃ、今後は疑いだけで殺す事も有り得るという事よ。それが嫌なら動くな、とな」

「……なるほど……」

「今回は陰陽師であった。だが次は……。フフフ、怖いのう」

兄の気持ちが良く分かる。幕臣達も次は自分かと首筋が寒くなったに違いない。目々典侍（あのおんな）はこの件を知っているのだろうか？　おそらくは知るまい。頭中将の独断だろう。不意に胸が苦しくなるほどの嫉妬を感じた。目々典侍は守られている。自分が守られている事に気付かぬ程に強く守られている。何故あの女は……。

「あの者の周囲にはそういう事を躊躇わずに行える者達が居るらしい。以前賊が押し入ったがそれも殺された」

「……」

「そなたも詰まらぬ事はするな。目障りではあるが簡単に片付けられる相手ではない。失敗すればこちらの方が危うい」

「はい」

「それに目々典侍が皇子を産むと決まったわけでもないのだ」

「左様でございますね」

確かに兄の言う通りだ。目々が皇子を産むと決まったわけではない。だが皇子が生まれた時には……。

永禄四年（一五六一年）　三月中旬　　山城国葛野・愛宕郡　　平安京内裏　　勾当内侍

〃内侍様〃と女官がこちらを窺うように声をかけてきた。

「如何しました？」

「はい。たった今、万里小路権大納言様が新大典侍様のお部屋からお帰りになりました」

「そうですか。権大納言様のお気色は如何です？」

女官が少し考えるような素振りを見せた。

「どちらかといえば沈んでおられたかと。途中で溜息を吐いておられました」

「そうですか」

入るところを見届けた女官は権大納言様は上機嫌だったと私に報告した。部屋の中から権大納言様と新大典侍の笑い声が聞こえたと。そして二人は直ぐに人払いをして密談を始めた……。

「小細工をしますね」

〝はあ〟と声が聞こえた。女官が困ったように私を見ている。少し可笑しかった。

「ご苦労様でした。下がって良いですよ」

「はい」

女官がホッとしたような表情を浮かべて下がった。それを見届けながらまた思った。小細工をすると。

権大納言様は沈んでおられた。そして溜息を吐いた。権大納言様と新大典侍との間で交わされた話は決して楽しいものではなかったのだ。最初に上機嫌で笑ったのは周囲に緊急の用件、深刻な話ではないと思わせるためだろう。本当なら権大納言様は帰りも上機嫌な様子を見せるべきだった。それが出来なかったのは話の内容が深刻だったからと見て良い。演技をする余裕もなかったという事だ。

　おそらくは宮中で広まっている噂の事を話し合ったのだろう。そして頭中将が夜中に参内した理由についても話し合ったに違いない。

「ウフフフ」

　思わず含み笑いが漏れた。噂を流したのは私だ。頭中将が参内した翌日、帝は私に〝困ったものだ〟と仰った。〝新大典侍が何かにつけて頭中将を敵視する。困ったものだ〟と。呟いたのではなかった。独り言のようではあったが私の目を見て仰った。私が〝困ったものでございます〟と答えると目元に笑みを浮かべられて頷いた。

　帝は新大典侍の振舞いを鬱陶しいとお感じになっておられる。あれは私に新大典侍を窘めよという御内意。だから噂を流した。新大典侍は分を弁え(わきま)よと。

「分かれば良いのですけど……」

　時には押す事よりも一歩引く事が正しい場合もある。新大典侍がそれを理解出来るかどうか……。難しいかもしれない。

　万里小路は一度断絶した。再興後は帝と縁戚関係を結ぶ事で先代の万里小路秀房(ひでふさ)は内大臣にまで昇っている。帝の御信任を得る、そのためには帝と縁戚関係を結ぶ事が重要だという事を万里小路家ほど理解している家は無い。新大典侍もそれ故に宮中に出仕して誠仁様を帝との間に儲けた。そんな万里小路家にとって飛鳥井家と頭中将は心穏やかならぬ存在だろう。万里小路家同様、帝との近しさによって家を繁栄させている。そして頭中将……。

「頼りになりますものね」

財力での奉仕、そして能力での奉仕、そのどちらも万里小路を上回るだろう。若いが既に宮中では無視出来ない存在になりつつある。帝が傍に置くのもそれ故の事。特に戦の帰趨を見る目は他者の追随を許さぬと聞く。……この京で戦が起きるかもしれない。いや、間違いなく起きるだろう。塀の改修の打ち合わせの時、帝も頭中将もこの京で戦が起きる事を前提に改修を考えていた。そして頭中将は運上は何時無くなるか分からないと私に言った。頭中将は三好と足利の関係は必ず決裂すると見ていたのだ。

それを思えば参内の理由も想像が付く。多分、近々に京で戦が起きると帝に訴えたのだ。つまり三好邸への御成りは偽りという事になる。昨年の畠山の敗戦、六角の敗戦で公方は気落ちした。それ故に三好との関係改善を考えての御成りという噂は事実を捉えていないと見てよい。

「困った事です」

京で戦が起きる可能性がある。本来なら今こそ宮中は一つに纏まらなければならないのかもしれない。だが……。

「困った事です」

一体どうなるのか……。その結末次第で万里小路と飛鳥井の争いも決着が付くのかもしれない……。

御成り

永禄四年（一五六一年）三月中旬　近江国高島郡安井川村　清水山城　朽木藤綱

「うーむ」

文を読みながら父が唸った。表情が険しい。京の頭中将様からの文だが余程の大事が書かれているらしい。読み終わると〝ホウッ〟と息を吐いた。

「父上、頭中将様からは何と？」

問い掛けると父が無言で文を差し出した。受け取って読む。流麗な文字に似つかわしく無い内容が書かれていた。読み終わった時には自分も息を吐いていた。

「父上、皆を呼びますか？」

父に声を掛けたのはだいぶ経ってからだった。

「いや、先ずはそなたと話したい。長門守よ、讃岐守は死んだと思うか？」

「さて、……生きているのか死んだのか……。姿が見えぬとなれば床に伏しているのかもしれませぬな」

「かもしれぬの。……怖いものよ」

「はい」

怖いとは何がだろう？　十河讃岐守が命を狙われた事だろうか。それとも頭中将様の予測が当たった事だろうか……。考えていると父が〝戦か〟と呟いた。

「近付いておるの」

「はい、なんとか巻き込まれぬようにしなければなりませぬ」

父が頷いた。

「頭中将は噂を流すと言っておる」

「上手く浅井が反応してくれれば良いのですが……」

〝六角が畠山と組んで三好と戦おうとしている。だがその前に浅井を一叩きしようとするかもしれない〟。浅井が何処までその噂に反応するか……。

「無視は出来まい」

父がこちらを見ている。

「そうですな。多少の備えは致しましょう」

「六角と三好が戦になれば浅井が高島郡に兵を出すという噂も真実味が増す」

「朽木は動けませぬ。五頭もこちらに同調しましょう」

「そうよな。そうなれば六角も無茶は言えぬ」

〝はい〟と答えた。五頭も畿内で三好と戦う事を望んでいるとは思えぬ。こちらに同調する可能性は高い。

「何時頃になると思われますか？」

父が〝そうだの〟と小首を傾げた。

「月が変わって四月の半ばには動きが出るのではないか。その頃には朽木領内だけでなく五頭の領内でも噂が流れていよう」

四月の半ばか、その頃には織田の美乃殿と婚儀を挙げる事になる。五頭がそれを如何見るか……。それも気になる。

「後は幕府です」

父が顔を顰めた。

「そうだな。だが以前とは違う。進士や上野も無茶は言えぬ」

「はい」

左兵衛尉がこちらの持つ憤懣を公方様の御前でぶちまけた。頭中将様も細川兵部大輔殿に朽木が幕府に不信を持っていると上手く伝えてくれた。そして朽木は織田と婚姻関係を持つ。幕府にとって新しい価値が生じたのだ。無茶は言えない。少しずつだが朽木の立場は改善されつつあるのは確かだが……。

「気になるのは三淵大和守殿が婚儀に来る事です」

「……」

「大和守殿は単純に朽木憎しという御方ではありませぬ。おそらくこちらの不満を宥めよう、幕府と朽木の関係を改善しようと考えているのでしょう。それだけに今の朽木家を如何見るか……」

父が〝ふむ〟と唸った。

「足利から離れつつある、か……」

父の言葉に〝はい〟と答えた。織田から嫁を娶るという事は幕府の構想から外れるという事であり頭中将様の構想に組み込まれるという事だ。まあ織田を上洛させようとしている事までは読めまい。だが朽木が足利から離れつつあると判断した時、何を考えるか……。

「儂が気になるのは文に三好が油断していると書かれてあった事よ」

父が厳しい表情をしている。

「まさかとは思います。しかし三好は勝ち戦続き、有り得ぬとは申せませぬ」

「うむ、それに讃岐守が居ないとなればじゃ……。次の戦、相当に荒れるかもしれぬ」

「はい」

六角、畠山も正念場であろう。相当の覚悟で戦に向かう筈、そして三好は二方向で戦をする事になる。修理大夫はどちらに向かうのか。六角か、畠山か……。

「畿内も荒れるが東海も荒れそうじゃの。松平が今川から離れて織田に付いた」

「これで織田は美濃攻めに総力を上げられます」

父が片眉を上げた。

「それは一色も同じじゃ。六角と手を組んだ」

「はい」

頭中将様は織田の上洛を考えている。果たして織田は美濃を攻め獲れるのか……。

「月が替われば織田から嫁が来る。それまでは穏やかに過ぎて欲しいものよ」

「そうですな」

父がニコニコしている。困ったものよ。父は織田から来る嫁を早く見たくて堪らぬらしい。以前は頭中将様の事で夢中だったが最近はその他に織田から来る嫁の事ばかり話題にする。

「父上、皆を呼びますぞ」

「ああ、そうだの」

立ち上がって部屋を出た。美乃殿か、一体どんな娘なのか……。父上の事を困ったとは言えぬな。私も早く会いたいのだから。


永禄四年（一五六一年）　三月下旬　山城国葛野・愛宕郡　四条通り　三好邸　飛鳥井基綱

「三好日向守にございます。日向守は我が一族にて父修理大夫の大叔父に当たりまする」

三好筑前守の言葉が終わると平伏していた日向守が少し頭を上げた。

「三好日向守長逸にございまする。御尊顔を拝し奉り恐悦至極に存じまする」

日向守が挨拶をすると義輝が〝うむ〟と頷いた。そして日向守が下がった。顔見知りの筈だけどな。知らぬ振りで挨拶か。日向守は内心では腸（はらわた）が煮えくり返っているだろう。

「加地権介にございます。加地氏は阿波国出身で代々三好家に仕えた一族にございます」

「加地権介久勝にございまする」

「うむ」

いや、素っ気ない挨拶だわ。やはり阿波以来の譜代だからな。幕府、足利将軍家には思うところは有るよな。

それにしても御成りって大変だわ。朝は巳の刻（午前十時）に三好邸に到着。茶会をして食事、まあこれは軽食だな。そして部屋を移って式三献。今は大広間で義輝は三好家の家臣から挨拶を受けている。この後は観能、七五三の御膳、観能、帰還という流れになる。帰還は大体申の刻（午後四時）を過ぎるだろうというから六時間くらい飲んで食べて遊ぶわけだ。もてなす方ももてなされる方も疲れるわ。

「野間右兵衛尉にございます。右兵衛尉は父が越水城主になった頃から仕えておりまする」

「野間右兵衛尉長久にございまする」

「うむ」

こいつも素っ気ない。越水城か。修理大夫が最初に摂津に持った拠点だな。という事は野間右兵衛尉は摂津、或いは畿内の人間なのだろう。義輝に不満を持っているのは阿波衆だけじゃ無いって事だ。まあ二回も約束を破っちゃ駄目だよな。

それにしても普通はこういうのってもっと賑やかになるんだけどな。家臣の紹介の時は戦でどういう働きをしたとかって筑前守が言上する。そうすると義輝があれは見事な働きで有った、自分も感心していたとか言う。褒められた家臣は当然喜ぶ。義輝への好感度が上がるわけだ。しかしなあ、戦働きって言うと対畠山戦か対足利・細川戦になる。言い辛いよな。そんなわけで可も無く不可も無い紹介になる。詰まらん、盛り上がらんわ。

そして義輝の挨拶も素っ気ない。義輝には三好と関係改善をする気は無い。そう判断せざるを得ない。俺だけじゃ無い、三好側もそう思っているだろう。そして幕臣達も無言で座っている。進士、上野、松田、一色……、座を取り持とうとはしない。義輝だけの問題じゃないと思わざるを得ない。この場には公家も大勢居るんだが皆白けた表情だ。西園寺、花山院、広橋、烏丸、勧修寺、正親町三条、高倉、山科、葉室、庭田、今出川、中山、飛鳥井、滋野井、万里小路、それに太閤殿下……。これで本当に京に平和が来るのか？　何のための御成りだと疑問に思っている人間も居る筈だ。

まあ今のところは白けているが問題なく進んでいる。このままで終わるのかな？　何処かで一波乱有ると思うんだが……。やはり七五三の膳かな。

「以上で目通りは終わりでございまする」

漸く終わったわ。さっさと能見物に行こう、そう思った時だった。義輝が〝筑前守〟と声を掛けた。

「はっ」

筑前守が畏まった。嫌な感じだよ。義輝が笑みを浮かべている。明らかに作り笑顔だ。余り見ていて気持ちの良いもんじゃ無い。

「実は近江の細川右京大夫から京に戻りたいとの文を貰っている。どうであろう、右京大夫と和を結ばぬか？」

「それは……」

筑前守が困惑している。そりゃそうだろう。細川晴元と三好一族は不倶戴天の仲なのだ。周囲もざわめいている。三好の者達が露骨に顔を顰めているのが見えた。そして幕臣達はそれを意地の悪い表情で見ている。

「右京大夫も五十に近い年齢だ。身体に不調を感じる時も有るようだ。生きている内に京に戻りたい。そう思っているのだろう。如何かな？」

「……」

筑前守は無言だ。父親の修理大夫が如何思うか、それを考えているのだろうな。簡単に自分の一存では答えられない。しかし義輝たちにしてみればそこが狙い目なのだろう。仕方ないな。

「良いお話でおじゃりますな」

あらら、皆が俺を見た。此処は能天気に笑顔で行こう。

「今回の御成りで将軍家と三好家の親睦は深まりました。皆が畿内で戦が起きる可能性は低くなったと喜んでおじゃります。ここで三好家と細川家の和睦がなれば更に戦は遠のきましょう。天下太平、真に目出度い。そうではおじゃりませぬかな？」

「そうじゃのう。頭中将の、言う通りじゃ」

太閤殿下が賛成すると彼方此方から同意する声が上がった。殆どが公家だ。武家は三好側も幕府側も無言だ。筑前守がゆっくりと頷いた。

「分かりました。良いお話と思いまする。右京大夫殿と和睦を致しましょう」

「そうか。……いや、聞き入れてくれて重畳じゃ」

「では観能の間へ御案内致しまする」

筑前守が立ち上がると義輝も立ち上がった。やれやれだわ。

永禄四年（一五六一年）　三月下旬　　　山城国葛野・愛宕郡　　四条通り　　　三好邸　　　三好長逸

能見物も半分が終わり七五三の膳を皆が楽しんでいる。謁見の時に比べれば雰囲気はだいぶ良い。能の事を話題にしている者も居る。この会食が終われば今一度能見物をして公方様はお帰りになる。あと少しだ。

今のところ問題は無い。先程細川との和睦の話が出たが上手く切り抜けた。おそらく、断れば三好は傲慢、公方様の御扱いを拒絶したと非難するつもりだったのだろう。そして六角、畠山はそれを口実に兵を挙げる。そんなところが狙いの筈だ。だが頭中将様、太閤殿下が上手く流れを作って下さった。御蔭で筑前守様が和睦を受け入れても不満を口にする者は居ない。ふむ、和睦か。京にあの男を入れてこちらを掻き乱そうというのだろうがその手には乗らぬ。和睦にかこつけてあの男を捕まえ監禁してしまえば良い。

頭中将様を見た。太閤殿下の斜め後ろに座っている。本来ならもっと前の席なのだが太閤殿下の介添えのためにそこをお望みになられた。太閤殿下が時折頭中将様へ視線を向け話し掛けている。声を上げて笑う事も有る。ふむ、これなら太閤殿下の御容態も順調に回復していると皆が思うだろう。そろそろ参内という事も有り得るかもしれぬ。太閤殿下も先程は頭中将様に加勢された。親足利ではあるが武力で三好と戦うという事には必ずしも賛成してはいない。殿下が室町第に足を運ぶようになれば幕臣達の跳ね上がりも抑えられるのだが……。

　太閤殿下の両脇には御台所と寿姫が座っている。二人とも太閤殿下の食事を手伝いながら頭中将様と話をしている。声を上げて笑う事もある。その所為だろう、その辺りだけが和やかで華やかだ。親密さがこちらにも伝わってくる。そして御台所は公方様に声をかけようとしない。公方様も御台所を無視だ。想像以上に仲が冷えているらしい。幕臣達は御台所と頭中将様を面白くなさそうに見ている。

「関東では大層な軍勢が長尾弾正忠様の許に集まっているとか」

「うむ、十万の大軍が集まったと聞く。小田原城を囲んでいるらしいが風前の灯火であろう」

シンとした。上野と一色か。この場で関東の情勢を話すとは、我等に対する揺さぶりのつもりか。

「北条を滅ぼし上杉の名跡を継いで関東管領となるのも間近であろう。そうなれば関東に秩序が戻る。いずれは予のために上洛してくれるに違いない」

　公方様が上機嫌で酒を呷(あお)った。幕臣達が〝如何にも〟、〝待ち遠しい〟と迎合した。ふざけた連中よ。三好の酒を飲みながら我等を追い落とす日が来るのが待ち遠しいとは！　いかぬ、落ち着け、挑発に乗って如何する！

「頭中将様、頭中将様は如何思われますか？」

　問い掛けたのは進士主馬頭だった。皮肉を帯びた笑みを浮かべている。

「如何とは？」

「頭中将様は長尾様の関東制覇は成らぬと仰っていたとか。今もそのお考えは変わりませぬか？」

なるほど、我等だけではないか。頭中将様への嫌がらせか。頭中将様がクスクスと笑い出した。

「主馬頭殿は麿にあれは間違いだったと言わせたいようでおじゃりますな」

今度は〝ウフフ〟と含み笑いを漏らした。主馬頭は顔を強張らせている。

「十万もの兵が集まるとは大したものでおじゃりますな。それで小田原城は落ちましたかな？」

「……それは……」

「北条左京大夫殿の首は？」

「……」

主馬頭が答えられずにいると頭中将様が〝フフフ〟と笑った。

「はて、城は落ちず首も獲れず。この状況で左様に喜ぶとは……」

〝ホホホホホホ〟と笑い出した。明らかに嘲笑だと分かる。笑われた公方様、幕臣達が顔を朱に染めた。

「十万の大軍ですぞ」

主馬頭が言い募った。更に頭中将様が〝ホホホホホホ〟と笑った。

「良くお聞きなされ、主馬頭殿。昔、漢の高祖は楚の項王と天下の覇権を争いましたが戦う度に敗れました。しかし最後の一戦に勝って項王を滅ぼし天下を手中に収めた」

「……」

「お分かりかな？　戦というものは最初から勝っている必要はおじゃりませぬ。最後に勝てば良いのです」

言っている事は道理よ。しかし可愛げが無いわ。今少しあたふたすれば良いものを……。

「しかし」

主馬頭がなおも抗弁しようとした。愚かな、こやつは戦というものが分かっておらぬわ。同じ事を思ったのだろう。頭中将様が苦笑を漏らした。

「海の向こうの話では納得出来ませぬかな？　ならば足利尊氏公は？　あの御方も良く負けた。九州に追い落とされた事もおじゃります。なれどここぞというところでは勝った。そして幕府を開いた」

「……」

彼方此方で頷く姿があった。そうよ、負ける事は恥では無いわ。次に勝てば良いのよ。頼朝公も石橋山の戦いでは大敗を喫した。しかしそこを切り抜けて天下を手中に収めた。

「尊氏公がこの場に居られれば磨と同じ事を言うと思いますぞ。小田原城は落ちたのか、北条左京大夫の首は獲ったのかと。どちらも未だと聞けば勝ってもいないのに何を喜ぶのかと怒りましょうな。それとも頼りないと嘆かれるか」

頭中将様が視線を上野から公方様へと向けた。公方様が顔を強張らせた。頼りないと貶されたと思ったのだろう。その通りだ、頼りないのよ。頭中将様がまた軽く笑った。

「室町第では公方を始め皆が大層喜んでいると聞きますが城を落とすか、首を獲るか、どちらかが叶うまでは控えられた方が良いかと思いますぞ。両方叶わなかった時は糠喜びという事になりましょうし皆から侮りを受けましょう。良い事とは思えませぬ」

シンとした。トドメを刺した、そんな感じだ。良い気味だとは思うが相変わらず容赦が無いわ。

クスクスと笑う声が聞こえた。近衛の寿姫だった。頭中将様を見ながら笑っている。

「以前にも思いましたが朝倉左衛門督様と頭中将様を入れ替えてみとうございます。忽ち天下を獲りそうな……」

頭中将様に越前一国だと？　なんという物騒な事を……。

「それは無理でおじゃりますな」

「まあ、何故でございましょう？」

寿姫が問うと頭中将様が寿姫を見ながら笑い出した。

「麿が朝倉左衛門督殿なら美しい妻を離縁するような事はおじゃりませぬ。それどころか妻に夢中になって戦も政（まつりごと）も放り出しましょう。天下どころか家を潰しましょうな。それでも後悔はしますまい」

どっと座が沸いた。皆が笑っている。

「まあ、その気も無いくせに。……憎うございます」

寿姫が怨ずると更に沸いた。〝頭中将様は御艶福〟、〝羨ましい〟、〝傾国の美女〟と彼方此方から声が上がった。ふむ、やはり可愛げが無いわ。

妻

永禄四年（一五六一年）　三月下旬　　山城国葛野・愛宕郡　　平安京内裏　　正親町帝

頭中将が小柄な姿を常御所に見せた。

「御苦労だな、頭中将」

「いえ、遅くなりました事をお詫び致しまする」

「無用じゃ。人払いはした。傍に参れ」

頭中将が〝はっ〟と畏まると背を丸めて近付いてきた。そして一尺程の距離を置いて座った。

「如何であった」

「御成りは無事に終わりましておじゃります」

ホッとした。取り敢えず御成りがきっかけで戦が起きる事は無いのだと思った。

「三好と細川が公方の勧めで和睦を致しまする」

「……和睦？」

思いがけない事に困惑した。和睦、喜ばしい事ではあるが頭中将の表情は厳しい。単純に喜べる事では無いという事か……。

「どういう事か?」

問い掛けると頭中将が〝されば〟と口を開いた。

「三好にとって細川は不倶戴天の仇におじゃります。和睦などとても受け入れられますまい。それを敢えて勧めて断らせる事が狙いであったかと」

「うむ」

「断らせてそれを傲慢、無礼と咎める。六角、畠山が兵を挙げる名分には十分でおじゃりましょう」

なるほどと思った。三好と細川の対立は畿内を不安定にしている一因であった。畿内の安定のために三好と細川の和睦を勧めた。にもかかわらず三好が断ったとなれば……。またなるほどと思った。

「おそらくは三好側の主が筑前守という事も狙い目だったのではないかと思いまする。筑前守が修理大夫に諮る事無く独断で和睦を受け入れる事は無い。むしろ断る。そう見たのでおじゃりましょう」

「そうであろうな。だが筑前守は受けた」

頭中将に視線を向けると頭中将が頬に笑みを浮かべた。

「臣が大声で和睦がなれば畿内が安定する、真に目出度い事だと言うと太閤殿下もそれに賛同致しました。御成りに参列していた公家達も皆が口々に賛同致しました」

「フフフフ、公家達が筑前守の背を押したか」

「はい」

頭中将も笑っている。しかし直ぐに表情を改めた。

「筑前守もここは和睦を受けた方が良い。そう思ったのでおじゃりましょう」

「なるほど、戦は出来ぬと見たか」

「はい。公方も幕臣達も面白く無さそうでおじゃりました。忌々しげに臣を見る者も」

「居たか」

頭中将が〝はい〟と答えた。頭中将の言う通りだ。公方達の狙いは和睦を断らせての戦であろう。しかしそれを防いだ。暫くは時が稼げよう。三好が態勢を整えればそれだけ京が戦場になる可能性は低くなる。だが……。

「前管領が京に戻れば厄介な事にならぬか?」

「なりましょう。三好もその事には気付いている筈におじゃります。となれば……」

「前管領の命を奪うか?」

問い掛けると頭中将が首を横に振った。

「それでは主殺しと非難されましょう。有り得ぬとは言い切れませぬが幽閉、監禁ではないかと臣は思いまする」

なるほどと思った。殺さずとも幽閉、監禁すれば良いか。道理よ。

「しかし六角、畠山は納得するまい」

頭中将が〝はい〟と頷いた。

「前管領の幽閉、監禁をきっかけに戦が起きましょう。なれどこの和睦で多少の時が稼げまする」

「そうだな」

三好側は和睦を急ぐまい。時間稼ぎをするかもしれぬ。公方もあてが外れただろう。今頃は舌打ちしているかもしれぬ。

「良くやってくれた。上々の首尾よ」

「畏れ入ります る」

頭中将が頭を下げた。

「太閤が和睦に賛成したと聞いたが太閤は讃岐守の事を知っているのか？」

「臣は伝えておじゃりませぬ」

太閤は讃岐守の毒殺を知らぬようだな。だが和睦に賛成した。となると太閤は娘を公方に嫁がせてはいるが戦には反対なのだろう。そう言えば公方と嫁がせた娘は不仲と聞く。それに病に倒れた太閤を公方は気遣わなかった。親身に気遣ったのは頭中将であった。ふむ、戦を防ぐには太閤の力も必要であろう。

「報せるべきではないか？」

「臣もそのように思いまする。必要以上に足利に近付く事は危険でおじゃりましょう。その事を殿下に理解して頂かねば」

なるほど、それもあるか。やはり頭中将は……。

「頭中将、讃岐守の事、太閤に伝えよ。そして朕が太閤の顔を見たがっていると伝えるのだ。そろそろ参内せよとな」

「はっ」

頭中将が畏まった。

「他に何かあるか？」

「いえ、おじゃりませぬ」

「……頭中将、そなたは三好が公方を弑すと思うのか？」

「……」

頭中将が無言で私を見ている。表情に驚きは無い。やはりそうか……。

「あの夜以来ずっと考えていた。対立から憎悪へ、共存は不可能とはどういう事なのかと。最初は征夷大将軍からの解任かと思った。だが解任しても公方は納得するまい。むしろ自分こそが将軍と声を大にして訴えるだろう。となれば公方が生きている限り戦は続く事になる。それならば弑した方が良いと考えるのではないかとな。朕の考えは間違っているか？」

「……いえ、御賢察、畏れ入りまする」

「近衛を足利から離そうというのもそれが理由だな」

「はっ」

巻き込まれては近衛も滅ぶか。頭中将はそこまで危険だと見ている。それも道理だ。讃岐守が毒殺された。公方は直接関与していないとはいえ公方が戦を煽ったのは事実。許せるものではあるまい。

「当分、口外は出来ぬのう」

「はい」

「困った事よ。最近は口外出来ぬ事が増えたわ」

苦笑すると頭中将も苦笑しながら〝御不自由をお掛け致しまする〟と答えた。

「まあ良い。それだけ世の動きが分かるようになったという事でもあるのだ。何も知らぬよりはましだ」

「……」

「そなたの御蔭だがその事を面白く思わぬ者も居る。朕がそなたと二人で話していると新大典侍が直ぐに探りを入れてくる。何を話したか、余程に気になるらしい」

頭中将が渋い表情をしている。鬱陶しいと思っているのだろう。或いは度し難いか。

「四月になればそなたの叔父が織田から嫁を娶るそうだな」

「はい」

着々と手を打っていると思った。織田が上洛すれば朽木の存在は今まで以上に皆の注目を受けるだろう。だが二万石か、些か小さいのが難点よ。織田もそこは不満だろう。

「婚儀にはそなたも参列せよ。春齢と共にな」

「は？」

頭中将が呆然としている。滅多に無い事だ。その事が可笑しかった。

「ハハハハハ、春齢から文が来た。朕がそなたを扱き使うから少しも一緒に居られない、毎日詰まらないとな」

「なんと、申し訳おじゃりませぬ」

「謝る事は無い。確かにそなたを扱き使ったのは事実だからのう」

「……」

「和睦が成るまでは戦にはなるまい。そなたも少し息を抜くが良かろう」

「しかし」

「良い。休め」

頭中将がジッと私を見詰め、そして頭を下げた。

「……御配慮、有り難うございまする」

「近衛の事、頼むぞ」

「はっ」

うむ、これで良し。春齢も少しは落ち着くだろう。


永禄四年（一五六一年）　三月下旬　　山城国葛野郡　　近衛前嗣邸　　近衛稙家

「遅うございますね」

「本当に」

娘の寿と毬が詰まらなさそうにしている。頭中将は御成りの後、宮中へと向かった。事の次第を帝にお伝えする事になっているらしい。その後でこちらに寄ると言っていたが……。

「慌てるな。帝からの、御下問に、答えているのだ」

娘達が頷いた。うむ、つっかえずに言えた事が嬉しい。近頃は口が滑らかに動く。焦るとつっかえるがゆっくりなら問題は無い。そしてゆっくり喋る事にも慣れてきた。気持ちが良いわ。

頭中将が帝に何を報告しているのか、帝がどう判断するのか、気になるところだ。まず此度の御成りで義輝と三好の関係が円滑になるだろうか？　なかなか難しかろう。やはり義輝と三好、幕臣達と三好の間にはギスギスしたものが有る。それ以上に問題なのは互いにそれを解こうとする動きが無い事よ。あれでは何のための御成りかと参列した者は皆が疑問に思う筈。

だが三好と細川の和睦を義輝が斡旋した。これを如何見るか……。御成りの席じゃ、額面通りに受け取るなら義輝は三好と細川、三好と足利の因縁を解そうとしているという事になる。しかし義輝も幕臣も三好との関係を改善しようとする動きを見せぬ。となればこの和睦には別な目的が有るという事だろう。そして気になるのは頭中将が和睦を推し進めるような動きを見せた事じゃ。

「如何なされました？」

「父上？」

「如何かしたか？」

気が付けば娘二人が心配そうに儂を見ている。

「如何かしたかって、先程からねえ」

「ええ、唸ってばかりですわ」

毬と寿が訝しんでいる。ふむ、どうやら自分の考えに没頭し過ぎたか……。思わず苦笑いが出た。

「済まぬの。ちと、考え事を、していた。今日は、楽しかった、かな？」

「はい、楽しゅうございました」

「ええ、とても」

娘二人が声を弾ませた。そうじゃのう、偶には外に出て気晴らしが必要よ。いつも邸に籠もって儂の相手では詰まらなかろう。

「これからは、時折外に出るか？」

「はい、桜が見とうございます」

「賛成」

寿と毬が声を上げげた。ふむ、桜か。良いのう。娘と桜を見る。そういう思い出を持つのも父親として悪くない。病に倒れて分かった。自分を気遣ってくれる家族との思い出を作るのも大事よ。

「失礼致しまする」

廊下に女中が控えている。

「頭中将様がお見えになったの？」

寿が問う。女中が〝はい〟と答える前に寿が立ち上がっていた。

「毬、父上をお願いね」

「あ、狡い」

出遅れた毬を置いて寿が廊下に出る。まるで子供のような……。

「してやられたの」

笑いかけると毬が寂しそうな表情を見せた。

「姉上が羨ましい」

「……」

「好きだって言える人が居るんだもの。御成りの時も夢中になるって言われて嬉しそうだった」

「……」

掛ける言葉が無かった。

御成りの間、義輝が毬に声を掛ける事は無かった。本来なら『元気か』、『風邪などひいておらぬか』と気遣う言葉が有っても良い。だが義輝は毬を見ようとせず毬も義輝を見ようとはしなかった。名ばかりの、形だけの夫婦を作ってしまった。このままでは毬の一生は惨めなままとなってしまう。離縁させた方が良いのかもしれぬのう。だがそうなれば義輝を、慶寿院を見捨てる事になりかねぬ。それで良いのか……。関白に一度相談しなければなるまい。

「きっと、きっとでございますよ」

「……」

「いいえ、許しませぬ。寿は本気になりました」

「……」

「まあ、ホホホホホホ」

楽しそうな寿の笑い声と共に頭中将と寿が現れた。

「遅くなりました事をお詫び致しまする。お疲れではおじゃりませぬか？」

席に座るなりこちらの具合を気遣ってきた。嬉しい事よ。

「いや、それほど、でもない」

「それは宜しゅうおじゃりました。殿下のお元気な姿を皆が見ております。朝廷への参内も間近と皆が思っておりましょう」

「うむ」

御成りに出たのじゃ。朝廷への参内も遠からずしなければならぬの。

「帝は、御成りの事を、何と？」

問い掛けると頭中将が困ったような表情をした。ふむ、そうか……。

「寿、毬、席を外してくれるか」

二人が素直に席を外した。病に倒れてからはずっと一緒だったからの、気付かなんだわ。

「それで？」

二人が居なくなってから促すと頭中将が〝御傍に寄らせて頂きまする〟と言って儂の直ぐ傍に座った。

「御成りの一部始終をお伝え致しました。その上で此度の御成りが公方と三好の関係改善を願ってのものとは思えぬ事をお伝え致しますと、尤もで有ると」

「仰ったか」

「はい」

「み、三好と細川のわ、和睦を勧めて、いたが」

いかぬの、焦ったか。言葉が詰まる。

「和睦を受けねば六角、畠山が兵を挙げましょう。三好の増長を咎めて」

「うむ」

なるほど、道理では有る。そう言えば義輝は筑前守が和睦を受け入れた時、面白く無さそうな顔をした。断られる事を望んでいたか……。しかし三好にも備えは有る筈。公方、六角、畠山の動きに気付かぬとも思えぬ。筑前守は何故受けた？　いや、待て。その事は頭中将も理解していよう。その上で和睦を勧めた。そして筑前守は和睦を受け入れた……。三好に何か異変が起きているのか？　その事を問うと頭中将が頷いた。

「殿下、他言はなりませぬぞ。寿殿、御台所にもです」

「うむ」

「未だ公表されておりませぬが十河讃岐守が亡くなりました。毒殺におじゃります」

「毒、殺」

頭中将が頷いた。まさかと思った。だが頭中将が嘘を吐くとも思えぬ。毒殺が事実ならば戦が起きるのは間違いない。

「公方か？」

問い掛けると頭中将が首を横に振った。

「公方の周りには三好に通じる者がおじゃります」

なるほど。では義輝は知らぬか。となると幕臣の一部と六角、畠山の間で決まったのかもしれぬ。

「み、帝は、その事を」

「既にお伝え致しました。殿下にもお伝えせよとの事におじゃります」

「……」

「三好は讃岐守の死を四月の半ば過ぎに公表するそうにおじゃります。それまでは態勢が整わぬという事でおじゃりましょう。今直ぐ戦となればこの京が戦場になりかねませぬ。それゆえ和睦を勧めました」

なるほど、そういう事であったか……。

「よく、やってくれた」

「畏れ入りまする」

頭中将が頭を下げた。

「戦が起きるか……」

「はい」

「止める、事は」

頭中将が首を横に振った。そうよの、讃岐守が毒殺されているのじゃ。今更戦は止まるまい……。

「頭中将、どちらが、勝つ」

問い掛けると頭中将がまた首を横に振った。

「分かりませぬ。ですが三好は南と東に敵を抱え讃岐守を失いました。暫くは攻勢には出られますまい」

その通りだ。三好は厳しい状況にある。頭中将が〝殿下〟と話し掛けてきた。

「御台所の事でおじゃりますが……」

「毬の？」

問い返すと頭中将が頷いた。

「もうじき室町第にお戻りになる時期になりまする」

「うむ」

「暫くは先へ延ばした方が良いかと」

「……」

はて、如何いう事か……。戦に巻き込まれるなという事か。

「讃岐守の死の公表と同時期に戻る事になりましょう。近衛は足利が優位と見て御台所を室町第へ戻したと妙な風評が出かねませぬ。御台所のためにも、近衛家のためにもなりますまい」

「……」

「近衛家は関白殿下が既に関東に下向しておられます。これ以上三好家を刺激するような事は避けるべきかと」

「そう、じゃの」

なるほど、そういう事か……。頭中将は此度の戦で三好は相当に苦戦すると見ているのかもしれぬ。その分だけ親足利の動きをしたものに対しては厳しい報復が来るかもしれぬと危惧しているのだろう……。道理よ、危険じゃの。特に讃岐守を毒殺したとなれば三好の怒りは大きかろう。

「毬には、暫くは、麿の世話を、して貰おう」

冗談を言うと頭中将も顔を綻ばせた。

「帝が、殿下の参内を心待ちにしているとの事でおじゃりました」

「畏れ多い、事でおじゃ、るの」

帝からのお言葉もある。参内するとなれば早い方が良かろう。月が替わらぬうちに参内するとしよう。その事を言うと頭中将が頷いた。

「四月になれば叔父朽木長門守が妻を娶ります。その式に出席する事になりました」

「ほう」

「妻が一緒にいる時間が全然無いと帝に不満を訴えたようで……。帝から式に出よと」

「命じられたか」

「はい、困った事におじゃります」

「ホホホホホホ」

儂が笑うと頭中将も苦笑している。

「偶には、息抜きも、良かろう」

「はい」

二人で声を合わせて笑った。京の傍に在る朽木が尾張の織田と縁を結ぶ。妙なところと縁を結ぶものよ。幕府が嫁を世話せぬから勝手に結んだとの事だったが……。


永禄四年（一五六一年）　三月下旬　　山城国葛野・愛宕郡　　西洞院大路　　飛鳥井邸

山川長綱

「帝に文を出したか？　毎日詰まらないと」

「……はい」

頭中将様が問うと春齢様が小さい声で答えた。頭中将様が一つ息を吐いた。

「あ、あのね、違うの。不満を書いたんじゃないの。ただちょっと寂しいって……」

頭中将様が春齢様を睨み据えると俯いて小さくなった。

やれやれよ。近衛家からお戻りになると頭中将様は厳しい表情で直ぐに春齢様を部屋へと呼ばれた。一体何事かと思ったが……。

「帝からそなたを連れて朽木へ行くようにと命を受けた。叔父御の婚儀に出席するようにとな」

春齢様が顔を上げて嬉しそうな表情を見せたが頭中将様の視線が厳しくなるとまた俯いた。

「二度とやるな」

「はい」

「飛鳥井は皆から妬まれる立場に有るのだ。麿がそなたを使って帝を操っていると誹らせたいのか」

春齢様が激しく首を横に振った。

「此度は許す。だが次に同じ事をすればそれ以後はそなたの傍に人を付ける」

「人を？」

春齢様が訝しげな声を上げると頭中将様が〝そうだ〟と答えた。

「そなたの一挙手一投足を監視させる。文を出す場合も受け取る場合もその者に調べさせる」

「そんな」

「本気だ」

頭中将様が睨み据えると春齢様が俯いた。〝下がって良いぞ〟と言われて春齢様が頭中将様の前を辞した。

「困ったものだ」

春齢様が居なくなると頭中将様がぼやいた。

「本気でございますか？　人を付けるなど」

「本気だ。そなた達なら容易かろう」

「まあ、それは」

付けるとなれば女達だが……。余り気が進まぬ。春齢様が憐れだ。

「日々典侍様に御相談なさっては？」

頭中将様が首を横に振った。

「養母上は今が大事な時だ。心配をかけたくない。まあ話さねばならぬが大事には……」

「それはそうですが……」

「戦が近付いている。この京が戦場になるかもしれぬのだ。春齢の我儘（わがまま）を許せるような状況ではない」

「確かに」

それに頭中将様には敵が多い。今のままでは春齢様が頭中将様の弱点にもなりかねぬ。やはり人を付けねばならぬか……。

「人を付けましょう」

「……」

頭中将様が顔を顰めた。本心では付けたくないのだと思った。

「この邸の女達は皆春齢様よりも年上です。春齢様にとっては今一つ親しめないのかもしれませぬ。新たに春齢様と年の近い娘を呼びます。思慮深い娘を選びますので春齢様の相談相手、遊び相手になってくれましょう」

「良いかもしれぬ。では頼めるか？」

頭中将様が〝なるほど〟と言って頷いている。

「はい、お任せを」

後で桔梗屋に人をやらねばなるまい。頭中将様が婚儀に出席するという事も伝えねば。

「婚儀に出る事になった。その準備もしなければならぬ」

「はい」

答えると頭中将様が頷いた。

「既に知っているかもしれぬが細川と三好が公方の扱いで和睦をする事になった」

「はい、存じております。御成りに参列した公卿達の間で相当に話題になっております」

「前管領が京に戻る事になる。まあ、色々と準備が有ろう。戻るまでに一月ほどは掛かろうな」

頭中将様が〝そうか〟と言った。

「はい」

つまり婚儀から戻るまでは大きな問題は起こらないという事か。起こるとすれば前管領が京に戻った時となるが……。

「前管領の動き、調べますか？」

頭中将様が首を横に振った。

「その必要は無い。兵を動かすのは六角と畠山、そこに密接に繋がっているのは幕府だ。重蔵には改めて幕府、六角、畠山、三好の動きに注意するように伝えてくれ」

「はっ」

畏まると頭中将様が頷いた。そして薄っすらと笑った。

「公方も当てが外れたろう」

「……それは？」

「三好に細川との和睦を拒否させそれを無礼と咎めて六角、畠山に兵を挙げさせるつもりと見た。だが三好は和睦を受け入れた。これで戦は先に延びた。三好は讃岐守の死による混乱をある程度収拾出来る」

「確かに」

和睦を勧めたのは頭中将様と聞いている。頭中将様は三好を助けたのか……。

「京を戦場にするわけにはいかぬからな」

頭中将様が〝フフフ〟と低く笑う。なるほど、京を戦場にせぬためか。これも棟梁に伝えねばなるまい。

劣勢

永禄四年（一五六一年）　三月下旬　　山城国葛野・愛宕郡　　平安京内裏　　目々典侍

「やはり御成りは形だけのものでございますか」

「そうでおじゃるの。料理も美味いし能興行も中々のものでおじゃった。だが公方も三好も互いに親しもうとはせぬ。白けるばかりよ。何のための御成りか。麿だけではおじゃらぬぞ、皆がそう言っていた」

兄が苦笑を漏らした。

「まあ三好と細川の和睦が成るのだ。全くの無意味というわけではおじゃらぬが……」

「左様でございますね」

私が同意すると兄が曖昧な表情で頷いた。兄は納得していないのだと思った。私も納得していない。御成りは三好を欺くために行われた筈。十河讃岐守の毒殺の件も有る。それなのに何故三好と細川の和睦の話が出てくるのか……。これも三好を欺くためのものなのだろうか……。

「御成りで得をしたのは我ら公家かもしれぬの。美味い料理を食し能を観て一日を楽しく過ごしたのだからの。息子の新蔵人も楽しんでいた」

「まあ、ホホホホホ」

「ハハハハハハ」

私が笑うと兄も声を上げて笑った。笑い終わると兄が一つ息を吐いた。

「頭中将と幕臣達の反目は相当なものでおじゃるの」

「何かございましたか?」

問い掛けると兄が頷いた。深刻な表情をしている。

「関東の事よ。十万の兵が北条を攻めておる。もう終わりだろうとな。頭中将に誤りを認めろと迫ったわ」

「まあ、頭中将はなんと?」

「笑い飛ばした。城も落ちていないし左京大夫の首を獲ってもいない。何を喜ぶのか、頼りないと」

「そんな事を」

兄が頷いた。

「実際どうなのかの。十万と言えば大層なものでおじゃるが。他の公家達も北条は危ういのではないかと言っているが……」

兄が心配そうな表情をしている。

「他の公家達とは?」

「西園寺、花山院、広橋、烏丸、勧修寺等よ。本当に関東制覇は成らぬのかと不安そうに話していた」

「頭中将は一貫して関東制覇は成らぬと申しておりますよ」

兄が曖昧な表情で頷いた。

「それは知っているが……」

「私は頭中将を信じております」

兄が苦笑を漏らした。多分親馬鹿と思ったのだろう。全然構わない。自分でも親馬鹿だと思うのだ。でもあの子の戦の帰趨を予測する目は鋭い。まず間違いは無い。その事を言うと兄も頷いた。

「そうでおじゃるの。しかし十万の兵を動かしても攻略出来なかった。頭中将の言が真となれば……」

兄が私を見た。

「……何か？」

「当代無双の武略、そう言われるかもしれぬ」

「……」

兄がジッと私を見ている。

「御成りには近衛の寿姫も来ていた。その寿姫が言っておじゃった。朝倉左衛門督と頭中将を入れ替えてみたいとな。忽ち天下を獲るだろうと」

「まあ」

誇らしかった。あの子が天下を獲る。胸が弾む。見てみたいと心の底から思った。鎧を纏い兵を率い敵を打ち破るあの子の姿を。天下人となって天下に号令するあの子の姿を。私が護り私が育てた息子……。

「喜んでいる場合ではおじゃらぬ。三好日向守は眼を剥いておったぞ。公方は顔を引き攣らせていた。幕臣達も同様じゃ。良い事とは思えぬ」

兄が渋い表情をしている。

「頭中将に兵は有りませぬよ。所詮は戯言(ざれごと)ではありませぬか」

「真にそう言えるのか？　自分を偽ってはおらぬか」

兄がジッと私を見ている。

「兵は無くとも将を動かす事は出来よう。朽木は八千石が二万石になった。織田は今川を討ち破った。皆が言うておじゃるぞ。あれは頭中将が勝たせたのではないかとな」

「……」

「災いの芽を摘むという言葉も有る。危険じゃ」

そうかもしれない。今は未だ見えない。でも織田が美濃を獲り上洛するとなればあの子を危険視する勢力は今よりも増えるだろう。あの子は言っていた。場合によっては京を離れると。そんな日が本当に来るのかもしれない。

永禄四年（一五六一年）　三月下旬　　山城国葛野・愛宕郡　　平安京内裏　　飛鳥井基綱

「養母上、御加減は如何でおじゃりますか？」

声を掛けながら部屋に入ると養母が笑みを浮かべて俺を迎えてくれた。幾分腹を突き出し気味に座っている。順調に育っているようだ。

「ええ、何の問題もありません。それより、良いのですか？　此処に来て」

「大丈夫です。帝から半刻ほど自由にして良いと言われておじゃります」

養母が〝そうですか〟と頷いた。

「昨日は疲れたのではありませぬか？」

「多少は」

正直疲れた。肉体的な疲れよりも気疲れだな。

「先程まで兄が居ました。兄から聞いたのですが三好と細川が和睦するそうですね」

「はい」

「どういう事です？」

養母が問い掛けてきた。

「公方は御成りによって三好との親睦を深めようとしました。そして三好と細川の和睦を勧めた。天下の安寧のためです。これを蹴れば畠山と六角が三好の無礼、増長を咎めて兵を挙げる事になりましょう」

養母が〝そういう事ですか〟と頷いた。幕府側は予想以上に周到だ。御成りを演出して平和ムードを広めた。その一方で讃岐守を暗殺して三好の軍事力を弱めた。三好と細川の和睦だが蹴れば三好を責めて戦だ。受け入れれば幕府には大名の抗争を調停する力が有ると周囲に証明する事になる。義輝と幕臣だけの考えではないだろう。六角、畠山が相当に関与している。その事を言うと養母が頷いた。

「前管領が京に戻ればそれが新たな火種になりませぬか？」

「なりましょう。それも狙いの一つかと」

また養母が頷いた。和睦を結べば細川晴元が京に戻ってくる。しかしな、行動の自由を三好が許すとは思えない。前回の畠山と三好の戦いでは晴元の依頼を受けた丹波の国人が兵を挙げようとしたのだ。

もしかすると体調が悪く気力に衰えが出ているというのは本当なのかもしれない。純粋に京に戻りたがっているという事も有り得るだろう。だが戦況が三好に不利になっても晴元が反三好で動かないという保証は何処にも無い。監視が付くか、或いは監禁か、そのどちらかだろう。ふむ、その度合いによって三好の危機感が分かるか。細川晴元はリトマス試験紙のようなものだな。

「押されていますね、三好は」

「はい、後れを取りました。その事に気付いて態勢を立て直すのに必死でおじゃります。和睦を受け入れた事で多少の時間は稼げましょうが……」

「勝てますか？」

「さて……」

この辺り、俺も自信が無い。戦国時代というと如何しても知識は信長中心になりがちだ。その弊害は俺にもある。おかげで信長が上洛する以前の畿内の勢力変遷が今一つ良く分からないんだ。だが最終的には三好が勝った筈だ。畿内は信長が上洛するまで三好の勢力範囲だったのだから。

しかし相当に損害を被ったんじゃないかと思う。先ず三好豊前守はこの時の戦で死んでいる可能性が高い。確か三好修理大夫が連歌の会を開いている時に豊前守の戦死の報告が入った。しかし修理大夫は全く動ずる事が無かったので連歌の参列者が驚嘆したという逸話がある。修理大夫は永禄の変の前に死んでいるのだから此処二、三年で死ぬ事になる。となると豊前守が戦死する程の戦いというとこれから起きる畠山、六角との戦しか考えられない。

修理大夫は今四十歳前後の筈だ。となれば豊前守は三十代半ばから後半、そして毒殺された讃岐守は未だ二十代後半から三十歳になるかならないかだろう。三好一族は働き盛りの男達を二人も失う事になる。そして修理大夫も三年ほど経てば死ぬ。その勢いに翳(かげ)りが出るのは当然だろう。三好の全盛期は昨年の畠山に勝った辺りまでなのだ。彼らは気付いていないかもしれないがその勢威は既に下り坂になりつつある。この戦の後で三好もそれに気づく筈だ。その事が焦りとなる。それが永禄の変の一因になるのだろう。

「頭中将殿？」

いかんな、養母が不安そうに俺を見ている。

「三好が勝つとは思いますが相当に追い込まれるかもしれませぬ」

「……」

「場合によっては京が戦場になる事も有り得ましょう」

養母が不安そうに息を吐いた。

「御安心を。まだ先の事にございます。戦が始まる頃は養母上は麿の邸に居られる筈です」

養母が〝そうですね〟と言った。顔に笑みがある。

「帝の命で朽木の叔父の婚儀に出席する事になりました」

「まあ」

養母が驚いている。そうだよな、この時期に京を離れるなんて本来なら有り得ない。

「春齢が帝に不満を記した文を送ったようです。夫婦になっても全然一緒に居られない、詰まらないと」

「真ですか。あの子は何という事を……」

養母が情け無さそうな表情をしている。胸が痛んだ。でも報せないわけにはいかない。

「御安心を。麿が春齢に注意しました。春齢も愚かな事をしたと反省しておじゃります」

「……」

出来るだけ穏やかな声で話したのだが養母の表情は変わらない。

「桔梗屋から人を入れます。春齢と歳の近い娘です。春齢の良き相談相手、遊び相手になってくれるでしょう」

養母が息を吐いた。

「苦労を掛けますね。本当なら春齢は誰よりもそなたを気遣わなくてはならないのに……。それなのに帝に不満を漏らすなど……。あの子の母として申し訳なく思います」

「養母上」

「後で私からも春齢に注意しておきます。本当に何という事をしたのか……」

「……」

情けなさそうな表情も良いな。大丈夫と励ましたくなる。養母が嫁さんだったらな。何の心配も要らないんだけど……。美人だし頭も良いし適当に抜けてて可愛いし。溜息が出そうになって慌てて堪えた。

「ものは考えようでおじゃります。四月なら未だ戦は始まりませぬ。朽木の状況を確認出来ましょう」

「……」

納得してないな。

「幕府、六角の動きは勿論でおじゃりますが浅井、高島五頭の動きも確認しておかなければ……」

「なるほど」

「それに婚儀には織田の人間も出席する筈、そちらの状況も確認出来ましょう」

養母が〝そうですね〟と頷いた。

問題は幕府から三淵大和守が出席する事だ。こいつが一体何を考えるか……。織田を上洛させようという目論見は分からんだろうが朽木が幕府から離れようとしているのはある程度察しているかもしれん。こいつに幕府と朽木の関係改善をと動かれると厄介だ。朽木は足利に引き摺られる事になる。しかしだからといって露骨に妨害も出来ない。上手く御爺と叔父御が躱(かわ)してくれれば良いのだが……。

永禄四年（一五六一年）　三月下旬　　　山城国葛野・愛宕郡　　西洞院大路　　飛鳥井邸

飛鳥井基綱

「一昨日は有り難うございました。無事に御成りを終わらせる事が出来ました。心からお礼申し上げまする。筑前守も頭中将様の御蔭で面目を保つ事が出来たと大層感謝しております。有り難うございました」

松永弾正が深々と頭を下げた。

「いやいや、礼には及びませぬ。京で戦になっては困ります。それだけでおじゃります」

そんな事は誰も望んでいない。三好もな。でも義輝と幕臣達は違う。こいつらは三好を追い落とすためなら何でもやる。京を焼け野原にする事さえ躊躇わないだろう。だから帝や公家から嫌われるのだ。

「前管領との和睦、これから先は幕府には関わらせない事です。三好家が直接前管領と交渉した方が良いでしょう」

「はい、そういう方向で進めようと考えております」

弾正が笑みを浮かべている。時間稼ぎをしながら交渉するつもりだな。

「ただ、余り引き延ばさない事です。相手に三好家は本気で和睦をするつもりが無いと打ち切られては意味がおじゃりませぬ」

「十分に注意致しましょう」

弾正の笑みが益々大きくなった。うん、悪の匂いがプンプンする。こういうの、好きだわ。

「御身辺、ご注意下さい」

「と言いますと？」

弾正が心配そうにこちらを見ている。

「幕臣達の間では頭中将様への不満を声高に言い募る者が多いようで」

「関東の事でおじゃりますかな？」

思いっきり笑い飛ばしてやったからな。面目丸潰れだろう。弾正が首を横に振った。

「それもございますが三好と細川の和睦の事も面白くないようです」

「妙な話でおじゃりますな。和睦を持ち掛けたのは公方でおじゃりますぞ」

「真に、妙な話でございます」

弾正が意味有り気に笑っている。やはりあれは戦のきっかけを作る事が目的だったという事か。三好側は和睦の話を知らなかった。つまり幕府内部でも公にされた話では無かったという事だ。もしかすると義輝は幕府内部に三好に通じる間者が居ると疑念を持ったのかもしれない。それで信頼出来る者だけと相談して実行した。或いは間者は排除されたか……。

「声高に不満を言っているのは進士、上野、松田等のようです」

なるほど、そいつらは戦を望んでいた。つまり十河讃岐守の毒殺を知っていた可能性が高いという事か。少なくとも三好側はそう見ている。

「注意致しましょう。御好意、忝のうおじゃります」

「いえいえ、左程のことでは。ところで頭中将様は朽木長門守殿の婚儀に出席されると聞きましたが？」

「良く御存じでおじゃりますな」

弾正が〃ウフフ〃と笑った。まあ驚きは無い。三好は宮中に少なからず味方が居る。勾当内侍かな、或いは広橋権大納言か。

「幕府からは三淵大和守殿が婚儀に出席されるとか」

「そのように聞いておじゃります」

幕府が主導した結婚じゃないのに幕臣が出席する。朽木との関係がぎくしゃくしているからな。関係改善のためだろう。

「長門守殿は戦が起きれば如何されるのでしょう」

「……」

「幕府、六角からは馳走せよと誘いが来ると思うのですが……」

口調には笑みが有るが弾正の目が笑っていない。ふむ、今日此処に来た本当の目的はこれか……。朽木が京に兵を入れるとでも思ったかな。或いは幕府内部でそういう案が再検討されたか。そして三好に伝わった……。三淵大和守から改めて京に攻め込めと要請があるかもしれん。要注意だな。

「さあ、如何でおじゃりましょうな。麿には分かりかねます」

「……」

「ですが朽木のように小さい家は生き方を間違えれば簡単に潰される事になる。その事は叔父も分かっておじゃりましょう」

「……」

「それに六角が三好と戦になれば浅井が如何動くか……。叔父にとってはそちらの方が心配ではないかと思いますぞ。何と言っても高島郡は小さい国人領主が多い。そして六角からは離れている。浅井にとっては攻めやすい場所でおじゃりましょう」

「なるほど、浅井ですか」

弾正が頷いた。安堵の色が顔に有る。朽木は浅井を理由に兵を出さない。そう思ったのだろう。しかしなあ、ここで俺に確認に来るとは相当に三好は追い込まれているな。困ったものだ。

永禄四年（一五六一年）　三月下旬　山城国葛野・愛宕郡　平安京内裏　近衛稙家

公家達の挨拶を受けながらゆっくりと歩く。参内するのは久し振りじゃ。何十年と見慣れた風景を久し振りに見ると妙に新鮮に感じるわ。ふむ、柱に傷が有る。変わらぬのう、その事がおかしな程に嬉しい。

「大丈夫でおじゃりますか？」

頭中将が心配そうにこちらを見ている。良い男じゃ。儂が参内すると言うと直ぐに介添えをすると申し出てくれた。

「手を掛けるの、これでも随分と歩くのは慣れたのじゃ」

「左様でおじゃりますな」

頭中将が顔を綻ばせた。

「問題は座る時と立つ時じゃ。これが容易ではない」

「ご案じ為されますな。その事は寿殿、御台所より聞いておじゃります。お手伝い致しまする」

「うむ、頼む」

頭中将が〝はい〟と答えた。

帝の御座所（おましどころ）の前に辿り着く。杖を突くのは控えねばなるまい。そう思っていると〝太閤か〟と帝の声が聞こえた。

「苦しゅうない。そのまま進むが良い」

「畏れ入り、まする」

有り難い事よ。お気遣いを受けた。杖を突きながら帝の御前に進む。そして頭中将の介添えを受けて腰を下ろした。

「お久しゅう、おじゃりまする。近衛におじゃりまする」

「真、久しいの。もう具合は良いのか」

「御心配をお掛け、しました。多少、不自由をして、おじゃりますが問題は、おじゃりませぬ」

いかぬの、焦ってはならぬ。声が途切れるわ。ゆっくり、ゆっくりじゃ。

「そうか、朕も会えて嬉しいが無理はならぬぞ」

「はっ」

「以後はどこであろうとも杖を使う事を許す」

「はっ、有り難うおじゃりまする」

うむ、今度はつかえずに言えた。喜んでいると帝が〝皆、席を外せ〟と仰りぞろぞろと公家達が立ち去った。頭中将も席を外した。帝が止めるかと思ったが止めなかった。

「太閤、近う」

「はっ」

人払いをしたのじゃ。遠慮せずに近寄ると帝が満足そうに頷いたが直ぐに表情を改められた。

「戦が近付いている。讃岐守の事、頭中将より聞いたな?」

「はい、毒殺と」

帝が大きく息を吐いた。憂鬱そうな表情をしておられる。

「困った事よ。これで戦は避けられなくなった」

「はい」

「京も戦場になるかもしれぬ。頭中将はなんとかそれを避けようとしているが今回ばかりは危ういと言っている。あれがそこまで言うのだ。朕も覚悟をしている。それに……」

帝が口籠もった。

「如何、なされました?」

「たとえ此処を凌いでも足利と三好の対立はより厳しくなると頭中将は見ている。もう共存は不可能だろうとな。朕もそう思う」

なんと、そこまで話し合っているのか……。帝と頭中将の信頼関係は相当なものだと思った。それにしても共存は不可能か……。となればどちらかがもう一方を排斥に掛かるという事になるが……。

「公方にも困ったものよ。武家の棟梁としての自覚などまるで無い。ただ三好を討つ、それだけだ。朝廷を守り畿内の平和を守ってこそ武家の棟梁であろうに……。自ら天下を混乱させて何とするのか……。足利の権威が落ちるだけであろうに……」

「申し訳、おじゃりませぬ」

謝罪すると帝が首を横に振った。

「そなたを責めているのではない。愚痴じゃ。力が無い事への、見ている事しか出来ない事への愚痴じゃ」

「……」

「それでも昔に比べればましだ。昔は天下の動きに付いていけず驚くしかなかった。だが今は頭中将が居る。天下の動きも相当に分かるようになった」

帝が顔を綻ばせた。

「良くやっている。あれを頭中将にしたのは間違いではなかった。蔵人所もそつなく差配している」

「そのように臣も聞いております」

帝が〝うむ〟と満足そうに頷いた。

「そなたの娘達も頭中将に執心らしいの」

「あ、いや、申し訳おじゃりませぬ。分を弁えぬ、振舞い、親として、恥じ入りまする」

謝罪すると帝が〝ハハハハハハ〟と声を上げて笑った。

「良いわ。あれ程の男だ。女達が騒ぐのも已むを得ぬ。まあ娘から焼き餅の文が来るのは困るがな」

「……」

はて、答えようがないわ。

「それより問題はそなたじゃ」

「……と仰いますと」

「近衛の家は足利と密接に繋がっている。これから厳しい選択を強いられよう」

「はい、その事は覚悟はしておりまする」

帝が〝そうか〟と頷かれた。

「ならば良い。だが忘れてはならぬぞ。近衛の家は朝家の重臣、朝廷を支えてきた家だという事を。そしてこれからもそれを朕が望んでいると」

公方を、足利を切り捨てる決断をせよという事か。いや、むしろ帝の命に従う事で悩むな、躊躇うなという事かもしれぬ。

「畏れ入りまする。肝に銘じまする」

答えると帝が儂をじっと見てから頷いた。うむ、そういう事じゃの。関白が戻るのを待つ余裕は無いか。儂が決断せねばなるまい。

永禄四年（一五六一年）　四月中旬　　近江国高島郡安井川村　　清水山城　　朽木藤綱

「此度織田家から嫁を娶られる事、真に目出度い。心よりお慶び申し上げる」

頭中将様が深々と頭を下げられた。

「有り難うございまする。これも頭中将様のお計らいによるもの、心からお礼申し上げまする」

頭中将様が〝いやいや〟と困ったような笑顔で首を横に振った。父、叔父、弟達、春齢様も笑みを浮かべている。

「お初にお目に掛かりまする。春齢にございます」

「朽木長門守にございます。春齢様には此度、朽木にまで御足をお運び頂けました事、真に有り難く存じまする」

「いいえ、当然の事にございます」

春齢様が笑みを浮かべている。義姉に良く似ていると思った。伯母、姪なのだから当たり前だが良く似ている。母子と言っても違和感は無いだろう。

父、叔父、弟達も挨拶を交わす。頭中将様が〝挨拶は大事だが面倒でもあるな〟と笑いながら言うと皆が笑い声を上げた。和やかな空気が流れた。

「織田の美乃姫は今何処に？」

「今浜の筈だ。今日の夕刻には桔梗屋の船でこちらに着く事になっている」

父の答えに頭中将様が頷いた。婚儀は明日だが待ち遠しい事だ。

「幕府から三淵大和守が来るとの事だが……」

「昨日来た。大和守だけでは無いぞ。弟の兵部大輔も来ている。そなたが婚儀に参列すると知って急に決めたらしい」

頭中将様が顔を顰めた。

「もう会ったのかな？」

「弟達が会いました。某と父は今日、この後で会う事になっています」

儂が答えると頭中将様が左兵衛尉達に視線を向けた。

「公方様は朽木を頼りにしているとの事でした。これからも幕府のために力を尽くして欲しいと」

左兵衛尉が答えると頭中将様が〝それで？〟と問い掛けた。左兵衛尉達が苦笑を浮かべた。

「京から朽木に戻った後ですが我等三人、公方様より刀を頂きました。これまで良く尽くしてくれた。心から感謝していると丁重に記した文と共に」

頭中将様がじっと弟達を見ている。

「某が頂いた刀は数打ちでした。弟達が頂いたものも左程の刀ではありませぬ。なまくらに近いでしょう」

頭中将様が〝それは〟と言って口を閉じた。気の毒そうな目で弟達を見ている。

「儂もそれを知った時は唖然とした。倅共は幕府は信用出来ぬと言っていたが儂も同感だ。公方様の文には真情が籠もっていた。心を打たれたがその想いは周囲の者には通じぬ。そして幕府を動かしているのはその者達なのだ」

父が首を横に振りながら言うと弟達が頷いた。

「大和守殿、兵部大輔殿には公方様から頂いた文と刀をお見せしました。二人には刀に恥じない程度のお力添えはするが余り期待しないで欲しいと言っておきました」

左兵衛尉が苦笑交じりに言うと右兵衛尉、左衛門尉も苦笑いを浮かべて頷いた。

怯え

永禄四年（一五六一年）　四月中旬　　近江国高島郡安井川村　　清水山城　　飛鳥井基綱

叔父御達が苦笑いを浮かべている。そして御爺、長門の叔父御、大叔父、主殿は不愉快そうな表情をしていた。誰が刀を選んだのかは分からない。だが人を馬鹿にした遣り方だ。御爺達が不愉快になるのも当然だろう。俺に対する反発もあるのだろうが朽木を小身と侮る気持ちもあるのだと思う。朽木は小身、それならこれで十分。どうせ文句は言えないのだ。そんなところだろうな。馬鹿な連中だ。幕府には力が無いのだ。となればどれだけ味方を集められるかが大事なのに。一番身近な朽木にそっぽを向かれている。そんな幕府に誰が力を貸すというのか……。

「兄様、数打ちって何？」

春齢が困ったような表情で訊ねてきた。苦笑いが皆に伝染した。まあ分からなくても仕方無いよな。

「大量に作られた粗悪品だ」

「粗悪品？」

「応仁・文明の乱以降、全国で戦が起きている。その所為で刀が大量に必要とされるようになった。それに応えるために刀鍛冶達が間に合わせで作った刀が数打ちだ。言わば使い捨ての刀だ。間違っても贈答用に使う品ではない」

春齢が曖昧な表情で頷いている。分かっているのかな？

「そんな刀を贈って問題にならないの？」

「もうなっている」

〝そうじゃなくて〟ともどかしそうに春齢が言った。

「公方が知ったら如何思うのかなって事。幕臣達を怒るんじゃない」

なるほど、そちらか。それで今一つ春齢の反応が鈍いのか。

「それなりの刀を贈ったと言えば良い。朽木は嘘を吐いている。幕府から離れようとしているのだと言ってな」

春齢が〝そんな〟と声を上げた。

「実際に叔父上達は朽木に戻った。そして長門の叔父上は織田家から嫁を娶る。幕府には事後承諾だ。幕府から見れば離れようとしているとしか思えまい。大和守、兵部大輔が叔父上の婚儀に参列するのも幕府と朽木の関係を改善しようとしての事だ。それほどまでに危機感を抱いている。公方は幕臣達が嘘を吐いていると確証は持てまいよ。疑心暗鬼になるだろうな」

春齢は納得出来ずにいるようだが御爺達は皆が頷いている。幕臣達にとって年若い義輝を操るのは容易い事だろう。

「大和守と兵部大輔は何と？」

問い掛けると左兵衛尉の叔父御がまた笑った。

「手違いがあったようだと頻りに詫びておりましたな。面目無さそうにしておりました。京に戻り次第改めて刀を贈ると言っておりましたのでそれには及ばないと断りました。まあ贈ってくるでしょうな」

そうだろうな。そのままにしては大和守と兵部大輔も朽木にはその程度で十分と認めた事になる。しかしなあ、この問題で幕臣達は大騒ぎだろう。大和守と兵部大輔は赤っ恥をかかされたのだ。自分達の面子を潰した連中を許す事はあるまい。戦の前に内輪もめか、笑えるわ。

「苦労をされたな」

「……」

「京で辛い立場にあった事は知っていたが此処までとは思わなかった。俺の所為だな。済まぬ事をした。この通りだ」

俺が頭を下げると叔父御達が〝頭中将様〟、〝そのような事はお止め下さい〟、〝どうか〟と言った。

「頭中将、そなたの所為ではない。言っても詮無い事じゃが幕府が、公方様が朽木を重んじれば幕臣達も斯様（かよう）な愚かな振舞いはしなかった筈じゃ。頭を上げよ。誰もそなたが頭を下げる事など望んではおらぬ。さあ」

頭を上げたがすっきりはしない。義輝達が愚かなのは事実だが俺が原因なのも事実なのだ。

「殿と兄上との会談では何処まで向こうは突っ込んで来ますかな」

「分からぬのう。兵を出せとは言い辛いと思うが全く言わぬとも思えぬ。まあこちらが断るとは予想していようし無理強いはするまい。だが万一の場合は公方様を匿え(かくま)とは言ってくると思う」

話題を変えようというのかな。大叔父と御爺の会話に皆が頷いた。迷惑そうな顔をしていない者は居ない。もう足利は沢山だと思っているのだ。しかしなあ、兵を出せと言ってくる可能性は十分にある。弾正はそれを心配していた。そして義輝が京を追われる可能性も十分にある。

「受け入れは拒否出来まい。しかし匿うのは上策とは言えぬ。まだ公表はされていないが讃岐守の毒殺で三好と足利の怨恨は以前にも増して強まった。足利への肩入れは危険だ。直ぐに六角か朝倉を頼れと言って追い払う方が良いだろう」

俺の言葉に皆が頷いた。朽木は二万石の小大名でしかない。そして京の直ぐ傍に在る。鮮明に親足利色を出すのは危険だ。足利に同情も許されない程に三好と足利の関係は拗れているのだ。

「頭中将様に会談に加わって頂いては？　向こうも無茶は言い辛くなるのではありませぬか？」

主殿が提案すると御爺が〝なるほどのう〟と言って俺を見た。

「如何する？」

「俺は構わんぞ。向こうは俺とも会いたいと言ってくる筈だ。皆で一緒にと言ってもおかしくはない」

「ではそうするか」

御爺の言葉に皆が頷いた。長門の叔父御が少しホッとしたような表情をしている。大和守、兵部大輔と会うのは気が進まなかったのだろう。

「ところで、浅井は、高島五頭は如何なのだ？」

俺の問いに御爺達が顔を見合わせた。そして御爺が〝長門守〟と言うと長門の叔父御が頷いた。

「高島五頭は頻りに使者の遣り取りをしております。どうやら六角から兵を出せと言われたのではないかと。しかし五頭の領地では徐々にですが六角が兵を出せば浅井が攻めてくるのではないかという噂が広まりつつあるようです。それに三好と戦う事を望んでいるとも思えませぬ。対応に困っているのでしょう」

長門の叔父御が答えた。うん、こちらの得ている情報と一致する。差異は無い。

「まあこちらは順調じゃの。朽木から共に浅井に備えようと言えば乗ってくると思って居る。浅井が攻めてくるという噂は此処にも広まっているからのう」

御爺が笑うと皆も笑った。俺もね。噂を広めて五頭を上手く利用しようという策は上手く行っているようだ。

「問題は浅井よ。こちらの動きは今一つ鈍いのう。六角との境目の備えを固めてはいるようだがそれほど大規模なものではない」

御爺が嘆息を漏らすと皆も面白く無さそうにしている。そうなんだ。重蔵からの報せでも浅井の動きは鈍いと報告が来ている。

「野良田の戦いでの損害が響いているようだ。そろそろ田植えの季節が来る。ここで百姓を兵に徴したくないと考えているのだろう。それに京では御成りがあったし前管領は京に戻る事になった。本当に戦が起きるのか疑問視しているようだな」

皆が頷いた。

「しかしな、もうじき十河讃岐守の死が公表される。そうなれば浅井も戦は間近だと判断する筈だ。戦支度を急がざるを得ない」

重蔵達が流した噂は六角が三好と戦う前に浅井を叩くというものだ。浅井としては有り得ないと無視したいだろう。だが本当に六角は三好と戦うのか。三好は畠山に任せて浅井を叩きに来るのではないか。この危険性は無視出来ない。六角が本当に三好と戦い始めるまでは備えざるを得ない。

「そしてこちらは高島五頭に文を出す」

御爺が言いながら皆を見回した。

「永田達もこちらと手を結ぶ事を嫌とは言いますまい」

大叔父の言葉に皆が頷いた。高島五頭と朽木が浅井を不安視している。六角も無視は出来ない。御爺が満足そうに髭を扱いていているのが可笑しかった。

「何時戦が始まりましょう」

長門の叔父御が問い掛けてきた。

「直に近江の前管領が和睦のために京に入る。三好は監視を付けるか、幽閉するだろう。場合によっては殺す事も有り得る。間違っても前管領に行動の自由は許すまい。それが戦のきっかけになると思う」

皆が頷いた。春齢、そんな怯えた顔をするな。今は戦国なんだ。

「頭中将様はどちらが勝つと思われますか？　三好は讃岐守を失いましたが……」

大叔父が訊ねてきた。

「地力では三好が上だ。多分、勝つとは思うが難しい戦いになると思う。大叔父上の言う通りだ。三好にとって讃岐守の死は痛い。それに畠山と六角を相手にするとなれば二方向で戦う事になる。どちらも片手間に戦える相手ではない」

三好は二正面作戦を余儀なくされる。要するに兵力の分散であり指揮官の分散を強要されるのだ。本来兵は集中して相手よりも多い戦力で戦うのが基本だ。三好はそれに背く事になる。

「京は守り辛いからの」

御爺の言葉に皆が頷いた。それもある。京は内陸にある所為で四方から攻められやすいんだ。京を守って成功したなんて例を俺は知らない。源平の争乱では木曽義仲は敗死したし承久の乱では後鳥羽上皇も敗北した。平氏は木曽義仲に追われて京を捨てたが京を捨てたから西国で戦う事が出来た。一度は京へ迫る勢いを見せたのだ。義経が現れなければ日本を西国の平氏、東国の源氏、奥州の藤原氏で三分割する事態になっていたかもしれない。日本版三国志か。ちょっと面白そうだな。

「何度も言っているが三好と足利の戦いに巻き込まれては駄目だ。朽木のような小さい身代ではあっという間に潰されてしまうからな」

俺の言葉に皆が頷いた。刀の事でも分かるが幕府は頼りにならない。

永禄四年（一五六一年）　四月中旬　近江国高島郡安井川村　清水山城　飛鳥井春齢

「ところで織田の方は如何なのだ？　松平と同盟を結んだそうだが……」

義祖父様が問い掛けると兄様が顔を綻ばせた。

「三河に牛窪城という今川方の城がある。そろそろ松平が牛窪城を攻める筈だ。そうなれば皆が松平は織田方に付いたと見なすだろう」

兄様の答えに幾つか声が上がった。兄様って朽木の人達と話すと口調が変わるのよね。ちょっと不思議。でもこっちの兄様も素敵。

「では今川は慌てますな」

「美濃の一色もだ。織田は美濃攻めに総力を上げられる」

左兵衛尉の叔父上、右兵衛尉の叔父上が声を弾ませた。

「ふむ、織田の名はまた一つ高くなるわ。松平は名門今川を見限って織田に付いたのだからのう」

義祖父様も満足そうに髭を扱いている。ちょっと可笑しい。兄様も可笑しそうに義祖父様を見ている。

「その織田様の実妹を娶るのです。兄上の名も以前とは違う重みを持つ筈です」

左衛門尉の叔父上が長門守の叔父上を誇らしげに見ている。長門守の叔父上がちょっと照れ臭そうな表情をした。やっぱり若い奥方を貰うのが嬉しいのかしら。

「関東制覇に影響は出ましょうか？」

長門守の叔父上が問うと兄様が〝うむ〟と頷いた。

「今直ぐには出ない。武田にとっても今川にとっても長尾の関東制覇を防ぐのが最優先だ。問題はその後だ。武田は今信濃方面で動いている。信濃から越後を目指す動きを見せて長尾を牽制しているのだが長尾はこれを放置出来ぬ。長尾は小田原城の包囲を諦め鎌倉の鶴岡八幡宮で上杉家の家督継承を行い関東管領に就任した。名も上杉政虎と改めた」

皆が〝何と！〟、〝真ですか！〟と声を上げた。凄いわ、皆が知らない事を兄様は知っている。桔梗屋って役に立つのよね。葉月は胸が大きくてちょっと気に入らないけど。なんであんなに大きいんだろう。私もあの半分でいいから胸が脹らんでくれれば……。

「事実だ。兵糧にも不安があった。集まった者達の中には撤兵を望む者も少なからず居たようだ。これでは戦は無理だ。むしろ綺麗に切り上げたと言って良い」

「幕府は、知っているのか？」

義祖父様が問い掛けると兄様が嗤った。冷たさを感じさせる笑み。怖いのよね、でもそんな兄様も好き。

「いや、未だ知らぬだろう。大和守と兵部大輔も知らぬ筈だ」

「三好は如何で？」

長門守の叔父上が問い掛けてきた。また兄様が嗤った。あーん、そんな顔をしちゃ駄目。

「知っている。俺が教えたからな」

皆が顔を見合わせている。

「三好の連中、今回の婚儀に幕臣が出席する事をだいぶ気にしている。俺が出席する事もな。幕府の要請に従って朽木が兵を出すのではないかと疑っているようだ」

また皆が顔を見合わせた。私の所為よね。私が結婚しても詰まらないなんて手紙を書いたから……。母様にも叱られた。兄様の足を引っ張るような事はするなって。

「三好は怯えておるのか？」

義祖父様が首を傾げながら問い掛けると兄様が頷いた。

「昨年、畠山に勝った時は自分達に敵は居ないと思った筈だ。だが僅かな期間で三好の覇権は揺らぎつつある。余りの脆さに怯えたとしても可笑しくは無い。御成りでは俺は三好に協力した。しかしそれは京を戦火にさらさぬためだ。場合によっては足利に付くかもしれぬと不安に思ったようだな。松永弾正、それに三好の忍びの棟梁が俺を訪ねてきた。怯えているとしか思えぬ」

皆が唸りながら頷いている。

「関東の事、三好も知っていたかもしれぬ。だが俺から報せが有れば安心するだろう。自分達の敵ではない。朽木の事も心配要らないだろうとな」

兄様が笑うと皆も笑った。

「関東管領が誕生した。目出度い限りだ。祝いの文を送った。今頃は越後へ帰還の最中だろう。次は武田と北信濃で決戦する事を考えていると思う。武田を討ち払わなければ関東制覇は無理だからな」

兄様の言葉に皆が顔を見合わせた。

「武田と長尾、いや上杉の戦いか。どちらが勝つ？」

義祖父様の問いに兄様が首を横に振った。

「どちらが勝つかは分からぬ。だがな、武田が大きく勝てば越後へと攻め込める。しかし勝てなければ武田は苦しい。領地を広げる場所が無いのだ。そんな時に今川がふらつけば武田の目は必ず南を見る」

南を見るって今川を攻めるって事？

「兄様、武田と今川と北条は同盟を結んでいるのでしょう？」

兄様が軽く嗤った。ちょっと怖い。

「同盟というのはそこに利が有るから結ぶのだ。利が無くなれば当然だが同盟を破棄する事になる。これまでは今川、北条と結ぶ事で信濃攻めに専念出来るという利が有った。だが長尾が出てきた事でこれ以上信濃で領地を広げる事は難しくなってしまった。つまり同盟を維持する事で得る利が小さくなったのだ」

兄様の言葉に皆が頷いた。

「そして上杉は関東に攻め込んだ。北条を助けるために武田は北信濃、関東に兵を出す事になる。これが続けば武田は北条のために上杉と戦い続ける事になるだろう。利が有るのは北条であって武田ではない」

「……」

「北条、今川との同盟を維持する事で安全を取るか、それとも危険を承知で同盟を破棄して今川を攻めるか……。場合によっては上杉、北条、今川を一度に敵に回す事になる。武田は迷う筈だ」

迷うって、武田はどちらを選ぶのかしら？

「それでも今川を攻めるか？」

義祖父様が問うと兄様が頷いた。

「多分な。駿河には金山も有る。そして海も。武田は我慢出来まい。その時武田が結ぶのが松平だろう。今川は北と西から攻められる事になる。なかなかに厳しい」

〝なるほど〟、〝確かに〟そんな声が上がった。皆が興奮している。やっぱり兄様は凄いわ。

「そうなれば北条は孤立しますな。上杉の関東制覇は成りましょうか？」

左兵衛尉の叔父上が問うと兄様が笑った。

「さあ、どうなるかな。北条はなかなかしぶとい。そして小田原城は堅固だ。簡単には行かぬと思う」

「……」

「関東から東海道は混乱が続く筈だ。北条、武田、今川、上杉、生き残りを賭けて戦う事になるだろう」

「滅ぶの？」

思わず問い掛けていた。北条、武田、今川、上杉、皆強い事で知られているけど……。その事を言うと兄様が私をジッと見た。

「たとえ強くともその強さを維持出来なければ滅ぶ。三管領の内、細川、斯波は没落した。西国の雄、大内は滅んだ。油断すれば、弱味を見せれば滅ぶのだ。三好を見ろ。あっという間に苦境に追い込まれている。乱世とはそういうものだ」

兄様の言葉に皆が頷いた。もしかして三好は滅ぶのかしら……。

怨恨

永禄四年（一五六一年）　四月中旬　　近江国高島郡安井川村　　清水山城　　細川藤孝

「これは」

部屋に通されて足が止まった。朽木民部少輔殿、長門守殿の他に頭中将様が座っている。兄と二人、驚いていると頭中将様が笑い声を上げた。

「久しゅうおじゃりますな、兵部大輔殿。まさか此処で会えるとは思っておりませんでした。そちらが兄君の三淵大和守殿でおじゃりますかな？」

慌てて座って頭を下げた。兄も同じように頭を下げている。

「お久しゅうございまする。我が兄、三淵大和守藤英にございまする」

「お初に御挨拶をさせて頂きまする。三淵大和守にございます。弟が頭中将様から御厚情を頂いていると聞いております。心からお礼申し上げまする。これを機に弟同様、昵懇(じっこん)に願いまする」

「いやいや、こちらこそよしなに願いまする。大和守殿、いつでも邸にお出でなされ。歓迎致しますぞ」

　頭を上げた。頭中将様が穏やかな表情でこちらを見ている。そして民部少輔殿、長門守殿が幾分緊張した表情でこちらを見ていた。

「驚かれましたかな。祖父と叔父がお二人に会うと聞きました。ならば麿も一緒にと頼んだのです。婚儀の前でおじゃりますからな。色々と準備もある。話は一度に済ませてしまいましょう。その方が面倒が無くてよい」

　分が悪いと思った。刀の件も有る。如何しても引け目を感じてしまう。兄も遣りづらそうな表情をしている。

「倅達から話は聞いており申す。思うところは有るが刀の事は置いておこう。公方様は朽木を頼りにしている。これからも幕府のために力を尽くして欲しいとの事でしたが具体的に朽木に何を望んでおられるのかな?」

　民部少輔殿が我らを交互に見ながら問い掛けてきた。随分と直截的だ。場を和ませるような雑談は不要という事らしい。交渉は厳しくなると思った。兄がこちらを見て〝私から話そう〟と言った。

「公方様は長門守殿に京に兵を出して頂きたいとお望みです」

　民部少輔殿、長門守殿の表情が硬い。不愉快なのだと思った。

「それは三好と戦うための兵かな?　大和守殿」

「如何にも。公方様は長門守殿の武勇に期待しておられるのです」

　兄が答えると民部少輔殿と長門守殿が顔を見合わせた。二人が苦笑している。

「如何思う、長門守」

「無理です、とても出せませぬ」

長門守殿が一つ息を吐いてからこちらを見た。

「京で三好対畠山、六角の戦が起きそうだという事は頭中将様より伺っております。それに合力せよという事なのでしょうが朽木が兵を出せば浅井が動きかねませぬ」

浅井が？　はて、兄も訝しんでいる。

「しかし、浅井は野良田の戦いでの損害が大きく動けぬのではありませぬか？」

私が問うと長門守殿が首を横に振った。

「密かに戦支度を整えているようです。浅井が攻めてくるのではないかという噂が流れております」

まさかと思った。六角からは浅井が動く事は無いとあったが……。

「おかしな話ではなかろう。三好対畠山、六角の戦となれば相当の大戦になる筈。六角は総力を上げねばなるまい。浅井がその留守を狙って兵を動かす事は十分に有り得る。違うかな？」

「……」

「それに南は六角の本領なれば守りも堅いかもしれぬが西の高島郡は小さい国人領主が多い。浅井も攻め易い筈だ。まして六角に従って兵を出していれば高島郡はがら空きに近い。兵部大輔殿は浅井の損害は大きいと申されたが二千程の兵でも十分な成果を期待出来よう。或いは三好が浅井を唆す可能性も有る。違うかな？」

兄と顔を見合わせた。渋い表情をしている。多分自分もだろう。三好が浅井を唆す。民部少輔殿の指摘した事は有り得ないとは言えない。それに高島郡なら兵を動かし易いというのも尤もだ。

「大和守殿、兵部大輔殿」

頭中将様が我等の名を呼んだ。

「そなた達は十河讃岐守殿の事を御存じかな？」

讃岐守？　兄と顔を見合わせた。一体何を……。

「暫く前から姿が見えぬと聞いております。病ではないかと噂が立っておりますが……」

兄が答えた。長くは保たないのではないかというのが大方の見方だ。十河讃岐守は鬼十河と称される程の猛将。その讃岐守が居ない。その事も今回の戦で優位に立てるという根拠の一つになっている。

頭中将様が民部少輔殿、長門守殿へ視線を向けた。二人は渋い表情をしている。頭中将様が〝困った事でおじゃりますな〟と言った。困った事？　頭中将様が私達に視線を戻した。

「讃岐守殿は既に死んでおじゃりますぞ。この世には居りませぬ。一月程前の事になりましょうな。御成りの前の事です」

なんと！　既に死んだ？　御成りの前？　三好は隠していた？

「死因は毒殺」

「毒殺？」

思わず声が出た。兄が〝それは真でございますか？〟と上擦った声で頭中将様に問い掛けた。毒殺？

「真でおじゃります。三好の者から聞きました」

「なんと……」

それほどの大事を頭中将様に伝えるとは……。頭中将様と三好には相当に強い繋がりが有るのだと思った。それにしても毒殺……。一体誰が……。

「それ故御成りの時に三好と細川の和睦を勧めました。あの時点で戦となれば三好は相当に追い込まれた筈。京が戦場になる事も十分に有り得た。そうなればまた京は焼け野原になってしまう」

頭中将様が息を吐かれた。なるほど、三好は頭中将様に態勢を整えるために時を稼ぎたいと言ったのかもしれない。そして頭中将様は京を戦火から守るために三好に合力したという事か……。

「公方はそのような事は気にしますまい。困った事でおじゃりますな。自分は武家の棟梁だと言っておりますが無責任に過ぎる。御蔭でこちらが憎まれ役を務める事になる」

「憎まれ役など」

私が言うと頭中将様が〝ホホホホホホ〟と笑い声を上げた。

「幕臣達の間では戦のきっかけを麿が潰したと不評なのではおじゃりませぬかな?」

頭中将様が皮肉そうな目で私と兄を見ている。思わず目を伏せた。その通りだ。そういう声が有る。

「讃岐守が毒殺された以上、足利と三好の怨恨は更に深まった」

兄が〝お待ちください!〟と声を張り上げた。

「頭中将様、公方様は讃岐守殿の毒殺には関わってはおりませぬぞ」

頭中将様がジッと兄を見た。

「では幕臣達が勝手に動きましたかな」

「それも有り得ませぬ。室町第でそのような話が討議された事は無いのです。そうであろう、兵部大輔」

兄が厳しい表情で私を見た。

「はい、そのような事は有りませぬ」

確かに無い。しかし幕臣達の中に勝手に動いた者が居ないとは言えない。

「ホホホホホ、では刀の事は討議されましたかな?」

「……それは……」

兄が言葉に詰まった。頭中将様が〝ホホホホホ〟とまた笑った。それも討議されていない。一部の幕臣が勝手に遣った事だ。

「幕府内部では進士一族の力が強まっていると聞きました。確か以前に修理大夫殿を暗殺しようとしたのも進士一族だった筈。違いましたかな?」

民部少輔殿、長門守殿が厳しい表情でこちらを見ている。もう曖昧な話は通用しないと思った。

「兄上、認めましょう」

「何を言う！　何処にも証拠は無いではないか！　我等も相談には与らなかった！」

兄がムキになって反論した。

「そうではありませぬ。公方様が関与した可能性、幕臣達の一部が関与した可能性は否定出来ないという事です。なにより三好の者達は必ず公方様の関与、幕臣達の関与を疑う筈。何も無かった等と言っても通用しません。となれば此処で否定する事に意味が有りましょうか？」

兄が唇を噛み締めている。もしかすると兄は讃岐守暗殺の真実よりも自分がそれに関わらなかった事を口惜しく思っているのかもしれないと思った。

「そうでおじゃりますな。三好は必ず疑いましょう。それにたとえ関係していなくても畠山、六角に対して三好を討てと煽ったのは公方。となれば無関係とは言えますまい。三好が公方に責任が有ると思うのは必定。違いますかな？」

「……」

「今一度言いますぞ。讃岐守が毒殺された以上、足利と三好の怨恨は更に深まった。これを前提に話をすべきではおじゃりませぬかな？」

「……」

今度は兄も反論しなかった。皆が押し黙っている。重苦しい空気が纏わり付く。民部少輔殿が咳払いをした。

「兵は出せぬ。兵を出せば三好は必ず朽木を潰しに掛かるだろう。朽木は二万石じゃ。六角、畠山ほどの大身なら三好の攻勢を撥ね返せようが二万石の朽木にはそれが出来ぬ。朽木の家は滅びる事になろう。そのような事は出来ぬ」

「我等が勝てば……」

兄が呻くように言うと長門守殿が首を横に振った。

「勝てれば良いと思います。負ければ？」

答えられない。負ければ三好は必ず朽木を攻めるだろう。京に兵を入れた朽木を三好が許すとは思えない。朽木は攻め辛い場所に在る。多少の損害を三好に与えられるかもしれない。だが多勢に無勢だ。最後は滅ぶ事になる。

「それにたとえ勝っても三好を滅ぼす事が出来ましょうか？　三好は四国に戻り捲土重来を期するのではありませぬか？　戻ってきた時には必ず朽木を攻め滅ぼす事になりましょう」

これも道理だ。三好を滅ぼす程の大勝利を得られるとは思えない。そして形勢が不利となれば四国へ戻って時機を待つのは三好の御家芸だ。残念だがこちらには四国に戻った三好を討つ手立てが無い。長門守殿の危惧は無視出来ない。

「……関東では長尾弾正少弼様がもうじき小田原城を攻め落としましょう。そうなれば新たな関東管領として関東を治める事になります。長尾様が上洛すれば朝倉も上洛するでしょう。三好を必要以上に怖れる事は無いと思いますが」

兄の言葉に民部少輔殿、長門守殿が頭中将様を見た。頭中将様が一つ息を吐いた。憐れむように我らを見ている。

「長尾殿は兵を退きましたぞ。小田原城は健在でおじゃります」

〝なんと！〟、〝まさか！〟。思わず声が出た。兄も愕然としている。関東制覇が難しい事は分かっていた。だが十万の兵が集まったのに落とせなかったのか……。

「武田が北信濃で動いたようでおじゃりますな。放置すれば越後へ攻め込むと長尾殿は見たのでおじゃりましょう。それに集まった者達の中には兵糧が不安だと言って撤兵を望む者が少なからず居たとか。近年、関東は凶作が続いたと聞きました。兵糧の不足は余程に深刻だったのかもしれませぬ。長尾殿は小田原城の包囲を解き鶴岡八幡宮で上杉家の家督継承と関東管領への就任を行ったようです」

「……」

「これからは関東で北条と。信濃で武田と戦うことになる。上洛などとても」

頭中将様が笑いながら首を横に振った。その通りだ。関東の兵は当てに出来ない。公方様の望みがまた一つ潰えた……。

「大和守殿、兵部大輔殿、公方様にはこうお伝えして欲しい。浅井に不穏な動きが有る以上、朽木は兵は出せぬと」

「民部少輔殿、讃岐守殿の事は……」

私が問うと民部少輔殿が苦笑を漏らした。

「公方様は関わり無いのでござろう。ならば言ったところで我等の危惧は御理解頂けまい。それどころか兵を出さぬために嘘を吐いていると思うかもしれぬ。それに頭中将は三好からその事を聞いた。それを言えば朽木は頭中将を通して三好に繋がっていると疑いを持たれるのがオチでござろう。碌な事にはならぬ」

最後は不愉快そうな表情だった。兄と顔を見合わせた。私が首を横に振ると兄が頷いた。已むを得ない。民部少輔殿の危惧は尤もだ。

「分かりました。民部少輔殿。公方様にはそのように伝えましょう」

「万一、公方様が三好に攻められた時は朽木谷へと落ちられれば良い。そこからならこの清水山城は直ぐじゃ。後は淡海乃海を渡って六角を頼るか、或いは陸路で朝倉を頼るかを選ばれれば良かろう」

「この城にての滞在は叶いませぬか？　或いは朽木谷での滞在は？」

問い掛けると民部少輔殿が首を横に振った。

「公方様と三好の対立はこれまでに無い程に深まった。三好が朽木を攻めれば我等は公方様を庇いきれぬ。公方様には逃げて頂く事になろう。となれば公方様は朽木を見捨てて逃げたと悪評が立つ。御名に傷が付く事になる。それは避けねば……」

「確かに」

厄介払いなのかもしれぬ。それでも民部少輔殿の言を否定出来ない。公方様が此処に滞在するのは危険だ。

会談を終え、用意された部屋に戻ると兄が大きく息を吐いた。肩が落ちている。

「困った事だ」

「朽木の事でございますか？」

「いや、幕臣達の事よ。碌な事をせぬ」

兄がまた一つ息を吐いた。

「兄上は讃岐守殿毒殺に公方様が、或いは幕臣の誰かが絡んだと思われますか？」

「兵部大輔、そなたは如何思う？」

問い掛けたが逆に問い返された。兄がジッと私を見ている。

「無いとは言えませぬ。毒殺に動いたのは六角か畠山でしょうがそれを口に出した者が室町第に居たのかもしれませぬ」

「……」

「それにあの場でも言いましたが三好は必ず幕府の中の誰かが関与したと疑う筈です。御成りは幕府側から持ち掛けた事でした」

御成りを利用して三好を騙す。そして細川との和睦を持ち掛けて六角、畠山に兵を挙げさせる。これは進士、上野が公方様に勧めた事だった。讃岐守毒殺はその渦中で行われた事だ。到底無関係とは思えない。兄がまた一つ息を吐いた。

「進士、上野を疑っているのか？」

「兄上は如何です？」

今度は私が問い返した。兄が視線を伏せ〝否定は出来ぬ〟と言った。

「手を下したのは六角かもしれぬ」

「……」

兄が顔を上げて私を見た。

「覚えているか、兵部大輔。そなたが頭中将様を訪ねた夜の事を。あの時、そなたは六角が幕臣達に朽木を攻める事を打診した。そう言った筈だ」

「覚えております。……まさか、あの繋がりが生きていたと？」

兄が〝そうとしか思えぬ〟と頷いた。

「高島が敗れた時も、此度も、朽木の兵を京に入れよとの意見が出た。従属させられぬのなら利用すればよい。幕臣ではない、六角がそう考えたとは思わぬか？」

「かもしれませぬ。或いはですが京へ兵を入れれば三好は朽木を危険な敵と認識します。民部少輔殿が言っていましたが必ず朽木を攻め潰そうとするでしょう。朽木が自らを守ろうと考えれば六角を頼らざるを得ませぬ」

「なるほど、それが狙いか」

「はい。幕府への協力と思わせつつ自らの影響力を強めようとした……」

兄が頷いている。

「兵部大輔、考えたくない事だが讃岐守殿の暗殺と朽木に京を攻めさせるというのは交換条件だったのかもしれぬ」

「それも有りそうな事です」

私が同意すると兄が膝を強く叩いた。

「困った事だ。三好の力は山城国にも及んでいる。我等は三好の勢力範囲の中に居るのだ。何故そこを考えぬのか。敵対なら良い。だが毒殺ともなれば頭中将様の仰るとおり怨恨になる。それが強まれば公方様の御身に危険が及ぶかもしれぬというのに……」

兄の表情が歪んだ。今のままでも互いに父親を殺されたと思っているのだ。だが互いにならば痛み分けであろう。それに両者とも直接手に掛けたわけではない。微妙だが均衡は取れていた。しかし今回の毒殺でその均衡も崩れる事になる。

「兵部大輔、此度の戦だが三好を滅ぼす程の大勝利を得られぬのなら思いっきり負けた方が良いと私は思っている」

「……その訳は？」

問い掛けると兄が頬を歪めて嗤った。

「中途半端な勝ち負けでは三好の肚が収まるまい。そうなれば三好の怒りは公方様へと向かう事になる」

「……兄上は三好が公方様を弑すと？　主殺しになりますぞ」

兄がジッと私を見た。そして嗤った。

「武士とはそういうものであろう。赤松も六代様を弑した」

「……確かに」

六代将軍足利義教公は赤松満祐に殺された。その理由は義教公に滅ぼされると赤松が怯えたからだった。座して死を待つのは武士に非ず、たとえ主であろうとも自分を殺そうとする者には立ち向かうのが武士。赤松は武士としての一分を通したに過ぎない。となれば三好も同じ事を考えるという事は十分に有り得る。兄がまた膝を叩いた。余程に憤懣が溜まっている。

「京に戻ったら大和へ行ってくれるか」

大和？

「……一乗院でございますか？」

兄が無言で頷いた。一乗院には公方様の弟君覚慶様が居られる……。

「分かりました。覚慶様にお会いします。あくまで御機嫌伺いですが。それで宜しいですな？」

「それで良い。まあ無駄になれば一番良いがな」

兄が沈痛な表情をしている。確かに無駄になれば良い。だが兄は楽観していない。最悪の状況に備えようとしている。

孤立

永禄四年（一五六一年）四月中旬　近江国高島郡安井川村　清水山城　細川藤孝

「ところで兄上、兄上は朽木を如何思われます」

問い掛けると兄が表情を改めた。厳しい表情になっている。

「そうだな……。怯えていると見た」

「何に怯えていると？　戦でしょうか？」

〝いや〟と兄が首を横に振った。

「朽木が怯えているのは……、孤立だと私は思う」

兄が私を見た。

「朽木は幕府側の国人だと幕府からも三好からも見られている。皆がそう見ているだろう。しかし朽木は幕府を信用出来ずにいる。六角もだ。だから頭中将様を頼っている。そなたは以前そう言っていたな」

「……はい」

頷くと兄も頷いた。

「此処に来てそれが良く分かった。民部少輔殿、長門守殿の幕府への不信は相当なものだ。讃岐守毒殺で六角への不信も強まるだろう。あそこには甲賀が有るからな。公方様、幕臣達、六角の遣り方には付いていけない。付いていけば朽木は滅びかねぬとあの二人は危惧しているのだ」

「無理もありませぬ。讃岐守殿の毒殺には我等も驚きました」

兄が〝そうだな〟と言って顔を顰めた。

「それに比べれば刀の事など児戯のようなものだ。いや、児戯では無いな。表だっては公方様を使って忠義を要求し裏では幕臣達が朽木を冷遇する。民部少輔殿、長門守殿にしてみれば幕臣達が公方様を利用して好き勝手な事をしている、朽木を窮地に落とそうとしているとしか思えまい。そして幕臣達には朽木に反感を持つ者が多い。頭中将様の事でな。幕府を信用出来ぬと思うのは当然の事だ」

「あの二人より左兵衛尉殿、右兵衛尉殿、左衛門尉殿の方が幕府に対する不信は強いかもしれませぬ」

兄がまた顔を顰めた。

「だとしても私は驚かぬ」

一番身近な存在である朽木が幕府から離れようとしている。朽木に反感を示す者達はその意味が分かっているのだろうか？　朽木は公方様が苦しい立場に有った時、献身的に支えてくれた存在だった。それが離れたとなれば他の者達が如何思うか……。

「まあ、それでもいざという時には受け入れると言ってくれた」

兄が苦笑交じりに言った。

「そうですな。もっとも滞在は出来ませぬ」

兄が笑うのを止めた。

「そうだな。朽木は状況を相当に厳しく見ている。多分、それは頭中将様の見立てなのであろう」

問い掛けると兄がジッと私を見た。

「大袈裟、と思いますか？」

「いや、そうは思わぬ」

兄が首を横に振った。

「……」

「毒殺が事実なら相当に危うい。真面目な話、京を追われ朽木を頼るような事になるかもしれぬ。民部少輔殿はこちらから問われる前に公方様を受け入れると言った。兵を出さぬ事への埋め合わせも有るのだろうが現実に危険だとも見ているのだろう。もしかするとこの城から京の様子をハラハラしながら見ていたのかもしれぬ」

十分に有り得る事だ。だから兄は私に大和に行けと言った。

「それに関東制覇は失敗に終わった」

「武田が健在な内は北条を下すのは難しい。頭中将様の仰る通りになりました。十万の兵が集まっても小田原城は落とせなかった」

兄が渋い表情で頷いた。これでまた公方様を頼りないと貶す声が強まるだろう。そして頭中将様を讃える声が強くなる。つまり幕臣達は頭中将様を疎みその矛先は朽木にも向かうだろう。朽木は益々幕府から離れ頭中将様を頼るようになる。

「三好にとって邪魔なのは六角と畠山だけになった。随分と楽になっただろう。両者にそれなりの損害を与えれば残りは公方様だけという事になる」

兄が私を見た。見返すと頷いた。

「厳しくなりますな」

「ああ、厳しくなる」

勝てれば良い。兄の言う通り大勝出来れば。だがそうでなければ状況は厳しくなるだろう。それなのに朽木が幕府から離れつつある……。

「孤立ですか。孤立しているのはむしろ我等の方かもしれませぬ」

兄が私を見た。そして〝そうだな〟と言った。

「厄介なのは朽木は自分達が孤立していると理解しているのに幕府には自分達の孤立を理解している人間が居ない事だ。危機感が無さ過ぎる。このままでは……」

兄が語尾を濁した。三好が公方様を弑すと言うのは憚(はばか)ったのだろう。

「兄上は頭中将様を如何御覧になりました」

兄が私を見た。そして息を吐いた。

「容易ならぬ御方よ。尋常ならざる御器量の持ち主とは思っていた。だが今日の会談で良く分かった。当代無双の武略であろう。それに耳が敏い。おそらくは頭中将様のために働く者が居る」

「多分、そうでしょう」

何者かは分からない。だが間違いなく頭中将様の手足となって動く者が居る。

「三好が頭中将様を重視し親密な関係を築こうとするのも道理よ。敵に回す事は出来ぬと見ているのだ」

それほどの人物と幕府は敵対している。

「長門守殿が高島越中守を攻め滅ぼしたのも頭中将様の策かもしれぬ。私が長門守殿の武勇に期待していると言っても民部少輔殿、長門守殿は苦笑するだけだった」

「……そういう噂は以前から有りました」

「そうだな」

だが幕府ではその噂は受け入れられていない。長門守殿は公方様が頭中将様を押し退けて朽木家の当主にと据えた人物だ。公方様も幕臣達も越中守を滅ぼしたのは長門守殿の武略だと思いたがっている。長門守殿を朽木家の当主に据えたのは正しかったと思いたがっている……。

「兄上、三好が頭中将様を重視するのは他にも狙いがあるのやもしれませぬ」

兄が私をジッと見た。

「……それは？」

「幕府の追い落とし」

「追い落とし……」

兄の目が宙を彷徨(さまよ)った。

「頭中将様と幕府の関係は良くありませぬが、だからと言って頭中将様が反幕府で動いているとは言えませぬ。幕府を批判はしますが敵視しているわけではない。むしろ幕府側が頭中将様を敵視していると言えるでしょう」

「そうだな」

「三好はいずれは反足利で協力出来る。そう見ているのではありませぬか？」

兄が無言で考え込んでいる。有り得ないとは言えまい。頭中将様は公方様を武家の棟梁としては無責任だと非難したのだ。今は非難だけだ。だがそれが積極的な排斥に変わらぬと言えるだろうか……。

「頭中将様が朝廷を親三好で纏めると言うのか？」

「そうです」

三好が公方様を弑する時、当然だが主殺しと非難する者が出るだろう。だが朝廷の信任が三好に有るとなればその非難を躱せるという計算が出来る。その事を言うと兄が深く息を吐いて〝有りそうな事よ〟と呟くように言った。そして〝まさかな〟と呟いた。思い詰めたような表情をしている。

「如何なされました？」

「兵部大輔」

「はい」

兄がゴクリと音を立てた。

「御台所様が戻らぬ」

「……」

本来なら御台所様は四月に戻る筈だった。だが太閤殿下のお世話をするとの事で室町第へのお戻りは延期になっている。

「おかしな話だ。太閤殿下は御成りに参列する程に回復なされている。参内もした。なのに御台所様のお戻りが無い」

「……まさか……」

兄が頷いた。

「そのまさかよ。太閤殿下は讃岐守殿毒殺を頭中将様より報されたのかもしれぬ」

だとすれば親足利の色をこれ以上出すのは危険だと思ったのだろう。足利と距離を置くべきだと思ったのだ。だから御台所様は戻らない……。或いは三好に対して近衛は毒殺には関わっていないという意思表示なのかもしれぬ。その事を言うと兄が頷いた。

「兄上、朽木家と同じですな」

「そうだ。三好の報復を怖れたのだ」

太閤殿下の腰が引けた……。幕臣達の中には御台所様が戻らぬ事を歓迎する者も居る。だがその者達は分かっているのだろうか。幕府は孤立しつつあるという事に……。

「打開する手はありましょうか？」

問い掛けると兄が首を横に振った。

「無い。もう戦を止める術は無い。後は戦の結果次第だ」

結果次第か……。勝てれば良い、大勝出来れば。だがそうで無ければ……。公方様、いや幕府の将来は暗いものになるだろう。


永禄四年（一五六一年）　四月中旬　山城国葛野・愛宕郡　室町第　足利義輝

庭には桜が咲いていた。梅の次は桜か……。ふむ、観桜の宴を開かねばなるまい。〝ホウッ〟と息を吐いた。梅を見ても桜を見ても楽しめぬな。だが宴では楽しんでいる振りをせねばなるまい。

「フフフ、面倒な事だ」

自嘲が漏れた。一体何のための、誰のための観桜の宴なのか……。

「ホーホケキョ」

鶯が鳴いている。拙いと思った。未だ若い鶯なのかもしれぬ。自分に似ていると思った。若く、未熟で、拙い……。十河讃岐守が死んだ。この時期に讃岐守が死ぬか。幕臣達は皆が天佑だと騒いでいる。公方様は強運だと。病死と公表されたが真なのだろうか？　まさかとは思うが毒殺？

「如何思う？」

誰に問うたのだろう。自分自身にか、それとも鶯にか。愚かな。問うたところで如何にもなるまい。答えなど分からぬのだ。自分にも、鶯にも……。暫く前から讃岐守は公の場に姿を現さなかった。おそらくは病が重かったのであろう。讃岐守は病死だ。私は運が良い。これは天佑だ。

「フフフフフ、愚かよな」

また自嘲が漏れた。信じていない事を無理に信じようとしている。真、愚かだ。

風が吹いた。花弁(はなびら)が舞う。美しいと思った。この世の憂さを忘れさせる幻想的な美しさだ。だが脆く儚い美しさでもある。幽玄とはこの事かもしれぬ。

「ホーホケキョ」

今度は自分が鳴いてみた。〝フフフ〟と自嘲が漏れた。鶯以上に拙いと思った。鶯は自分より下手な者が居ると喜んでいるかもしれない。

もうすぐ戦になる。六角、畠山を使って三好を討つ。勝てなくても良いのだ。三好を苦しめる事が出来れば。いや、いっそあの者達は負けてくれた方が良い。私を蔑ろにしたあの者達に三好を打ち破った等と大きな顔はさせぬ。関東では長尾が十万の兵で北条を攻めている。直に埒(らち)があくだろう。長尾を、弾正少弼を上洛させる。弾正少弼が上洛すれば朝倉も兵を出す。三好など忽ち蹴散らせる。

「フフフ」

勝てる、勝てるのだ。漸く三好に思い知らせる事が出来る。父上を死に追いやり私をコケにしまくった修理大夫に思い知らせる事が出来る。そして私を否定して三好を武家の棟梁として扱った朝廷にも思い知らせる事が出来る。私をコケにした頭中将にも。私は征夷大将軍にして武家の棟梁なのだ。皆にそれを認めさせねば……。

「公方様」

名を呼ばれた。何時の間にか春日局が来ていた。

「春日か、気が付かなかったな」

「暫く前から来ていました。ですが楽しそうでしたので……」

「そうか」

「はい、鶯の真似などなされて」

春日がクスクスと笑う。見られていたか。私も照れ隠しに〝ハハハハハ〟と声を上げて笑った。

「鳴くのが下手な鶯が居たのでな、予が教えてやろうと思ったのだ。だが鳴いてみて分かった。予の方が遥かに下手だと。鶯も呆れているだろう」

「まあ」

春日が口元を押さえて笑う。

「ハハハハハハ」

今度は私も心から笑えた。

「それで、どうであった？」

春日が顔を伏せた。

「太閤殿下にお会いしました。御台様は室町第には戻らぬそうにございます。今少し太閤殿下の御世話をするとの事でございました」

「そうか……」

四月も半ばを過ぎた。御台は如何するのかと思ったが周囲には御台を忌諱する者ばかり居る。相談は出来なかった。春日を近衛家に送ったが……。

「御台には会ったか？」

「いえ、会えませんでした」

ふむ。或いは戻したがらぬのは伯父かもしれない。御成りを思い出した。御台は伯父、寿、頭中将と楽しそうに話していた。予を見る事は無かった。予も御台には声をかけなかった。伯父は室町第では御台は辛い思いをするだけだと思ったのかもしれぬ。

「御苦労であったな」

「いえ、お役に立てませず申し訳ありませぬ」

「いや、そんな事は無い」

春日が面目無さそうにしている。春日、そのように自分を責めるな。私は御台が戻らぬ事にホッとしているのだ。御台は従妹(いとこ)だが合わぬ。私と御台は合わぬのだ。

御台が好きなのは強く頼り甲斐のある男だ。弱い男は相手にせぬ。何故なら御台は本当は弱い女だからだ。弱いから強い男を求める。弱い私の前ではその弱さを出す事は無い。何故なら頼りにならぬからだ。でも強い男の前では御台は弱い女になるだろう。御台が頭中将の前で泣いたのも頭中将が頼り甲斐のある強い男だからだ。

「憎い男だ」

「は？」

春日が不思議そうな顔をしている。いかぬな、口に出すつもりは無かったが出ていたか……。

「何でも無い。独り言だ」

「はあ」

三好を討つ。武家の棟梁として天下に立つ。その時は御台は私を強い男と認めるのだろうか。この室町第へ戻ろうとするのだろうか。そして私は御台を受け入れる事が出来るのだろうか……。


永禄四年（一五六一年）　四月下旬　　山城国葛野・愛宕郡　　室町第　　細川藤孝

「只今朽木より戻りましてございます」

兄三淵大和守が公方様に頭を下げた。自分も同じように頭を下げる。公方様が〝うむ、大儀であった〟と上機嫌で言った。頭を上げた。口調だけではない、表情も明るいと思った。

「二人は聞いておるか？」

「は？……何を、でございましょう」

兄が戸惑っている。本来なら婚儀の事で話が有る筈。それなのに聞いているかとは……。兄の戸惑いに公方様が〝ハハハハハ〟と声を上げて笑った。

「十河讃岐守が死んだそうだ。これで修理大夫を支える柱の一つが折れたわ」

周囲に控えていた幕臣達が迎合するように笑った。兄と顔を見合わせた。兄が暗い目をしている。毒殺が事実なら喜べる事ではない。本当に公方様は知らぬのだろうか……。

「死因は何でございましょう」

思い切って問うと〝病死だ〟と公方様が答えた。公方様の表情におかしな点は無い。毒殺の事は知らないのだと確信した。

「日頃の悪業の報いよ」

公方様の言葉に幕臣達が〝その通りにございます〟、〝天罰と言うべきかと〟と迎合する。心が冷えた。毒を使いながら悪業の報い、天罰とは……。三好がこれを知れば如何思うか。この室町第に三好が攻め寄せる可能性は十分に有るだろう。兄の言うとおりだ。大和に行かなければならない。

「ところで、婚儀は如何であったかな」

「はっ、良い婚儀でございました」

兄が答えると公方様が〝フフフ〟と笑った。

「そうか、婚儀には織田の重臣も参ったのであろう？」

「はっ。織田三郎五郎信広という者が婚儀を宰領しておりました。織田弾正忠様の腹違いの兄にございます」

兄の答えに公方様が満足そうに頷いた。

「それで、話はしたのか？」

「はっ、婚儀の後に。公方様が織田に期待している事、桶狭間で今川を打ち破った事は真に見事であると感心している事を伝えると三郎五郎は必ず主君に伝えると喜んでおりました」

「そうか」

公方様が嬉しそうに頷いた。控えている幕臣達も嬉しそうに頷いている。

「では織田に文を出さねばなるまいのう」

公方様の言葉に周囲の幕臣達から笑い声が上がった。決して好意的な笑い声ではない。何処か侮蔑的な響きが有る。上手く利用してやろうという意図が透けて見える笑い声だ。

「ところで大和守殿、兵部大輔殿、織田の妹姫というのはどのような娘かな?」

問い掛けてきたのは進士主馬頭だった。

「尾張からは朽木は遠い。それに身代も小さく年も離れているとなれば相当な醜女(しこめ)を嫁に出したのではないか。長門守殿も憐れなと皆で話していたのだが」

上野中務少輔が嗤いながら続けると彼方此方から嗤い声が上がった。公方様も嗤っている。本来なら窘めるべきなのに……。兄の表情が硬いと思った。刀の事はやはり事実だろう。幕府内部には朽木を蔑視する勢力がある。

「大層美しい姫君でした。性格も朗らかで長門守殿、民部少輔殿も喜んでおりました。織田家というのは美男美女の家系のようですな。三郎五郎殿も目鼻立ちの整った中々の美丈夫でございます」

兄が答えるとざわめきが生じた。不満そうな表情をしている者が居る。

「その三郎五郎殿に聞いたのですが織田家では此度の婚儀を大層喜んでいるようです。朽木家は宇多源氏の名流で鎌倉の昔から朽木を守ってきた名門。そして何度も公方様を守ってきた忠義の一族でもある。斯様な一族と婚姻を結ぶのは織田家にとっても誉れであると」

私が答えるとざわめきが止んだ。バツの悪そうな表情をしている者も居れば不満そうな表情の者も居る。

「その忠義の一族でござるが京に兵を出すと言いましたかな？」

進士美作守が嫌味な言い方で問い掛けてきた。

「兵は出せぬとの事にござる」

兄が答えると皆が不満そうな表情を見せた。

「何故か？」

公方様が不愉快そうな表情で問い掛けてきた。

「浅井に不穏な動きが有るというのが長門守殿、民部少輔殿の答えにございます」

今度はざわめきが起きた。

「それはおかしい。浅井は動けぬと六角からは報せが来ている。兵を出したくない言い訳でござろう。やはり朽木は信用出来ぬ」

上野中務少輔が吐き捨てた。同意する声が幾つか上がった。

「南近江には攻め込めますまい。しかし西の高島郡はどうでござろう。朽木が京に兵を出し残りの国人達も六角に従って兵を出せば高島郡はがら空きにござろう。浅井は誰にも邪魔されずに兵を進める事が出来る。僅かな兵で高島郡を切り獲る事が出来るとなれば有り得ぬとは言えますまい。違いましょうか？」

私が発言するとシンとした。皆が顔を見合わせている。有り得ない事ではないと思ったのだろう。今一押し。

「長門守殿、民部少輔殿は相当に不安視していますぞ」

「浅井が動くと？」

摂津中務大輔殿が不安そうに問い掛けてきた。

「それも有りますが三好が公方様を攻めるのではないか、討とうとするのではないかという事にござる」

私が答えると〝馬鹿な！〟、〝有り得ぬ〟と声が上がった。

「有り得ぬと言い切れましょうか？」

兄の言葉に座が静まった。

「それは謀叛であろう。主殺しぞ！」

公方様が叫ぶと幕臣達が〝その通り！〟、〝有り得ぬ！〟と同調した。

「畏れながら申し上げまする。武士とは座して死を待つ者ではございませぬ。たとえ主殺しと誹られようと自らを害そうとする者には立ち向かう者にございます。赤松がそうでございました。三好は違うと言い切れましょうか？」

私の言葉に公方様が不安そうな表情で幕臣達を見た。幕臣達は答えられずにいる。これまで敵対する事はあっても殺そうとすることは無かった。しかしそれはこれまではだ。今後も続くという保証はない。

「長門守殿、民部少輔殿は万一の場合は公方様には朽木谷から清水山城へと逃れて頂き、そして淡海乃海を渡って六角を頼るか、或いは陸路を使って越前の朝倉へと逃れて再起を図られるべきだと考えております。そのためにも朽木を守らなければならぬと。兵は出せぬとの事にございまする」

兄が言葉を続けるとシンとした。もう長門守殿、民部少輔殿を誹る声は無い。公方様も目を伏せている。

「朽木での捲土重来は叶わぬか？　予は少しでも京の近くに居たいのだが」

公方様が縋るような表情で問い掛けてきた。兄と顔を見合わせた。兄は辛そうな表情をしている。

「朽木は予に忠義な者だ。六角や朝倉よりも朽木が良い」

胸に込み上げるものがあった。身勝手な言い分だ。朽木を幕府から離れさせたのは誰でも無い。公方様ではないか！　落ち着け、激してはならぬ。〝畏れながら〟と言いながら頭を下げた。

「朽木での再起は危険でございます。万一、三好が朽木を攻めれば到底防げませぬ。公方様には他所(よそ)へ移って頂かねばなりますまい。そうなれば三好は公方様が朽木を見殺しにして逃げたと誹りましょう。公方様の御名に傷が付きまする。長門守殿、民部少輔殿はそこまで危惧しております」

自分でも驚く程に冷たい声が出た。ゆっくりと頭を上げた。皆の顔が強張っている。さて、これから刀の事を話さなければならぬ。関東制覇が失敗した事もだ。

永禄四年（一五六一年）　四月下旬　山城国葛野・愛宕郡　室町第　小侍従

カラリと戸が開きました。公方様が険しい表情で立っています。

「如何なされました？」

問い掛けても無言です。険しい表情のまま部屋に入るとドスンと腰を下ろしました。

「小侍従、戸を、閉めてくれぬか」

「はい」

一体如何なされたのか。訝しみながら立ち上がって戸を閉めました。〝ウッ、ウッ、ウッ〟という声が聞こえます。驚いて振り返ると公方様が俯いて肩を震わせていました。まさか嗚咽？

「如何なされました？」

「ウッ、ウッ、ウッ」

間違いなく嗚咽でした。慌てて傍に座り〝公方様〟と声をかけても嗚咽が止まりません。あの険しい表情は必死に泣くのを堪えていたのだと思いました。

「公方様？」

「ウッ、ウッ、ウッ」

俯く公方様の目から涙が零れ落ちます。一体何が有ったのか……。

「公方様！」

「関東、制覇は成らなかった。ウウッ、小田原城は、落ちなかった」

「！」

振り絞るような声。私は声が出せませんでした。長尾は十万の兵で小田原城を攻めていた筈。誰もが関東攻略は間近と思っていたのに……。

「真に、真に関東制覇は成らなかったのでございますか？」

信じかねる思いで漸く問い掛けると公方様が涙を流しながら頷かれました。

「大和守と兵部大輔が、ウウッ、頭中将から、聞いたそうだ。皆は嘘だ、と言った。予も嘘だと思った。ウッ、ウウッ、だが嘘を吐いても直ぐばれる。嘘を吐く意味が有るかと兵部大輔が言った。ウッ、ウッ、その通りだ。意味が無い。誰も言い返せなかった」

公方様が一際大きく嗚咽を漏らしました。

「予は泣きたかった。だが春日が諦めては、ウッ、ならぬと予を励ました。だから泣けなかった。泣けば春日を悲しませる。だから、予は、ウッ、ウッ」

「ここへ来たのでございますね」

公方様が頷かれました。必死に泣くのを耐えたのだと思いました。どれほど御辛かった事か……。公方様の背を摩りました。公方様が私を見ます。御顔が涙でぐしゃぐしゃになっていました。

「小侍従、予の望みは、何一つ叶わぬ」

「そのような事は……。畠山、六角が兵を挙げましょう」

公方様が首を横に振りました。

「予は、関東の兵で三好を打ち破りたかったのだ。そして弾正に上洛して予の傍に居て欲しかった。それなのに……、ウッ、ウッ」

公方様が一際大きく嗚咽を漏らしました。公方様の長尾弾正少弼様への信頼は厚い。それだけに関東制覇が失敗という報告は公方様を打ちのめしたのだと思いました。

「これでまた皆が予を頼りないと嘲笑おうな。関東制覇は間近と浮かれたのだから」

「そのような事は……。十万もの兵が有れば城は落ちると誰でも思うものにございます」

公方様が首を横に振りました。

「頭中将は以前から関東制覇は上手く行かぬと言っていた。予も一度は難しいかもしれぬと思った。だが十万の兵が集まった事で上手く行くと確信した。それなのに……、ウウッ。御成りで頭中将が、言った通りだ。予は兵の多さに、浮かれた愚か者だ」

公方様がまた咽び泣きました。掛ける言葉が有りません。ただ公方様の背を摩りました。如何してこの御方の望みは悉く叶わぬのか……。

「予は自分が分からぬ。何のために生まれてきたのか、何故生きているのか」

「公方様」

「役に立たぬ名ばかりの将軍、戦の事も碌に分からぬ将軍と蔑まれるだけだ。なんと惨めな事か」

咽び泣く声が一段と高くなりました。公方様は両手で顔を押さえています。

「私は公方様を蔑んだりは致しませぬ」

「小侍従……」

公方様が私を見ました。

「蔑んだりは致しませぬ」

もう一度言うと公方様がまた涙を流されました。

「朽木も予から離れた」

「なんと……。何かの間違いでは？」

公方様が首を横に振りました。まさか、朽木は足利に忠義の家、その朽木が……。

「予のために京に兵を出すようにと命じたのだが出せぬと言ってきた。出せば三好に滅ぼされると」

朽木は二万石。小身の朽木では三好を怖れるのも無理は有りません。兵を出せというほうが無茶なのです。

「朽木の立場では已むを得ぬ事にございます。公方様を見限ったわけでは……」

公方様がまた首を横に振りました。

「予をか、匿えぬと言ってきた」

「なんと……」

「頼っても良いが直ぐに六角か朝倉に行ってくれと」

「！」

思わず息を呑みました。

「三好が攻めてくれれば守り切れぬ。予が逃げれば朽木を見殺しにしたと誹られると」

「そこまで……」

朽木はそこまで三好を怖れている。いや、状況を厳しく見ているという事なのかもしれません。織田から嫁を迎えるのも必要以上に幕府に近付くのは危険と見ているからなのでしょう。公方様が涙を拭いました。

「小侍従、三好がここを攻めるかもしれぬ」

「ここを？　この室町第をでございますか？」

驚いて問うと公方様が頷きました。

「それは謀叛でございますよ」

「座して死を待つのは武士に非ず、たとえ主殺しになろうと戦うのが武士だと言われた」

「……」

言われた？　誰が……。朽木？　朽木は三好が公方様を弑すると見ているのだろうか。公方様に対して容赦はしないと。だから匿えないと言った？

「ここで死ぬか、それとも逃げるか。だが逃げると言っても何処へ、誰を頼るのか」

「……六角、畠山、公方様へ忠義を尽くす者達は居ります」

公方様が首を横に振りました。

「予はあの者達を無条件に信用出来ぬ。あの者達は予を軽んじているのだ。真に忠義の者ではない」

「……」

「予は将軍でありながらこの天下に身の置き所が無い。頼れる者も居ない。情けない話だ」

公方様がまた嗚咽を漏らされました。何故神仏はこの御方に惨く当たるのか……。

「公方様が何処へ行かれようと私は付いていきます。決してお一人にはさせませぬ。お心を強くお持ち下さいませ」

「小侍従」

公方様が私をジッと見ました。そしてまたハラハラと涙を落とされました。決してお一人にはさせませぬ。私に出来る事はそれしか無いのですから……。

報復の恐怖

永禄四年（一五六一年）　四月下旬　　山城国葛野郡　　近衛前嗣邸　　飛鳥井基綱

「式は、如何だったかな？」

「良い式でおじゃりました」

「ほう、花嫁は？」

「はい、織田の家系は美男美女が多いと聞いておじゃりましたがなるほどと思いました」

太閤殿下が笑い声を上げた。寿、毬が〃まあ〃と声を上げている。いやね、本当に美人、いや美少女だった。細身で色白、目が大きくて鼻筋が通り額が広い。聡明そうな感じで性格も朗らかだ。長門の叔父御が照れちゃって真っ赤になってた。春齢がまた焼き餅焼いて困ったわ。

「そのように美しい御方なのですか？」

寿が興味ありげに聞いてきた。毬がその隣で興味津々といった表情をしている。別に隠す事は無い。疚(やま)しい事は無いのだ。〃はい〃と答えると二人が顔を見合わせ、そして俺を見た。落ち着け、俺には疚しい事は無い。平然とするのだ。二人が俺を探るように見ていたがやがて顔を見合わせて頷いた。うむ、どうやら上手く切り抜けたらしい。太閤殿下がそんな俺達を見て声を上げて笑った。

そんな面白がる事じゃないのに……。話題を変えた方が良いな。

「三好と前管領の和睦が纏まりましたそうで」

俺の言葉に殿下が〝うむ〟と頷いた。和睦の条件は細川晴元の隠居だ。跡は嫡男の六郎が継ぐ事になっている。この六郎だが天文十七年に生まれたというから数えで十四歳、俺より一歳上になる。未だ幼い時に三好の人質に出されそのまま三好家の許で育った。元服も修理大夫の許でしたらしいが本人は六郎の仮名を諱(いみな)の代わりに用いている。流石(さすが)に父親を追い出した人間に付けられた諱は使い辛いらしい。どんな諱を付けられたんだか。修理大夫の諱から一文字取って慶元とでも付けたかもしれん。

この六郎だが母親は六角定頼の娘だ。つまり六角左京大夫義賢の甥という事になる。三好側としてはその辺りも六郎を殺さなかった理由としてあるのだろう。しかしなあ、晴元が息子の六郎を見殺しにした事は否定出来ない。六角との繋がりもあるから六郎を殺さないと思ったのだろうが六郎から見れば何時殺されるかと不安だっただろう。六郎が父親を慕っているとは思えない。三好側から見れば懐柔出来ると思ったのかもしれん。或いは六郎を使って六角と交渉出来ると考えたか。

「月が替われば前管領は京に戻るようでおじゃるの」

「はい」

戻った前管領を三好は如何扱うのか……。三好は前管領が今回の一件に密接に絡んでいると確信している筈だ。となれば放置はしない。おそらくは幽閉、もしかすると毒殺もあるかもしれん。幕府、六角、畠山に対しての報復だ。息子の六郎が三好側に居る以上、むしろ邪魔だと思ってもおかしくはない。

「皆喜んでいるそうですわ。迷惑な御方が大人しくなると」

寿の言葉に毬が声を上げて笑った。俺も失笑した。殿下も笑っている。まあ、その通りなんだけどね。でも迷惑な御方はもう一人居るんだな。こいつが居る限り京が安定する事は無いだろう。困ったもんだよ。

「讃岐守が、死んだの」

「そのようで」

そう、三好は讃岐守の死を公表した。ようやく公表出来るだけの態勢が整ったらしい。

「未だ若いのに……」

「人間なんて儚いものですね」

毬と寿が眉を顰めている。二人は讃岐守が毒殺された事は知らない。三好側も病死と公表している。この辺りは駆け引きだな。三好側は死因に不審を感じていない、油断していると思わせたいのだろう。

「寿、毬、少しの間、席を外してくれるか。頭中将と内密の話が、有る」

太閤殿下の言葉に二人が大人しく従った。それを見届けてから殿下が俺を手招きした。遠慮せずに躙り寄った。脇息に身を預けている。先程までは穏やかな表情だったが今は憂い顔だ。

「公方は大喜びのようじゃ」

殿下が小声で言った。ふむ、小声の方がスムーズに声が出るな。唇に負担が掛からないからかもしれない。

「毒殺の事は知らぬのでおじゃりますな」

殿下が頷いた。

「春日がの、訪ねてきた。何故毬が戻らぬのかと」

「教えましたので？」

問い掛けると殿下が首を横に振った。

「毬が戻り、たがらぬと答えた。その時じゃ、讃岐守の事が話に出た。室町第では天佑だ、勝利は間違いないと、公方が喜んでいると……。困ったもので、おじゃるの」

いい気なものだな。だがな、敵の死は喜ぶものじゃない。たとえ内心では喜んでも顔では悼むものだ。讃岐守は死んだが修理大夫は生きている。強大な三好は健在なのだ。無邪気、素直というのは必ずしも美点にはならない。殿下も憂い顔だ。碌な事にならないと見ているのだろう。

「叔父の婚儀には三淵大和守、細川兵部大輔が祝いの使者として幕府から来ました」

殿下がジッと俺を見ている。

「朽木に兵を出せと言ってきたので毒殺の事を教えました」

「どうで、あった？」

「二人とも驚いておじゃりました。知らなかったようで」

殿下が大きく息を吐いた。そうだよな、無責任に過ぎる。ここで兵を出せば朽木は間違いなく潰される。一つ間違えば朽木は毒殺を事前に知っていた。それが出兵の条件だったと疑われかねない。

「細川兵部大輔でおじゃりますが京に戻った後、直ぐに大和へと向かったようにおじゃります」

殿下が〝大和〟と首を傾げた。ジッと俺を見ていたが目を瞠った。

「か、覚慶か！　義輝を、み、見限ったか！」

声が高い。〝殿下〟と言って首を横に振った。殿下がハッとしたように俺を見て肩を落とした。

「見限ったとは限りますまい。ですが危ういとは見ておじゃりましょう」

殿下が首を横に振った。

「責める事は、出来ぬ。麿とて、毬を戻さぬ、のじゃ」

力の無い声だ。自分を責めている。

「勧めたのは麿におじゃります」

殿下がまた首を横に振った。

「毬を戻さぬのは、正解であった。そなたの御蔭で、近衛は危難を、免れた」

「……」

義輝の馬鹿野郎。お前の所為で俺と殿下が切ない思いをしている。

「こうなると、問題は、関東で、おじゃるが……」

「長尾は兵を退きました。小田原城は健在でおじゃります」

殿下が目を剥いて俺を見た。

「真か？」

「はい、直に関白殿下より報せが届きましょう」

殿下が目を閉じて息を吐いた。足利はまた一つ追い込まれた……。

永禄四年（一五六一年）　四月下旬　山城国葛野・愛宕郡　東洞院大路　飛鳥井邸

飛鳥井雅綱

「父上、宜しゅうおじゃりますか？」

声と共に息子の権中納言飛鳥井雅教が足早に部屋に入ってきた。

「如何した？　何やら慌てているが」

問い掛けたが答えは無い。余程に慌てているらしい。息子が座ると〝父上〟と儂を呼んだ。

「長尾の関東制覇が失敗に終わったそうにおじゃります」

息子の声が震えていた。顔色も良くない。明らかに畏怖が有る。なるほどの、関東制覇は失敗に終わったか……。ふむ、公方は嘆こうの。

「驚かないのでおじゃりますか？」

倅が訝しげな表情をしている。愚かな、来るべき報せが来た。それだけではないか。

「騒ぐ程の事でもおじゃるまい。頭中将は上手く行かぬと言っていた」

「それはそうでおじゃりますが……、十万の兵でおじゃりますぞ」

幾分不満そうな口調で息子が言った。

「麿は見た事の無い十万の兵よりも頭中将の言を信じる」

息子があっけに取られている。その事が笑止だった。あれは織田と組んで今川治部大輔を討ち死にさせた男だからの。あれが上手く行かぬと言ったら上手く行かぬわ。

「それより幕府、宮中の反応は」

儂の問いに息子が表情を改めた。

「幕府では大騒ぎになったと聞いておじゃります。関東制覇失敗の報は三淵大和守、細川兵部大輔の二人が報せたのだとか」

三淵？　細川？

「待て、その二人は……」

問い掛けると息子が〝はい〟と頷いた。

「朽木の婚儀に出ていた者におじゃります」

「では？」

「頭中将より聞いたようでおじゃります。その所為でおじゃりましょうが幕臣達の中には失敗を受け入れられない者も少なからず居たと聞いておじゃります。ですがその後で関白殿下から文が届いたそうで……」

「漸く納得したか。愚かな……。公方は？」

「関東の兵は期待出来ぬのかと大層嘆いたとか」

ふむ、泣いたかもしれぬ。良く泣くからの。

「そんな公方や幕臣達を春日局が諦めてはならぬと叱咤したそうで」

〝ほう〟と感嘆の声が出た。女ではあるが中々のものよ。男よりも余程に役に立つの。日野家の跡目争いでは敵対したがいざという時には頼りになりそうじゃ。

「春日局の叱咤で漸く公方、幕臣達も落ち着いたそうにおじゃります」

「頼りないのう。それで宮中は如何じゃ、目々は」

息子が〝はい〟と答えた。

「怖れております」

「怖れるとは頭中将をか?」

息子が頷いた。

「愚かな。頭中将は御成りでも関東制覇は成らぬと言っていたのであろう?」

「それはそうでおじゃりますがやはり十万の兵ともなれば……、頭中将が上手く行かぬと言っても中々には……」

息子が首を横に振っている。簡単には信じられぬか。そうかもしれぬの。

「新蔵人に聞いたのでおじゃりますが蔵人所では当代無双の武略と皆が言っているそうにおじゃります。直ぐに広まりましょう」

「ほう、当代無双か。かもしれぬの。ハハハハハハ」

儂が笑うと息子が不満そうな表情を見せた。

「良い事とは思えませぬ。公方も幕臣達も面目を潰されたのでおじゃりますぞ。頭中将をこれまで以上に敵視しましょう。三好も如何思うか……。とても心穏やかではおられますまい」

まあ、そういうところはあろうな。しかし、我が息子ながら線の細い事よ。頭中将が太過ぎるのかの。どうにも不満じゃ。

「日々は何と言っておる」

「喜んでおじゃります」

「ホホホ、自慢の息子か。親馬鹿じゃのう」

儂が笑うと息子が〝父上〟と儂を窘めた。

「分かっておる。宮中にも敵は居ると言うのでおじゃろう」

息子が〝はい〟と頷いた。

「万里小路だけではおじゃりませぬ。飛鳥井家は内々になり頭中将を輩出する家になりました。息子も新蔵人に任じられております。いずれは頭中将にという事になるかもしれませぬ」

「そうでおじゃるの」

「となれば庭田、正親町、中山等は面白くありますまい。違いましょうか？」

「かもしれぬ」

庭田、正親町、中山家からはこれまで何度か頭中将に任じられる者が出ている。当然だが競争相手が増えるのは面白くはあるまい。

「不安か？」

問い掛けると息子が〝はい〟と頷いた。

「些か頭中将は強過ぎまする。単独では敵わぬと思えば彼らが一つに纏まって飛鳥井を叩こうとするやもしれませぬ。まして目々に皇子が生まれれば……、考え過ぎと思われますか？」

息子が不安そうな表情をしている。

「考え過ぎとは思わぬが考えても仕方がおじゃるまい」

「……」

「頭中将は私利私欲で動いているか？　自分だけの栄達を望んでいるか？」

「いいえ、それはおじゃりませぬ」

「ならば良い。我らに出来る事は誠心誠意帝にお仕えする事。そうでおじゃろう？」

息子が〝はい〟と頷いた。

「麿は日野家の跡目相続では些かそれを忘れて私利私欲に走った。それ故に身を引く事になった。それを戒めとせよ」

「はい」

関東制覇が失敗した。十万もの兵を動かして失敗したとなれば関白殿下も面目を失ったという事か。そして太閤殿下は万全な状態には無い。ふむ、近衛も危ういの。他の摂家が関白殿下の追い落としを図るかもしれぬ。それを防ごうとすれば……。

「フフフフフフ」

「如何なされました？」

息子が訝し気に儂を見ている。

「何でもない」

近衛は益々頭中将を頼りにしよう。さて、如何なるか。目は離せぬの。

永禄四年(一五六一年)四月下旬　山城国葛野郡　広橋国光邸　松永久秀

「頭中将様が朽木から戻られたそうでございますな」

私の言葉に広橋権大納言様が〝ええ〟と頷いた。

「蔵人所も漸く一本芯が通りました」

「はは、頭弁様では芯が通りませぬか」

「……困った事でおじゃります」

権大納言様が渋い表情をしている。なるほど、頭弁は頼りにならぬとは聞いていたが相当に酷いらしい。ふむ、万里小路の者達が頭中将様に反感を示すのも当然か。

「帝もホッとされたのではありませぬか?」

「そういうところはおじゃりますな。出仕した頭中将と二人だけで長々とお話しされたと聞いておじゃります」

「ほう、二人だけで」

「はい。一体何を話したのか。宮中では大層な噂になっておじゃります」

権大納言様が意味ありげな表情をしている。人払いをしたか。となると良く戻った等という挨拶だけでは無いな。長門守の婚儀には三淵、細川が参列している。次の戦では朽木は如何動くかの話し合いがされた筈だ。おそらくはその話し合いの結果も帝に報告された。……帝もホッとされただろう。朽木は動かない。京に朽木の兵が入る事は無い。室町第からはそういう報告が届いている。

「大層な御信任でございますな。しかしそれでは不快に思う方も少なからず居るのでは有りませぬか？」

「それは居りましょう。新大典侍が苛立っていると聞いておじゃります。しかし頭中将の力量は誰もが認めるもの。御信任は不当ではおじゃりませぬ」

「なるほど」

「宮中では刀の事も噂になっております。真なのですかな？　麿には信じられませぬが」

権大納言様が首を捻っている。

「事実のようです。室町第では改めて朽木に刀を贈りました」

答えると権大納言様が首を振りながら溜息を吐いた。自分も最初は信じられなかった。公方様が贈った刀が数打ちだったと聞いた時は何かの間違いではないのかと思った程だ。事実だと分かった時は朽木が公方様のために兵を出す事は絶対無いと確信した。織田から嫁を娶った事も当然だ。幕府の朽木への対応は余りにも酷過ぎる。

権大納言様が不意に顔を綻ばせた。

「関東制覇が失敗に終わりました」

「左様でございますな」

「ほっとされたのでは？」

権大納言様が笑みを浮かべてこちらを見ている。思わず苦笑いが出た。

「心が軽くなった事は否定は致しませぬ。まあ関東制覇が上手くいっても直ぐには上洛出来ますまい。ずっと先の事と思っておりました」

権大納言様が〝なるほど〟と頷かれた。この件での収穫は頭中将様から報せが有った事だ。これは大きい。殿も日向守殿も満足そうにしていた。

「室町第では大騒ぎになったそうでおじゃりますな」

「はい、そのように聞いております。十万の兵を以ってしても関東制覇はならなかった。その事が信じられなかったのでしょう」

「宮中でも大騒ぎになりました。頭中将に敵意を持つ者は恥をかかせてやろうと成功の報を待っていたのです。それが現実に関東制覇は失敗に終わった……」

権大納言様が私をじっと見ている。

「敵意を持つ者だけではおじゃりませぬ。好意を持つ者も、皆が頭中将を怖れておじゃります。その武略、当代無双と」

「……」

その気持ちは良く分かる。三好家の内部にも頭中将様を怖れる者は居る。十万という兵の数は圧倒的だ。小田原城は難攻不落の堅城、北条には武田、今川が付いていると言っても何処かで関東制覇は成功するのではないかと思った筈だ。むしろ頭中将様があれ程までに自信満々で否定した事の方が不思議だ。結果を知っていたのではないかと思いたくなる。

「こうなると近衛の上の姫が御成りで言った事もあながち嘘ではおじゃりませぬな。真、武家ならば天下を取りそうな」

「……寿姫様は夢中になると言われて嬉しそうでございました」

「左様でしたな」

敢えて話を逸らした。そうでなければ頭中将様は三好家にとって危険だと言う事になりかねない。今は敵対関係には無いのだ。不用意な発言には気を付けねばならぬ。権大納言様もそれが分かったのだろう。苦笑している。

「その所為で春齢様が酷く御不快と聞いておりますが」

権大納言様の苦笑が益々大きくなった。

「宮中でも大層な評判でおじゃります。頭中将にとっては唯一の、そして最大の弱点のようなものでおじゃりますからな。面白可笑しく話す者は多い」

「なるほど」

殊更に吹聴する者が少なからず居るという事か……。

「まあ力量が有り裕福でも有る。そして帝の御信任も厚く出世もしておじゃります。これでは女人達が騒ぐのも……。ホホホホホホ」

権大納言様が笑いながら首を横に振った。なるほど、近衛の寿姫、御台所だけの問題ではないか。これでは春齢様も……。

「真、羨ましい限りでございますな」

〝はははははは〟と私も声を合わせて笑った。

永禄四年(一五六一年) 四月下旬　　山城国葛野・愛宕郡　　西洞院大路　　飛鳥井邸

飛鳥井基綱

「本当に綺麗なのよ、七恵(ななえ)」

「まあ、そんなに?」

七恵が目を丸くしている。

「ええ、淡海乃海って大きくて本当に綺麗なの。それに桜もとっても綺麗だったわ」

「それは宜しゅうございました」

七恵が笑うと春齢も声を合わせて笑った。

七恵は春齢の話し相手として新たに雇い入れた娘だ。年齢は八歳、俺や春齢よりも五歳下になる。最初は年上の娘を探していたのだが年下の方が話し相手には良いんじゃないかという事になって選ばれた。七恵は色は白く顔立ちは丸顔で性格も良く笑顔が可愛い女の子だ。背は低く当然だが胸は出ていない。春齢も七恵相手に焼き餅を焼く事はないだろう。朽木に行ったのも気分転換になったらしい。今も機嫌良く話している。

七恵は一日に一刻程は忍者としての修練をしている。体術、剣術、弓、手裏剣。結構厳しく鍛えられている。それとは別に春齢から和歌、笛、琵琶を教わっている。これは重蔵の方から頼んできた。もしかすると鞍馬忍者に新しい技能を取り入れようと考えているのかもしれない。春齢も七恵に教えるのは楽しそうだ。これも悪くない。

「また行きたい。今度は七恵も一緒に」

春齢が俺に視線を向けると七恵も俺を見た。

「無理だ。暫くはそんな余裕はおじゃらぬ」

二人が詰まらなさそうな表情をした。

「暫くって？」

「さあ、分からぬ」

これから戦が始まる。どの程度の戦になるかは分からん。だが一五六三年には観音寺騒動が起きるのだから長くても二年ほどで終わる筈だ。その後は三好修理大夫が死に永禄の変が起きる。永禄の変は一五六五年だ。あと四年、四年で三好一族は義輝を殺すまでに関係を悪化させるという事になる。最後の一年は一触即発のような状況だろう。観光旅行に行くような余裕は無い。

廊下から〝頭中将様〟と声が掛かった。九兵衛が控えている。妙だな、表情が硬い。緊張しているのか？

「如何した」

「お客様でございます。御台所様が」

「御台所？　真か？」

驚いていると九兵衛が頷いた。

「一人か？」

また九兵衛が頷いた。太閤殿下も寿も一緒じゃない。一人か……。

「如何なさいます」

溜息が出た。春齢が俺を睨んでいる。俺が呼んだわけじゃないぞ！

「追い返すわけにもいくまい。客間で会う。そなたも同席せよ」

九兵衛が〝はっ〟と畏まって立ち去った。

「何の用かしら」

好意なんて一欠片（ひとかけら）も無い口調だった。春齢が横目で俺を睨んでいる。滅入るよ。

「さあ、分からぬ」

遊びに来たんじゃないだろう。何か厄介事の筈だ。

「私も同席して良い？」

「駄目だ」

不満そうな表情を見せた。

「多分厄介事の筈だ。関わらぬ方が良い」

「でも」

溜息が出た。なんで納得しないんだろう。

「養母上から文を貰ったな。何と書いてあった？」

春齢がバツが悪そうな表情をした。

「……兄様を労って上げなさい……」

「知らねばならぬ事は教えている。これ以上我儘を言うな」

「……はい」

シュンとしている。なんで俺が罪悪感を覚えなきゃならんのだ？

客間に向かうと毬が思い詰めた表情で座っていた。九兵衛は端に控えている。

「如何なされました」

敢えて明るい声で話し掛けながら席に座った。毬が俺を見た。困ったような顔をしている。はて……。

「御台所、如何なされました」

もう一度問うと毬が〝うん〟と言った。

「室町第へ戻りたいの」

「……」

「父上も随分と元気になったし元々四月頃には戻るという約束だったから……。その事は頭中将殿も知っているでしょう？」

「はい」

「でも父上は駄目だって……。理由を聞いても教えてくれないのよ」

溜息が出そうになった。止めたのは俺だけどね。

「関東制覇は失敗に終わったのでしょう」

「はい」

三淵、細川の兄弟は室町第に戻ると長尾、いや上杉の関東制覇が失敗した事を伝えた。とんでもない騒ぎになったらしい。情報源が俺だと知ると騙されていると金切り声を上げる者も居たようだ。もっとも三淵、細川の兄弟が俺が嘘を吐いた事が有るかと問うと何も言い返せなかったらしい。やっぱり人間正直が一番だよな。その後、上杉、関白殿下から文が届いた。内容は一定の成果は出たが武田の邪魔で小田原城は攻略出来なかった。武田を討ち滅ぼしてから再度関東遠征を行うというものだった。要するに成功はしなかったけど失敗とも言えない。再チャレンジするから待っててね。気落ちしないでね。そんなところだな。

「室町第ではその所為で近衛は面目を失った。だから私は戻らないんだって噂になっているらしいの」

「愚かな事を。面目を失ったのは幕府でおじゃりましょう」

呆れたわ。北条、武田、今川は義輝の意向に敵対したのだ。それを近衛の所為にして如何するんだ。現実逃避も大概にして欲しいわ。足利の権威は関東でも通用しなくなっている事に目を向けるべきだろう。

「そうよね。私もそう思う。でも室町第ではそういう事になっているらしいの。私は嫌よ。そんな噂に負けたくない」

「……」

殿下は讃岐守毒殺の件を彼女に話していない。知っても碌な事にはならない。知らない方が良いと判断している。俺もそう思う。三淵、細川の兄弟も関東制覇の失敗の事、刀の事は言っても毒殺の事は口にしていない。讃岐守の死が公表されてもだ。証拠も無しに口に出来る事じゃないと判断しているのだろう。密かに調べているのかもしれない。

今幕府を揺るがしているのは朽木に贈った刀の件だ。誰が指示したのかで大騒ぎになっている。義輝は面目丸潰れだと怒っているらしいが幕臣達からは朽木が嘘を吐いているのではないかという声も上がっているようだ。まあこの辺りは予想通りだ。そして誰が指示したかは未だに分からない。多分、実際に指示した者は独断で行ったんじゃない。何人かで相談して行ったのだろう。口裏を合わせれば義輝を欺くのも難しくはない。新しい刀を贈ったようだが真相は闇の中だろうな。

「ねえ、如何して父上は私を止めるのかしら？　頭中将殿も賛成しているって言ってたわ。理由は何なの？」

毬がジッと俺を見た。俺の名前を出したのか。出さなくても良いのに。余程に食い下がられたのだろうな。それで俺の名を出したのだろうが……。

「私には教えられないの？」

毬がジッと俺を見た。教えられないと言えば勝手に詮索し出すだろうな。何で俺の周りには面倒な女が多いんだろう。溜息が出そうだ。

「三好は相当に怒っておじゃりますぞ」

「……」

「公方は三好を敵視するだけで、これでは何時まで経っても関係は改善しないと」

「それは……」

毬が何か言いかけて口を閉じた。無理だとでも言いたかったのかもしれない。

「まあ無理でおじゃりましょうな。しかし三好にしてみればしつこい、好い加減にしろ、現実を受け入れろ。そう思っても不思議ではおじゃりませぬ」

毬が〝そうね〟と頷いた。

「多分、もうすぐ戦が起こります。畠山、六角が兵を挙げる事になる。その裏には公方が居ると三好は見ておじゃります」

「でも御成りが……、それに公方様は三好と細川の和睦を勧めたけど……」

「細川との和睦など三好にとっては挑発も同然でおじゃりましょう」

「……」

その事は義輝自身が一番良く分かっているだろう。義輝も三好を許せずにいる。義輝が三好を許せれば、協力出来れば畿内は安定するのだ。

「それに讃岐守殿も亡くなり三好の勢威に僅かではおじゃりますが陰りが出た。三好も何処まで我慢が続くか……」

「それって……」

毬が顔面を蒼白にしている。口に出して自分も危険だと思った。讃岐守は毒殺されたのだ。義輝に対する三好の報復は十分に有り得る。永禄の変はまだ先だと思ったが此処で起きる可能性が無いとは言えない。殺さなくても圧力を加える事は十分に有るだろう。太閤殿下もそれを考えたに違いない。

「麿に言える事は此処までにおじゃります。室町第に戻るのは勧められませぬ」

「……」

「御台所」

声を掛けると毬が溜息を吐いた。

「分かりました。室町第には戻りません」

漸く納得したか。

「頭中将殿」

「はい」

「折角此処に来たのです。春齢様にお会いしたいのだけれど……」

なんでまた面倒な事を……。溜息が出た。

甘え

永禄四年(一五六一年)五月上旬　　山城国葛野郡　　近衛前嗣邸　　近衛稙家

「久しいの」

「はい、お久しゅうございまする。だいぶ具合も宜しいようで」

「うむ」

「宮中へも参内なさっていると聞きました」

「杖を、使って良いと、お許し、を頂いた」

「左様でございますか」

和やかに会話を交わしながらも気は重かった。妹の慶寿院が何故訪ねてきたか、分からぬでもない。

「良い、季節じゃの」

庭に視線を向けると妹も庭へと視線を移した。

「はい、桜の花は終わりましたが葉桜も中々のものでございます」

「うむ」

葉桜の緑は良い。若緑の所為だろう。色が鮮やかで柔らかいわ。……何時までも庭を見ていても仕方がないの……。

「ところで、今日は、何用かな」

視線を戻して問い掛けると庭を見ていた慶寿院も視線を戻した。

「毬が室町第に戻るのは何時頃になりましょう」

「さて……」

「当初は春になればという事でございましたが……」

「……」

そういう約束であったな。寿だけに儂の世話をさせるのは大変、暖かくなれば儂の具合も良くなるだろう。それまでは毬に手伝わせようという事であった……。

「兄上の具合も宜しいようですし何時戻るのかと待っていましたが、春日からは兄上が毬を戻したがらぬようだと聞いております」

「……不憫、での」

「……」

慶寿院が視線を伏せた。

「毬は、戻りたがって、おる。関東制覇は、成らなかった。近衛は面目を、失った、等と言われたく、ないとな。だがのう……」

「……」

「御成りの時、公方は毬を、見なかった。言葉も掛けぬ。毬もそれは、同じじゃ」

形だけの夫婦なら、せめて体面ぐらいは守って欲しいものだ。それすら無いのでは……。毬が惨めよ。

「だから戻す事に反対だと?」

「……」

「兄上」

一つ息を吐いた。話さなければなるまい。

「十河讃岐守、が死んだ。公方、幕臣達は、何と?」

慶寿院が目を瞬(しばたた)いた。予想外の問いだったのかもしれぬ。

「天佑だと」

「……」

天佑か……。毒殺しながら天佑とは……。

「如何なされました？」

「真、天佑だと、思うか？」

慶寿院が訝し気な表情をし次いで目を瞠らせた。

「違うのでございますか？」

慶寿院が小声で問い掛けてきた。声が掠れている。怯えているのかもしれぬ。〝分からぬ〟と答えた。毒殺と言い切るのは気が引けた。

「だがのう、些か都合が、良過ぎる。そうは、お、思わぬか」

「……」

慶寿院の目が彷徨っている。

「頭中将がそのように？」

「……」

「頭中将が此処を良く訪ねている筈です。頭中将がそのように言ったのでございますか？」

……はぐらかせぬな。頷くと慶寿院が大きく息を吐いた。

「頭中将は毒殺、と言って、おじゃった。信じら、れぬか？」

問い掛けると慶寿院が首を横に振った。

「言われてみれば都合が良過ぎます。有り得ぬとは言えませぬ。……毬を戻さぬのはそれ故でございますか？」

「そうだ」

「……」

「今、毬を戻せば讃、岐守の死を知って、足利が優位と、近衛は判断したの、かと三好は思おう。この戦の結、末がどうなるかは、分からぬ。だが、足利に与した、者への報復は、厳しいものに、なる。近衛は、既に関白、が関東遠征に、与した。これ以上は、無理じゃ。家を、潰し、かねぬ」

回らぬ口を懸命に動かした。少しずつ慶寿院が項垂れていく。それを見るのが苦しかった。帝の事は、言うまい。言えば余計に苦しめるだけだ。

「毒を使うなど……」

「公方は、知らぬようだと、頭中将が言って、いた」

顔を上げた慶寿院が首を横に振った。

「喜べませぬ。むしろ惨めにございます。何も知らずに天佑などと……。それくらいなら毒殺したと言い切ってくれた方が……」

遣る瀬無さそうに慶寿院が零す。確かに惨めだ。いや、頼りない。本来なら公方は讃岐守の死に疑念を持たねばならぬ。それを天佑と喜ぶとは……。

「悪いが、毬は、戻せぬ。少なくとも、戦が終わり、落ち着くまではな」

「分かりました」

「済まぬの」

詫びると慶寿院が首を横に振った。

「已むを得ぬ事にございます。私も近衛の家を潰すのは本意にございませぬ」

慶寿院の目から涙が零れ落ちた。


永禄四年（一五六一年）五月上旬　　山城国葛野・愛宕郡　室町第　慶寿院

兄の許から戻ると人を使って義輝を部屋へと呼びました。直ぐに義輝が姿を現しました。背が高く身体も引き締まっています。二十代も半ばを過ぎ何処にもひ弱さは有りません。武家の棟梁に相応しい外見をしています。

「母上、お呼びと伺いましたが」

「ええ、話したい事が有るのです」

息子が一瞬気の進まなさそうな表情をしましたが私が人払いを命じると黙って座りました。

「何用でしょう？」

「十河讃岐守が死にました」

「ええ、病死だそうです。天佑ですな」

他人事のような口調でした。

「本当に？　本当に天佑ですか？」

「……何を仰りたいのです、母上」

「毒殺だと聞きました」

息子がジッと私を見ています。そして苦笑を浮かべました。

「伯父上から聞いたのですか？　母上が伯父上に会いに行ったと聞いています」

「ええ、そうです」

「となると伯父上は頭中将から聞いたわけか。そうですね、母上」

「ええ、そう聞きました。……そなた、知っていたのですか？」

息子の苦笑が止まりません。

「いいえ、知っていたのではありませぬ。訝しんでいたのです」

「……」

「六角、畠山が戦の準備を整えつつあります。そんな時に讃岐守が死んだ。余りにも都合が良過ぎる。暫く前から姿が見えないと報告が有りましたから病かとも思いましたが……」

〝フフフ〟と息子が笑いました。

「そうか、やはり毒殺であったか」

息子は可笑しそうに笑っています。

「そなたが命じたのではないのですね」

「ええ、私は命じていません」

「一体誰が……」

「さあ、誰が命じたのか」

また他人事のような返事です。腹が立ちました。

「他人事のような物言いは止めなさい！」

「……」

「幕臣達が絡んでいるのでは有りませぬか？」

「かもしれませぬ」

「確かめなくて良いのですか？」

問い掛けると息子が首を横に振りました。

「無駄でしょう」

「無駄とは？」

息子が唇を歪めました。

「たとえ幕臣達が絡んだとしても誰も関与を認めますまい。六角、畠山が勝手にやった事。幕府は無関係。当然ですが私も関係無い。そういう事になります。それに……、六角、畠山が勝手にやったという可能性が無いわけでもない」

最後は呟くような口調でした。

「それで良いのですか？　そなたの知らぬ所で事が起きているのですよ」

問い掛けると息子が視線を逸らしました。

「いつもの事です。改元の事、私の解任の事、私の知らぬ所で事が起き終わっていました。私が知ったのは一番最後です。結果を押し付けられて終わりだ」

「……」

息子が私を見ました。

「母上は刀の事、御存じですか？」

「刀？　朽木に贈った刀の事ですか？」

「ええ」

息子が頷きました。

「知っています。それなりの刀を贈った筈なのに朽木は数打ち、なまくらを貰ったと言っていると」

息子が〝フフフ〟と含み笑いを漏らしました。

「本当に数打ちを贈ったのかもしれませぬ。真相は不明です」

「……」

「似ているとは思いませぬか。私の知らないところで事が起きている」

「……そなた……」

「刀の事は幕臣達に問い質しても分かりませんでした。毒の事も同じでしょう。問うだけ無駄です。それに三好は病死と公表しました」

「……」

「考えてみれば讃岐守毒殺は正しかったのでしょう。関東制覇は失敗に終わりました。関東の兵は期待出来ないのです。三好を打ち破るには畠山と六角の兵を頼るしかありませぬ」

また息子が〝フフフ〟と含み笑いを漏らしました。自嘲だと分かりました。この子は自分の無力さを嘲っている。

「そなたは武家の棟梁ですよ」

「そうですね。何の力も無い、無力な武家の棟梁です」

私の言葉は息子の心に届いていないと思いました。

「毬は戻りません」

息子が私を見ました。そして〝そうですか〟と言いました。憤るでも無く悲しむでも無い。一体如何思っているのか……。

「近衛は私から離れた。そういう事ですね」

「そうです。讃岐守が毒殺された事でこれ以上親足利の色は出せぬという事です。出せば潰されかねぬと見ています。毬が戻るのは戦が終わり状況が落ち着いてからと言っていました」

息子は平然としています。その事に違和感が有りました。

「怒らないのですか？」

問い掛けると息子が頷きました。

「咎めはしませぬ。朽木も私から離れました」

「朽木も？」

息子が〝ええ〟と頷きました。

「以前のように朽木で再起を図る事は出来ませぬ。受け入れる事は出来るが匿う事は出来ぬ。六角か朝倉を頼ってくれと言われました。三好が攻め寄せれば私を守り切れぬと。それほどまでに状況を厳しく見ています」

「なんと……」

これまで何度か朽木を頼りました。三好は朽木を攻める事は無かった。京から追い払うだけで満足していました。でも今回はそれが有り得ると朽木は見ている……。

「朽木も讃岐守の毒殺を知っているという事ですか？」

「そうかもしれませぬ。頭中将は長門守の婚儀に参列しましたから。毒殺を知ってこれ以上は親足利の色は出せぬと思ったのでしょう。伯父上と同じです」

「……」

「そして私を頼りなく思っている。それも已むを得ません。三好だけじゃない。六角、畠山、幕臣達も私を軽んじているのです。だから私を無視して勝手な事をする。私が朽木の立場でも頼りない、付いていけないと思うでしょう。それでも逃げれば受け入れると言ってくれました。有り難い事です」

淡々とした口調に寒気が走りました。どうして他人事のように話せるのか……。

「これからも私から離れていく者は続くと思います。いずれは誰も居なくなるのかもしれない」

「そなた、諦めているのですか？　諦めているのですか！」

いざり寄って息子の膝を揺すりました。このままではこの子は……。息子が私を見て視線を逸らしました。

「……以前、母上は幕臣達に私を甘やかすなと言っておられましたな」

「ええ、言いました」

「私は甘えました。甘えるのが、甘やかして貰うのが心地良かった。無力で名ばかりの将軍。なんと惨めな事か……。その惨めさから逃れるには彼らに甘えるしか無かったのです」

「……義輝……」

項垂れている息子が憐れでした。この子の心は決して強くない。その事が歯痒く不満でした。ですが苦しんでいる姿を見たいとは思いません。武家の棟梁には向かない子です。それなのにどうしてこの乱世に生まれてきたのか……。

「愚かだったと思います。甘えるという事は甘く見られる事なのだという事に気付かなかった。幕臣達は私の事を無力で、頼りにならない、現実から目を逸らし続ける愚か者と判断した。だから私に諮る事無く勝手な事をするようになった……。誰の所為でもない、私の所為です」

「今からでも遅くはありませぬ。強い将軍になりなさい。自分の愚かさが分かったのなら出来る筈です」

息子が首を横に振りました。

「無理です」

「義輝！」

「分かっていても止められませぬ。酒に溺れる愚か者と一緒です」

義輝が〝フフフフフ〟と力無く笑い出しました。

「何のために私は生まれてきたのか……」

「……義輝……」

「場合によってはここにも三好の兵が押し寄せるかもしれませぬ」

「まさか……」

息子が首を横に振りました。

「たとえ主殺しになろうとも自分を害そうとする者とは戦う。それが武士だそうです。讃岐守毒殺が真実なら十分に有り得るでしょう」

「如何するのです？」

問い掛けると〝さあ如何するか〟と他人事のように答えました。

「戦うか、逃げるか、心が定まりませぬ」

「戦えるのですか？」

息子が私を見て首を横に振りました。

「戦えば殺されましょうな。私は未だ死にたくない。しかし逃げれば何時京に戻れるか……。朽木なら京の直ぐ傍ですが地方を彷徨う事になれば簡単には戻れませぬ」

「……義稙公は十年以上掛かりました」

私の言葉に息子が〝そうですな〟と頷きました。第十代将軍足利義稙公は征夷大将軍の地位にありながらその地位を追われ地方を転々と彷徨いました。

「でも義稙公は復帰出来た。十年かかってもです。後悔はしなかったでしょう。ですが私はどうなるか……。三好が私を積極的に戻そうとするとは思えませぬ。征夷大将軍を解任し阿波の平島公方家から新たな将軍を迎えるかもしれない。私は皆から忘れ去られ京に戻れぬまま死ぬのかもしれない」

「……」

有り得ないとは言えませぬ。むしろ十分に有り得る未来でしょう。何を考えたのか、息子がクスクスと笑い出しました。

「愚かな話ですな。六角や畠山に戦えと言いながら自分は戦う事も逃げる事も選べずにいる。何と不甲斐ない事か。皆が私を軽んずる筈です」

「……選べるのですか?」

「……」

息子は答えませんでした。答えられないのか、答えたくないのか……。

妻の座

永禄四年(一五六一年) 五月上旬　山城国葛野・愛宕郡　西洞院大路　飛鳥井邸
倉石長助

「うーむ」

思わず唸り声が出た。畑に芽が出ている。南瓜の芽だ。近付いて腰を下ろして間近で見た。

「うーむ」

このような芽が出るのか。はて、瓜の芽に似ているような気がするな。気のせいか？　視線を先に向けた。二間先には唐辛子の芽が出ている。あちらも確認しなければならん。立ち上がってそちらに行き腰を下ろして芽を見た。

「うーむ」

こっちは茄子（なす）に似ているような気がするな。茄子のような実がなるのなら煮て良し、焼いて良しだが……。いや、その前にこれからどう育つのだ？　芽が出たのは嬉しいがさっぱり分からん。分からぬとなれば目を離す事は出来ぬ。毎日来る事になるな。

「何を唸っているのだ？」

背後から男の声が聞こえた。いかんな、芽に夢中になっていて人が来た事に気付かなかった。まあ飛鳥井家の邸内だからな。命に関わるような事は無いから良いか。顔を上げ後ろを振り返ると間宮源太郎殿とその妻の志津殿が居た。内心怯むものが有った。この女子はなかなか値切るのが手厳しいのだ。小雪殿は結構手加減してくれるのだがこの女子は一切手加減がない。遣り辛い。

「芽が出ている」

「うむ、出ているな」

「これから如何育つのかと考えていた」

「ほう、如何育つのだ？」

源太郎殿が興味ありげに芽を見ている。

「分からん。そちらの芽は南瓜だが形は瓜に似ているような気がする」

「「瓜」」

源太郎殿と志津殿の声が重なった。二人が顔を見合わせた。

「蔦が伸びるのかしら」

「漬物が楽しみだな」

「俺も瓜の漬物は好きだが未だ分からんぞ。形が似ているだけだからな。全く別な物になるのかもしれん。しかし瓜のようなものなら棚が要るな。案外大きな実がなるのかもしれん。楽しみだ」

「芽だけでそんな事が分かるのか」

源太郎殿が感心している。

「想像しただけだ。根拠など何処にもない。外れる可能性もある。しかしな、種を蒔いてから早いものは三日ほどで芽が出てきた。案外育て易いものなのかもしれぬ。或いはこの時期に蒔くのが正しかったのか」

「そっちの唐辛子は如何なの？」

志津殿が問い掛けてきた。

「茄子に似ているように思うのだがこれも分からん。こいつは五日ほどで芽が出た。南瓜に比べると少し遅いのが気に入らぬが他の野菜でもそのくらいかかる物はざらにある。まあ一月とは言わぬが二十日も経てば南瓜も唐辛子も如何育つかの大体の見当は付いてくると思う」

「二十日か、五月の末だな」

うむ、五月の末だ。その頃には見当が付いて欲しいものだ。

「しかし少ないのではないか。南瓜も唐辛子も芽は三つしか出ていないが……」

源太郎殿が首を傾げている。

「種はそれぞれ十五程有ったが一度に全部を使う事は出来ぬ。失敗する事も有り得るからな。さっきも言ったが種を蒔くのが今の時期で良いのかも分からんのだ。少しずつ試していくしかない」

「駄目だったら？」

志津殿が問い掛けてきた。

「秋から冬にかけて試してみようと思っている。穫り入れは年を越えてからという事になるだろうな」

二人が頷きながら感心している。ちょっと気分が良かった。

「新しい畑も作っているようだな」

源太郎殿が視線を少し先に向けた。新たに耕した場所だ。

「うむ。今年この畑が上手くいけば来年はそちらを使う。同じ場所で続けて作ると出来が悪いのだ。あと二つほど作らねば……」

「黒い土を入れていたみたいだけど……」

「あれは土ではない。木の葉を腐らせた物だ。この畑にも入れたぞ。土が肥えるのだ。作物が良く育つ」

二人が頷いている。

「簡単に作れるのだ。葉を集めて水を掛け米ぬかを二掴み程かける。良く混ぜて麻袋に入れて陽当たりの良い場所に置く。二、三ヶ月程で完成だ」

此処でも作った方が良いな。一々持ってくるのは面倒だ。秋になれば落ち葉を集めて作ろう。

「そう言えば新しく女(ひと)が入ったようだな。未だ子供のようだが……、七恵と言ったかな」

「ええ、春齢様の話し相手にね。歳の近い娘を入れたの」

「なるほど。奥方様を落ち着かせようという事か。焼き餅が酷いと聞いているぞ。頭中将様は御艶福と評判だからな」

二人が困ったような顔をした。

「結構噂になっているようだな」

源太郎殿が顔を顰めながら言った。

「まあ、面白がっている部分があるようだ。分かっているのだろう？　何と言ってもこちらの頭中将様は異例の御出世だからな」

摂関家の出身でもないのに十三歳で頭中将だ。裕福だし帝の御信任も厚い。周囲からやっかまれている。その事を言うと二人が頷いた。

「帝の女婿だというのが出世の理由だと思いたい人間もいる。そういう人間はこちらの奥方様の焼き餅が酷い、頭中将様はとんでもない貧乏くじを引いた、ざまあみろと笑いたいのだ。所詮は鬱憤晴らしよ。それほど気にする事もあるまい」

二人が顔を見合わせて息を吐いた。

「幕臣達か」

「公方様もな。余程に頭中将様が気に入らぬらしいな」

二人の表情が渋い。長尾による関東制覇は失敗に終わった。その事で頭中将様を讃える声が上がる一方で公方様を頼りないと嘲笑う声が強まっている。勿論それには俺達も関わっているが俺達が関わらずともそういう声は上がっただろう。公方様や幕臣達から見れば頭中将様は自分達をコケにする憎い存在でしかない。

「春齢様がお可哀想。未だお若いのですもの、不安なのよ」

志津殿が呟くように言った。ふむ、値切るだけでは無いな。結構情の厚いところも有るのかもしれん。

「近衛の上の姫は相当に頭中将様に御執心らしい。御成りで夢中になると言われたからな」

「あれは、あの御方が天下を取りそうなどと言ったからでしょう。頭中将様は笑い話にしようとしてそう言ったと……」

志津殿が不満そうに言った。まあそうだろうな。しかし天下を取りそうというのが戯言で済ます事が出来ぬのも事実だ。実際にそれなりの武家に生まれていれば相当の存在になった筈という声が上がっている。

「問題は上の姫よりも下の姫、御台所様だ。本来なら四月に室町第に戻る筈だったが未だに戻らぬ。その事を頭中将様に結び付ける者も居る」

二人が渋い表情をした。源太郎殿が〝あれは〟と言うから〝分かっている〟と遮った。

「近衛家は公方様に近付くのは危険だと思ったのだ。讃岐守様の一件があるからな。だから御台所様を戻さない」

　二人が頷いた。

「しかしな、近衛家、頭中将様に不満を持つ者達はそれを利用出来ると見たのだ。近衛家を排斥しつつ頭中将様を貶める。それが狙いだろう。先日、御台所様が此処を訪ねてきた。それも面白く無い」

　公方様の御母堂、慶寿院様も近衛家の出だ。何かと煩い慶寿院様を黙らせせようという狙いもあるのかもしれぬ。二人の表情が益々渋いものになった。奥方様と対面したと聞いている。頭中将様もハラハラしただろうな。この辺で話を変えるか。ふむ、前管領の話よりも目々典侍様の話の方が良かろう。

「もう直、目々典侍様が宿下がりされるな」

「ええ、あと十日ほどでこちらに」

　志津殿の声が明るい。源太郎殿も明るい表情で頷いている。

「まあ家族が久し振りに揃うのだ。奥方様も少しは気が晴れるのではないかな」

　二人が頷いた。目々典侍様がお産みになられるのが皇子か皇女か……。宮中では皇子を望む声が強いがそれを望まない者も居る。さて、どうなるか。暫くはこの家から目が離せぬな。

永禄四年（一五六一年）　五月中旬　　山城国葛野・愛宕郡　　西洞院大路　　飛鳥井邸

飛鳥井基綱

養母が脇息に身を預けて大きく息を吐いた。お腹を突き出して仰け反るような体勢だ。子供を産むのは大変だよな。背もたれみたいな物を用意した方が良いな。葉月に相談しよう。量産して売り出せば儲かるに違いない。喜んで作ってくれるだろう。

「お疲れでおじゃりますか？」

気遣うと養母が軽く笑い声を上げげた。

「そうですね。動くのも一苦労です」

宮中から退出して一安心だ。漸く養母をこの邸に迎え入れる事が出来た。

「この邸は養母上の邸でもおじゃります。何事であれ遠慮はなされますな」

「ええ、そうさせて貰います」

養母が嬉しそうに言った。

「兄様は母様に甘い」

春齢が口を尖らせた。なんで母親にまで焼き餅を焼くんだ？

「甘いのではおじゃらぬ。養母上を気遣っているのだ。当然の事でおじゃろう。養母上は身重なのだぞ」

「……」

不満そうな表情は変わらない。養母が一つ息を吐いた。

「困った事。宮中でも評判になっていますよ。そなたの嫉妬が酷い、不満ばかり言っていると。良い事とは思えませぬ」

春齢がバツが悪そうな表情をした。

「その事で頭中将殿を嗤う者も居ます。そなたはそれで良いのですか？」

「だって……、兄様にちょっかいをかけるんだもの」

ちょっかいって、なんだよそれは。養母も呆れている。俺と養母が呆れているのが分かったのだろう。春齢が露骨に不満そうな表情を見せた。

「近衛の寿姫、御台所、それに勾当内侍も皆兄様に夢中よ。非番の日にも呼び出すんだから」

「勾当内侍は帝の命で麿を呼び出したのだ。勾当内侍の独断ではおじゃらぬ」

仕方ないだろう。頭弁が頼りにならないんだから。必然的に相談相手は俺にならざるをえない。内裏を囲む土塀で崩れている場所が幾つかある。帝と勾当内侍は京が戦場になるかもしれないから修理は戦の後が良いと考えていた。戦で土塀を崩されれば二度手間になると考えていたんだ。しかしね、崩れた場所から兵が出入りする方が危険だ。人攫い(ひとさら)をしかねないし場合によっては内裏の中で戦闘という事にもなりかねない。今直ぐ修理しようと説得した。この件は山科の大叔父が担当する。大叔父は自分の邸の修理でその手の職人達には顔が利くからな。

「寿姫は？　兄様は夢中になるって言ったのでしょう？」

「御成りで天下を取りそうだと言われたからだ。そう言って冗談事にした。皆も興じて笑っていた。その事は教えたでおじゃろう」

何で蒸し返すかな。納得したんじゃないの。

「御台所は？　この邸にも来たわ」

また口を尖らせた。

「御台所は室町第へ戻るべきか否かで相談に来たのだ。本人は戻りたがっていたが危険だと言って説得した。近衛家のためにもならぬからな。疚しい事はおじゃらぬ」

春齢が涙目になっている。俺ってそんなに信用無いの。品行方正で女遊びなんてしてないんだけど。

「あの人、私に羨ましいって言ったのよ。兄様が夫で羨ましいって」

前にもそんな事を言ってたな。養母が大きく息を吐いた。

「困った事。そなたは何も分かっていない」

「……」

「もう直ぐそなたに弟か妹が生まれます。その意味が分かりますか？」

「意味って……」

春齢が口籠もった。それを見て養母がまた息を吐いた。

「今、帝には誠仁様以外に男皇子は居られません。お世継ぎは誠仁様と皆が思っています。私もです。しかし誠仁様以外に男皇子が居られないのはとても不安です。ですから多くの人が男皇子が生まれる事を願っています。私に男皇子が生まれてもその方が帝になられる事はありませぬ。あくまで誠仁様の控えです。でもそうは思わない人達もいます。私達飛鳥井家の者達が頭中将殿への帝の御信任を利用して皇位を望むのではないかと懸念しているのです。或いはそういう事にして飛鳥井一族を失脚させようと考えるかもしれませぬ」

十分に有り得る話だ。公家達だけじゃ無い。公方や幕臣達。俺を目障りだと思っている人間は掃いて捨てるほど居る。

「本来ならそなたと頭中将殿の婚儀は今頃の予定でした。それが早まったのは帝の御意向も有りましたが宮中に置いていてはそなたが危険だと頭中将殿が案じたからです。そなたもそれは分かっていますね」

「それは……」

春齢が渋々頷いた。

「此処に居れば命を狙われる事は無いでしょう。ですがそなたが不満を言い募れば今度はそれを利用出来ると考える者が現れかねません。飛鳥井一族を失脚させたいと考えている者達です。狙われますよ」

「私はただ……」

まだ納得していない。養母が俺を見て切なそうに息を吐いた。

「そなたは御台所の事を口にしました。それ自体危険なのです。長尾の関東制覇は頭中将殿の予想通り、失敗に終わりました。その所為で公方、幕臣達は益々頭中将殿を憎んでいます。面目を潰されたと頭中将殿を恨み、その軍略の才を怖れているのです。頭中将殿と御台所が密かに通じていると誹謗する者が現れるかもしれませぬ。その証拠となるのがそなたの嫉妬、不満です。そうなれば頭中将殿は失脚しかねませんよ。それで良いのですか？　そうなれば頭中将殿がずっと自分の傍に居てくれるとでも思っているのですか？」

「違います！　そんな事、考えていません！」

春齢が激しく首を横に振った。そうなんだ。春齢はそんな事は考えていない。無邪気に焼き餅を焼いているだけだ。だから困るんだ。そんな事が許される立場じゃないという事を理解して貰わないと。

「春齢、良く聞いて欲しい」

春齢が俺を見た。不安そうな表情をしている。

「幕府内部では近衛家に反感を持つ者も居る。そして公方は御台所に関心を示さない。そう、御台所は邪魔なのだ。上手くいけば麿と御台所、邪魔な二人を共に片付ける事が出来ると考えるかもしれぬ」

「……」

「そなたも朽木を見てきただろう。数打ちやなまくらを渡されたのだぞ。そして忠義を尽くせと要求された。京に兵を出せとな。そういう事を平気でやる者達が幕府には居るのだ。養母上の仰った事は決して大袈裟ではおじゃらぬ。危険なのだ」

春齢が項垂れた。可哀想だと思う。現代なら未だ小学生なんだ。

「頭中将殿、その数打ちやなまくらというのは？」

養母が問い掛けて来た。叔父御達が酷い刀を貰った事を話すと養母が溜息を吐いた。

「酷い話ですね」

「酷い話でおじゃります。幕府では問題になっているようでおじゃりますが、朽木が幕府から離れようとして嘘を吐いているという者もおじゃります。直に戦が起きます。そうなれば有耶無耶になるでしょう。真相を突き止める事は出来ますまい。そして同じような事がまた起きる」

養母がまた溜息を吐いた。

「分かったでしょう、春齢。危険なのです。帝も案じておられます」

「お父様が？」

驚いたような春齢の問いに養母が頷いた。

「帝がそなたに朽木に行く事を許したのは余りに不満が酷いので息抜きになればと考えての事です。頭中将殿を常に夜遅くまで傍に留め置いておく事への謝罪も有ったのでしょう。でもそなたの不満や嫉妬が酷いという話ばかりが聞こえてきます」

春齢がまた項垂れた。

「頭中将殿が言いましたがもう直、畿内で大きな戦が起きます。場合によっては京が戦場になるかもしれませぬ。帝はこの危機を乗り越えるには頭中将殿の能力(ちから)が必要だと思っています。だからそなたとの結婚を急がせ側近である頭中将に任じたのです。それなのにそなたは不満ばかり言っている。これでは頭中将殿に負担を負わせた事になってしまいます。何のために結婚させたのかと案じるのも当然でしょう。宮中を退出する時に帝からはそなたを諭して欲しいと頼まれました」

春齢が嗚咽を漏らしている。膝に揃えた手の甲にポタポタと涙が落ちた。

「春齢」

「……」

「済まぬな。麿の妻になったばかりに辛い思いをさせる」

「そんな事ない」

春齢が洟を啜りながら首を横に振った。

「時々思う事が有る。麿の妻にならず尼になった方が穏やかで安らかな一生を送れたかもしれぬと。危険とは無縁であっただろうと。そなたもそう思った事は無いか」

春齢が激しく首を横に振った。

「そうか。思った事は無いか。ならばそなたは耐えなければならぬ。不満を持っても良い。焼き餅を焼くなとも言わぬ。だがそれを口には出すな。文に書いてもならぬ。そうでなければ危険だ」

「……」

「言いたい事が有るなら麿にだけ言え。麿が聞く。麿にはそのくらいしかそなたのためにしてやれる事は無いからな」

春齢が床に突っ伏して泣き声を上げた。そんな春齢を養母が悲しそうに見ている。やりきれなかった。

絆

永禄四年（一五六一年）　五月中旬　　山城国葛野・愛宕郡　　西洞院大路　　飛鳥井邸
目々典侍

頭中将が沈んだ表情で座っている。私も似たような表情をしているだろう。娘はこの邸の女中に付き添われて泣きじゃくりながら部屋に戻った。時々思わぬでもない。もっと平凡な男に嫁いだ方が幸せになれたかもしれないと。だがあの子にはそれが許されなかった。尼になる事だけが許された道だった。しかし頭中将が新しい道をあの子に与えた。あの時は娘も結婚して人並みな幸せを享受出来ると喜んだけど、日が経つにつれて幸せだけではない、苦しみも味わうのだろうと思うようになった。そしてそれを目の当たりにしている。

「憐れですね」

私の言葉に頭中将が一つ息を吐いた。

「已むを得ぬ事におじゃります。危険なのです。後程、様子を見に行きます」

「お願いします」

頭を下げると頭中将が沈痛な表情で〝お止め下さい〟と首を横に振った。

「頭を下げねばならないのは麿の方でおじゃります。春齢を幸せにしなければならないのにそれが出来ずにいる。申し訳おじゃりませぬ」

頭中将が頭を下げた。この子は春齢を出世のための道具とは見ていない。一人の女性として見ている。有り難い事だと思う。そういう事は直ぐに分かる。女達が騒ぐのも春齢が焼き餅を焼くのもこの子に情が有ると見ているからだろう。

いけない、それよりも確認しておかなければならない事が……。

「前管領が上洛しました。三好との和睦はどうなっているのか教えてくれませぬか？　帝から頼まれているのです。宮中では人目も有る。なかなか訊ねづらい。私から聞いてそれを文で教えてくれと」

頭中将が〝分かりました〟と頷いた。

「摂津の普門寺城で前管領と修理大夫が会談しました。前管領はそのまま普門寺城に幽閉されたようでおじゃります」

「幽閉ですか」

三好一族は前管領に父親を殺されている。そして今度は讃岐守が毒殺された。相当に恨みは深い筈。それなのに……。意外に思っていると〝フフフ〟と笑い声が聞こえた。頭中将が冷たい笑みを浮かべている。

「殺さなかったのは主殺しと非難されるのを避けたという事ではないかと思います。案外、公方の狙いはこちらだった可能性もおじゃりますな。だとすると今頃舌打ちしているかもしれませぬ」

もう少しで〝まさか〟と声を上げるところだった。だが有り得ないと言えようか？　公方は三好に負け続けているのだ。勝つために三好を貶める事が必要だと考えた可能性は有るだろう。

「普門寺城は周囲を水堀に囲まれ相当に堅固な城でおじゃります。芥川城にも近い。簡単に城を攻略しその身柄を奪い返す事は出来ませぬ」

「……」

「三好側は相当に用心していると言えましょう。時を稼ぎ戦の準備は整ったのでおじゃりましょうが厳しい戦になると覚悟している事が分かります」

三好は十河讃岐守の死から何とか態勢を立て直している。でも頭中将の言う通り不安を感じているのだと思った。

「……畠山、六角は……」

問い掛けると頭中将がまた冷たい笑みを浮かべた。

「兵を動かす準備は出来ておじゃります。前管領が幽閉された事は直ぐに伝わりましょう。それをきっかけに戦を起こす筈です」

「宮中は、大騒ぎになりますね」

「はい」

殆どの者が三好と前管領の和睦を喜んでいる。御成りについては訝しく思う者も多いが戦は遠のくと見ているのだ。それだけに戦が起これば皆が慌てふためき京が戦場になるのではないかと怯えるだろう。帝はそんな周囲の者達を頼りないと思うに違いない。そしてこの状況を見抜いていた頭中将への信任は益々厚くなる。一つ息を吐いた。

「三好はどうなのです？」

「三好豊前守が岸和田城に入っておじゃります。畠山が動けばそれを相手にする事になりましょう。六角には三好筑前守、松永弾正が向かいます。芥川城には三好日向守が詰めるようです。こちらも戦の準備は整ったようでおじゃりますな」

三好対畠山・六角。三好も準備は整った。いよいよ総力を挙げた戦が起ころうとしている。

「朽木は、どうなります？　六角からの誘いは？」

頭中将が先程までとは違う柔らかい笑みを浮かべた。

「永田達高島五頭と共に六角に浅井の脅威を訴えました。六角もそれを無視する事が出来ずに、兵を出す代わりに兵糧を送る事で納得したようでおじゃります」

「そうですか」

ホッとした。これで朽木の兵が京に入る事は無い。三好の報復を受ける危険性も無くなった。織田の姫を娶った事も無駄では無くなる。

「朽木と歩調を合わせた事を考えると高島五頭も畿内の戦に巻き込まれたくないと考えているのでおじゃりましょう。或いは浅井を放置して畿内の戦を優先する六角に反発する思いが有るのかもしれませぬ。となると浅井への恐怖心は相当強いのでしょう。まあ噂を流して煽ったのは麿ですが」

頭中将の口元に冷たい笑みが有った。高島五頭を嘲笑っているのだろうか？　それとも嘲笑っているのは足元が見えていない六角左京大夫だろうか。ぞくりとするものが有った。胸がざわめく。近衛の寿姫を思った。私もこの子に国を一つ与えてみたい。忽ち近隣を攻め獲り六角、畠山、三好、皆がこの子に平伏すだろう。この子は冷たい笑みを浮かべながらそんな彼らを見据えているかもしれない。

「公方はその事も不満のようです。六角、畠山が協力して三好を討つ。漸く三好に思い知らせてやれる機会が到来したのにどうして関東制覇は上手くいかず、高島郡の国人達、浅井は協力的ではないのかと」

「……讃岐守毒殺の事は？」

問い掛けると頭中将が首を横に振った。

「幕府内部では病死という事になっておじゃります。三淵大和守、細川兵部大輔には朽木で毒殺の件を教えましたが証拠がおじゃりませぬ。口には出せぬようです。幕臣達の間では公方に兵を挙げるべきだと勧める者もおじゃりますがあの二人は必死にそれを止めておじゃります。三好の報復を怖れているのでおじゃりましょう」

「公方は？」

頭中将が〝フフフ〟と含み笑いを漏らした。

「以前それをやって五年も朽木に逼塞しました。それに解任騒動も起きています。流石に懲りたようでおじゃりますな。兵を挙げたいという気持ちは有るのでおじゃりましょうが抑えているようです。もっとも状況次第でどうなるか……」

頭中将は三好が劣勢になると見ている。となると公方が兵を挙げる事は十分に有り得るのだろう。もしかするとこれをきっかけに公方の解任問題が再燃するかもしれない。

「養母上」

「はい」

「美濃の一色左京大夫義龍が病死しました」

「！」

声を出す事が出来なかった。頭中将が穏やかな表情で私を見ている。

「つい三日ほど前の事でおじゃります」

「なんと……」

三日前、速いと思った。桔梗屋が報せたのだろう。また思った。速いと。

「跡を継ぐのは嫡男の喜太郎龍興ですが歳は十五歳、余り良い噂はおじゃりませぬ。松平との同盟も成った織田殿にとっては追い風となりましょう。織田、一色の戦いも目が離せませぬ」

朽木、織田、少しずつ天下はこの子が思うように動いている。織田が上洛して天下を獲る。足利の後は織田なのかもしれない。

永禄四年（一五六一年）五月中旬　　山城国葛野・愛宕郡　　西洞院大路　　飛鳥井邸
飛鳥井春齢

「大丈夫でございますか」

七恵が心配そうな表情で私を見ている。情けないと思った。七恵は私よりも五歳も年下なのに……。

「大丈夫よ、七恵」

無理に笑ったけど七恵が首を横に振った。

「目が腫れております。こんなになるまでお泣きになるなんて……。頭中将様も今少し春齢様にお優しくしてくれても良いのに……」

「違うのよ、七恵。兄様は悪くないの」

七恵が〝でも〟と不満そうに言ったから〝違うの〟と宥めた。そう、兄様は悪くない。悪いのは私。自分に自信が無いから兄様を疑ってしまう。

「私ね、小さい時から兄様と結婚したかったの。七恵よりもずっと小さい時からよ」

七恵が目を丸くした。ちょっと可笑しかった。

「兄様、素敵でしょう？」

「それは、素敵だと私も思います」

七恵が私をチラッ、チラッと見ながら言った。私って七恵にも嫉妬深いと思われてる。苦笑いが出た。仕方ないわよね。

「夢だったのよ。絶対叶わない夢。だって私は尼になる事が決まっていたんだから」

「……」

兄様が母様の養子になってからずっと一緒に居られた。楽しかったな。でも何時の日か寺に入れられる事も分かっていた。離れ離れになる。俗世と縁を切り夢を持つ事も出来なくなる。だから一日が始まるのが怖かった。寺に行けと言われるんじゃないかって思ったから。そして一日が終わった時は嬉しかった。また一日、兄様と一緒に過ごせたから。兄様に私を攫って逃げてくれって頼んだ事もあった。兄様は全く相手にしてくれなかった。分かっていた事だけど寂しかった。

「でもね、その夢が叶ったの。絶対叶わないと思っていた夢が叶ったの。兄様が叶えてくれた。嬉しかった。本当に嬉しかった」

「宜しゅうございました」

「……そうね」

嬉しかったのは最初だけだった。直ぐに不安が襲ってきた。兄様は如何して私と結婚したいって言ったんだろう。どんな出世でも望めた筈なのに出世よりも私との結婚を望んだのは何故なんだろうって。

母様のためかなって思った。兄様は誰にも心を開かなかったけど母様だけには心を開いていた。母様も兄様の事を無条件に受け入れてた。そして可愛がってた。私よりも兄様を可愛がってた。

「如何なされました？」

「え？」

七恵が心配そうに私を見ている。

「何でもないの」

「でも黙ってしまわれて、思い悩んでいるように見えましたした」

「……人間って我儘だなって思っただけ」

七恵が困ったように私を見ている。でも本当にそう思う。私は望みが叶った。それなのに不満を持っている。その不満は私自身の問題なのに兄様にそれをぶつけている……。

「入るぞ」

戸が開いて兄様が入ってきた。七恵が頭を下げる。兄様が座ると私に〝落ち着いたか？〟と問い掛けてきた。

「もう大丈夫」

「そうか、大丈夫か。七恵、下がって良いぞ」

七恵が一礼して部屋を出て行った。それを見届けてから兄様が〝春齢〟と私を呼んだ。

「麿と話したい事は有るか？　言いたい事、訊きたい事、頼みたい事、何でも良いぞ」

兄様が気遣うように私を見ている。申し訳ないと思った。私、兄様の重荷になっている。

「兄様は如何して私と結婚したいって望んだの。出世だって思いのままだったのに。……母様のため？」

兄様が困ったような表情を見せた。

「無いとは言えぬな」

やっぱりそうなんだ……。

「麿は持明院に嫁いだ母には愛されなかった。いや、正確には母は麿を愛そうとしたのだが出来なかった。麿は変わっていたからな。母は麿を理解出来ず怖れ、そして忌諱した。今少し麿が自分を抑えれば、自分を偽れば母と上手く行ったのかもしれぬが……」

「……」

兄様、寂しかっただろうな。

「そんな麿を養母上は受け入れてくれた。養母上も最初は麿を理解しようとして出来なかった。本来なら持明院の母同様、麿を怖れ忌み嫌ってもおかしくはおじゃらぬ。だが養母上は麿を理解出来ないと分かると無条件に受け入れ可愛がった。妙なお人だと思ったな。だが麿も何時の間にか養母上を受け入れていた。多分、何処かで寂しかったのかもしれぬ」

兄様が私を見た。

「麿にとってそなたは困った娘でおじゃったな」

「困った？」

私が声を上げると兄様が頷いた。

「常に纏わり付いて結婚して欲しい、一緒に逃げてくれと麿を困らせた。逃げても追いかけてくる。追い払ってもだ。煩くて困った娘でおじゃった」

ちょっと酷い。私、妻なんだけど……。

「だがいずれは寺に行くと分かっていた。養母上はその事で心を痛めていた。そなたが憐れだとな。麿もそなたが居なくなれば寂しくなると思った。我等は三人で家族だったのだ。だからそなたを守るために麿の妻にと願った。養母上のためだけではおじゃらぬ」

「家族、なの？」

「夫婦で無いのが不満か？」

「……それは……」

頷くと兄様が苦笑した。

「良い夫婦になるにはまだまだ時が掛かりそうだ。そなたは焼き餅が酷いからな」

「それは、だって」

「夫婦とは互いに信じ合い、心が通じ合わなければ形だけの夫婦になるだろう。そなたは麿を信じられるか？」

ジッと見詰められて目を伏せた。恥ずかしさからじゃない。情けなさから。

「……兄様は信じられるの。信じられないのは私。私は自分に自信が無いの。兄様が私じゃなく他の人を好きになるんじゃないかって不安なの」

「麿はそなたを大事にすると約束した」

「うん」

婚儀の時、手を握ってそう言ってくれた。嬉しかった。その前にも一度言ってくれた。あの時は嬉しくて兄様の首に抱きついたら苦しいって兄様に怒られた。

「尼になっていれば俗世と縁を切り安全だった筈だ。それを俗世に留めたのは麿だ。麿にはそなたを守り幸せにする義務が有る」

「義務なの？」

「口を尖らせるな。妻を守り幸せにするのは夫の義務であり務めでおじゃろう。不満か？」

「ちょっと」

笑う事が出来た。義務か……、愛じゃないのよね。その事を言うと兄様が一つ息を吐いた。

「愛だと言えば満足なのか。安心するのか？」

首を横に振った。嬉しいけどまた不安になるだろう。兄様は本当に自分を愛しているのかって。

「言葉遊びなどしても仕方おじゃるまい。麿はそなたを大事にする、幸せにすると約束した。信じられぬのか？」

首を横に振った。兄様は嘘を吐くような人じゃ無い。信じられる。

「養母上の前でも言ったが焼き餅を焼いても良い。だがそれを表に出してはならぬ。決して他人に覚らせるな。我等は敵が多いのだからな」

「うん、気を付ける」

そうよね、兄様の重荷にならないようにしないと。私、此処に来て安全だと気が緩んでいた……。

「九兵衛にございます」

部屋の外、廊下から九兵衛の声がした。足音、聞こえなかった……。

「如何した」

「重蔵が参っております。至急お報せしたい事が有ると」

兄様が頷いた。

「ここへ」

九兵衛が〝はっ〟と答えた。今度は小さいけど足音が聞こえた。もしかして九兵衛は話が一段落するまでそこで潜んでいたの？　兄様を見た。何事も無いように座っている。気付いていないの？

それとも……。足音が戻ってきた。

「重蔵にございます。失礼致しまする」

戸が開くと三十代くらいの男が入ってきて座った。この男が重蔵？　顔立ちは平凡だけど引き締まった身体をしている。その後ろに九兵衛が座った。

「妻の春齢だ。重蔵、そなたの事を何と紹介すれば良いかな」

兄様が楽しそうに言うと重蔵が顔を綻ばせた。九兵衛も笑っている。

「三好の者達は我等を桔梗の一党と呼んでおりますそうで」

兄様が〝ハハハハハ〟と声を上げて笑った。

「桔梗の一党か、良い名だ。磨もそれを使わせて貰おう。春齢、桔梗の一党の長、重蔵だ」

「お初にお目に掛かりまする。桔梗の一党を束ねる黒野重蔵にございまする」

「春齢です。桔梗の一党には色々と世話になっています」

「畏れ入りまする」

声が低い。そして重いと思った。人に命令を出す事に慣れているのかもしれない。この男が九兵衛や葉月達の長……。桔梗の一党、でも別に本当の名前が有る。一体どんな名前なんだろう。

「後で養母上にも紹介する。それで、何が有った？」

重蔵が一瞬躊躇うような表情を見せた。

「構わぬ。春齢には慣れて貰わなければならぬ」

兄様の言葉に重蔵が、九兵衛が頷いた。重いと思った。兄様は私に厳しさを教えようとしているのかもしれない。もう甘えは許されないのだと言いたいのかもしれない。

「月が替われば六角、畠山が兵を挙げますようで」

「そうか」

「和睦を結んだにもかかわらず前管領を幽閉するとはどういうことかと。前管領の次男、細川晴之を擁立しております」

重蔵の言葉に兄様が〝フフフ〟と嗤った。

「公方は喜んでいような。漸く六角と畠山を使って三好を討てると」

重蔵が頷いた。

「頭中将様、三好修理大夫長慶に気になる事がございます」

「……」

「病ではないかと」

思わず息を呑んだ。戦が始まるのに病？

「間違いないのか？」

兄様が問うと重蔵が首を横に振った。

「はっきりとは分かりませぬ。なれど身体に不調を感じているのは間違いないようでございます」

兄様が〝なるほどな〟と言って頷いた。

「御成りを筑前守に任せたのも、公方に頭を下げたくないという思いの他に体調の不安が有ったのかもしれぬ。十河讃岐守が自分の病状を修理大夫に報せなかったのも修理大夫の病を知っていたから、修理大夫に心配させたくなかったからだとすれば……。病か、十分に有り得る事でおじゃろうな」

「はい」

兄様と重蔵が頷きあっている。九兵衛は無言で厳しい表情をしている。怖いと思った。これから一体どうなるんだろう。

「兄様、これからどうなるの？」

問い掛けると兄様が私を見た。

「三好修理大夫が病だと知れば公方は喜ぶだろうな。だが修理大夫が死ねば公方も殺される。それも分からずに喜ぶのだ。笑止な事だ」

「殺されるの？　公方が？」

兄様が〝うむ〟と頷いた。重蔵も頷いている。殺されるのだと思った。

「三好家内部には公方を忌諱する勢力がある。その者達は公方が居る限り三好の天下は安定しないと考えているのだ。だから公方を征夷大将軍から解任しようとも考えた。それを抑えているのが修理大夫だ。その修理大夫が死ねば間違いなく公方は殺される。讃岐守が毒殺された事を忘れてはならぬ」

「……」

「公方は三好を討つ事で幕府の権威を取り戻す、将軍の実権を取り戻すと考えているのかもしれぬが自分で自分の足元を崩しているようなものだ。近衛は足利から距離を置き始めた。幕臣達の中にも公方を見限るような動きをしている者が居る。公方から距離を取る者はこれから徐々に増えるだろう。それは公方の、幕府の権威の低下に繋がる。そして公方が殺されれば幕府の、将軍の権威はさらに落ちる事になる」

兄様が私を、重蔵を、九兵衛を見た。

「悪くない、足利にはうんざりしていたのだ」

「兄様」

兄様が〝ハハハハハハ〟と笑い出した。楽しそうに笑っている。

「天下を安定させるためには新しい権威が必要だな。足利に代わる新しい権威が」

兄様の言葉に重蔵、九兵衛が頷いている。足利が滅ぶ日が来るのかもしれない……。

外伝Ⅶ 選択【せんたく】

永禄四年（一五六一年）　一月中旬　　三河国額田郡康生村　　岡崎城　　酒井忠次

「三河の正月は冷えるの」

「駿府とは違いまするか？」

儂が問うと殿がジロリとこちらを見た。

「寒々しいわ」

「……それは……」

「能興行も無ければ歌会も無い、蹴鞠もじゃ。儂は歌会や蹴鞠は好きにはなれぬがそれでも駿府には華が有った。賑やかであったな」

懐かしむ風情は無い。むしろ冷徹に三河は鄙びた田舎だと指摘していた。

「殿、家臣達は殿がこの岡崎城に戻られた事を喜んでおります。どうか、駿府を懐かしむかのような言動はお慎み下さい」

殿が不愉快そうに儂を見た。

「……」

「長い間、この岡崎城には今川の城代が居りました。家臣達はその城代を主君のように崇めなければならなかった。年貢も随分と絞られた。戦となれば常に激しい場所に送られた。それがどれほど辛かった事か……」

「分かっておる。この部屋にはそなたしかおらぬ。だから言ったのよ。家臣達の心に水を掛けるような真似はせぬ」

黙って頭を下げた。実際殿が家臣達の前で駿府を懐かしむような言葉を出した事は無い。お若いがその辺りの配慮は出来る御方だ。

「もう半年が経つか」

独り言のような呟きだが耳に響いた。

「はい。半年が経ちました」

桶狭間の合戦で今川の御先代様が討たれてから半年が経つ。そしてこの半年で東海道の情勢は激変と言って良い程に変わりつつある。松平もその激変に直面している。翻弄されている。

「儂にはどうにも信じられぬのじゃ。左衛門尉、あれは真の事なのかの」

殿が困惑したように儂を見ている。

「……」

「儂は今、悪い夢でも見ているのではないのか？」

縋るような声、視線だった。真、これが夢ならどれほど良かったか……。

「残念ですがこれは夢ではございませぬ。真にござる」

「……」

殿が〝そうか、夢ではないか〟と小さく呟いた。そしてポンポンと扇子で左の掌(てのひら)を叩いた。

「これは真か。困ったの」

独り言のような呟きだが視線はこちらに向けている。先程までの縋るような視線ではない。探るような視線だ。儂に如何思うかと問うている。

「はい、困りました」

答えると殿が不機嫌そうな表情で儂を睨んだ。部屋の中には殿と儂の二人きり。遠慮せずに思う事を言え、真面目に答えろと思ったのかもしれぬ。しかし困ったというのが掛け値無しの本音だ。はて、どうしたものか……。

「刈屋がな、頻りに文を寄越す。最近は久松からも来る。どうもな、刈屋にせっつかれているらしい」

殿がぼそぼそと言った。やれやれよ、愚痴にしか聞こえぬ。いや、愚痴なのかもしれぬの。刈屋城の水野藤四郎信元様は殿の母方の伯父、そして阿久比城の久松佐渡守俊勝様は殿の母君、於大の方様を妻に迎えている。両者とも殿とは強い繋がりがある。そして織田に服属している。昨年の桶狭間の戦の後、水野様は殿に今川を離れ織田に味方しろと文を寄越すようになった。当然だが織田弾正忠様の指図を受けての事だろう。なかなか埒があかぬので久松様にも声をかけたのだ。織田様の殿を引き寄せようという意向はそれだけ強いのだろう。

「母者人(ははじゃびと)の夫だからの。無下には出来ぬ」

「……今年は清洲城に出向いた年賀の使者が随分と多かったようで……。織田様も大層お喜びになったと聞いております」

「儂が久松から貰った文にも同じような事が記してあった」

殿が面白く無さそうな表情をしている。そうであろうな。この情報は久松が内密に儂に寄越した使者から聞いた話だ。殿を説得せよという事だろう。桶狭間の戦の後、織田の勢威は確実に増している。織田が兵を動かさないのは尾張国内の掌握に力を入れている事と、交渉で殿を引き寄せられると見ているからだ。だが殿が織田を拒み続ければ何時かは兵を向けてくるに違いない。その前に説得しろと久松は言っている。

「駿府は如何で？」

問い掛けると殿が首を横に振った。

「いかぬの、御屋形様は御先代様が亡くなられた後の立て直しと関東の事で手一杯らしいわ。到底三河に兵を出す余裕は無い」

「刑部少輔様がそのように？」

「うむ」

殿の表情が渋い。関口刑部少輔親永様は殿の御正室、瀬名様の父親だが今川氏の一門、重臣の一人でもある。刑部少輔様はこちらの苦境を御屋形様にお伝えした筈だ。御屋形様も無視は出来ぬ筈だが……。

「舅殿がな、御屋形様にこちらの苦境を訴えてくれたのだが……」

「……いけませぬか」

殿が儂を見て〝うむ〟と頷いた。

「陸奥守様がの、だいぶ強硬に北条を助けねばならぬと言っているらしい」

「陸奥守様……。武田の？」

問い掛けると殿が渋い表情で頷いた。なるほど、駿府の御屋形様にとっては祖父なれば無下には出来ぬか。御一門の刑部少輔様の説得が上手くいかぬ筈よ。殿が大きく息を吐いた。

「北条、武田に侮られてはならぬとな。ここで北条を助ければ三国同盟の中でしっかりとした足場を築けると……」

「道理ではございますな。今川にとっては織田よりも北条、武田の方が或る意味厄介でございましょう。軽視は出来ませぬ」

殿が〝そうよな〟と不愉快そうな表情で頷いた。自分が軽視されていると思ったのかもしれない。

「それにな、左衛門尉。駿府では北条が潰れれば次は今川だと危惧する声が相当に強いらしい。何と言っても長尾の兵力は十万を超える。態勢の整わぬ今、十万の兵が駿河に雪崩れ込めばとても防げぬ。御屋形様が陸奥守様の意見を重視するのもそれが影響しているだろう」

「……」

「実際北条を潰せば次に攻め易いのは武田よりも態勢の整わぬ今川であろう。北条、今川を潰せば長尾は武田を北、東、南の三方から包囲出来る。そうなれば信濃から武田を追い払う事も容易い。いや、戦になる前に武田の方から頭を下げよう。長尾が今川攻めを躊躇うとは思えぬ。左衛門尉、そうは思わぬか？」

「確かに」

目の前に十万の兵が迫っているか。それでは遠い三河から織田の脅威など訴えても無駄で有ろうな。その事を言うと殿がやるせなさそうな表情で頷いた。

「長尾め、余計な事をしてくれるわ」

扇子を放り投げて殿がまた愚痴を零した。

「関東を重視する理由は分かりました。しかし、三河を放置すればいずれはとんでもない騒乱が起きますぞ。そうなれば織田が何を考えるか」

「攻めてくると思うか？」

殿が上目遣いでこちらを見ている。

「織田の狙いは松平を味方にして東の楯とし自分は美濃攻めを行う事でしょう。ですが三河が混乱し殿が織田に付かぬとなれば……」

殿が渋い表情で頷いた。

「そうよな、織田は三河を攻めよう」

ここ数年、今川は三河に兵を出し続けた。三河を完全に今川の支配下に置こうとしての事だった。だが桶狭間で敗れた事で三河における今川の影響力は薄れつつある。今此処で三河を無視し続ければ三河で反今川の動きが出るだろう。その動きは親織田へと流れる。それを織田が無視するとは思えぬ。いかぬな、殿が背を丸めて爪を噛み始めた。

「殿、爪を噛むのはお止めなされ。良い癖ではございませぬぞ」

殿が儂を睨んだ。

「駿河者のような事を言うな。此処は三河じゃ。儂の好きにさせよ」

「三河者の某から見ても良い癖とは思えませせぬ」

殿が〝フン〟と鼻を鳴らした。それでも爪を噛むのを止めた。そして溜息を吐いた。

「駿府では三河は儂に任せれば良いという声が強いようだ」

「……ご信頼が厚いようで……、祝着至極にございますな」

殿が面白く無さそうな表情で〝皮肉を言うな〟と儂を窘めた。

「瀬名を娶った事で儂は今川の一門と見做されているからの。それに瀬名と子等は駿府に居る。裏切る心配は無い」

殿がぼそぼそと呟く。やはり愚痴じゃ。まあ殿が愚痴を零したくなるのも分かる。桶狭間の敗戦が無ければ殿の前途は明るかった。今川の一門として三河でも有力者になった筈。それに殿はお若いが中々の戦上手。今川も殿を大事にしただろう。しかしのう……。

「いずれ三河では反今川の火の手が上がりますぞ。そうなれば我等は火消しに右へ左へと休む間もなく走り回る事になりましょう。それでも火が消せれば良い。火が消せなくなれば……」

儂が言い淀むと殿が一つ息を吐いた。

「織田が攻めてくる」

「はい」

殿が暗い目で儂を見ている。多分、儂も似たような目で殿を見ているだろう。まともな戦にはなるまい。こちらは火消しで疲れ切っている筈だ。鎧袖一触、あっという間に滅ぼされるだろう。

「家臣達もそれを怖れております。何故今川は我等を助けぬのか、見殺しにするつもりかと不満を持ち始めている。この三河では今川の勢威が落ち織田の勢威が強まっているのです。松平は孤立したと悲観しております」

殿が苦しそうな表情を見せた。家臣達の多くは織田と手を結ぶ事など望んではいない。今川を好んでいる人間は居ないがそれでも織田よりはましだと思っている人間が殆どだ。だが現実に織田と手を結ぶしかない状況に松平は追い込まれつつある。その事は殿も分かっている。後は殿の決断を待つだけだ。

「困ったの」

「はい、困りました」

殿が苛立つような表情を見せた。

「その方は儂の重臣であろう。なんぞ意見は無いのか」

「それは無いとは言いませぬが申し上げれば殿が御不快になる事も分かっております。殿に疎まれるのは御免でございますな」

「……」

「殿もお考えは定まっておられるのではありませぬか。ただ御自身の口から言いたくないから某に言わせようとしている。家臣の勧めに従った事にしたがっているとしか思えませぬ。狡いですぞ」

殿が溜息を吐いた。

「そこまで言うか」

「はい、申しまする」

殿が儂を睨んだ。だが直ぐに笑い出した。

「困ったの」

「はい、困りました」

二人で笑った。笑い事ではないのだが笑うしかない。そんな事も有るのだと思った。

「織田に付きまするか？」

儂が問うと殿が目を逸らした。

「家臣達が納得するか？」

「……織田に付かねば滅びかねぬという事は分かっております」

儂の言葉に殿が首を横に振った。

「無理じゃ……。松平と織田はずっと戦をし続けてきたのじゃ。家臣には親兄弟を殺された者も多かろう。その事で織田を憎んでいる者も多い。織田に付いても家中に不満が溢れるようではとても家は保てぬ。ならば今の方がましじゃ。舅殿を頼って駿府の御屋形様を説得する方が良い」

「……」

「織田の命で今川と戦う。織田の旗の下で戦う。それが出来ねば……」

苦渋に満ちた口調だった。殿の危惧を無視する事は出来ない。家臣達の中には織田の命で動くなどまっぴらだと公言する者が少なからず居るのだ。

「服属ではなく同盟なら如何で」

「同盟？」

殿が困惑したような声を出した。

「織田に従属ではなく織田との同盟なら家臣達の不満も少しは和らぐのではありませぬか」

「戯(たわ)けた事を……」

殿が顔を歪めた。

「織田の勢威は強まっているばかりではないか。その織田が儂と同盟を結ぶ筈が無かろう」

「先程申しましたが織田の狙いは美濃でございましょう。殿を味方に付けようというのも美濃攻めを今川に邪魔されぬため。殿に東を守って欲しいという事だと思います。話の持って行き方次第では同盟という選択肢を織田は受け入れるのでは有りませぬか?」

殿が〝うむ〟と唸った。そして再度〝うむ〟と唸った。迷っていると思った。

「その方の言う事は分かる。話の持って行き方か……」

「はい」

殿が儂を見た。

「策は有るのか? 簡単ではないぞ」

「幕府を利用しましょう」

「幕府?」

殿が訝しげな声を上げた。

「はい、足の速い良い馬が有ります、嵐鹿毛。その嵐鹿毛を幕府に贈り松平家を将軍の直臣と認めて貰うのです。今川に従属する国人ではなく自立した大名と認めて貰う」

「……自立か。今川から離反するのではなく自立……」

殿が呟いた。

「その上でこちらから織田に同盟を結びたいと提案するのです。織田は美濃を、松平は三河から遠江へと。松平が織田に従属しても今川の脅威は無くなりませぬ。松平が三河から遠江へと向かう事で今川の脅威は小さくなる。それを訴えれば……。織田だけではありませぬ。家臣達も納得致しましょう。松平が大きくなるのです」

思わず声が熱くなった。殿も頷いている。

「左衛門尉、誰の考えだ？　幕府を利用するなど三河者のその方の考えでは有るまい」

「石川与七郎にござる」

殿が〝与七郎か〟と苦笑を漏らした。石川与七郎数正、幼少の頃より殿にお仕えしている。駿府にも居た事で京の情勢にも明るい。与七郎は桶狭間の後、直ぐに松平が厄介な立場に立たされると危惧していた。嵐鹿毛を用意したのもそれ故だ。

「困った奴よ。儂の背を押すか」

「……」

殿の苦笑が止まらない。

「正直に言うとな、織田に付くしかないと思っていた。だがそれは一か八かの賭けになるとも思った。だからの、家臣達から織田に付きましょうと言ってくるまで待とうと考えていた。与七郎はそれでは遅いと思ったのかもしれぬ」

その通りだ。与七郎は今川から離れるのは早い方が良いと考えていた。その方が今川の不意を衝けると……。

「自立か。自立となれば織田を頼るのではなく今川を切り捨てるという事になる。織田に従属なら今川が儂の苦境を理解せぬからと言い訳が出来る。場合によっては今川に戻る事も出来よう。だが自立となれば潰すか潰されるかになる。戻る事は出来ぬ」

その通りだ。戻る事は出来ぬ。だがその事が織田にとっては従属よりも同盟を選択した方が良いと思わせる事になる。

「決断せねばならぬか」

「……はい」

殿が儂を見た。苦しそうな表情だと思った。

「儂がこれまで決断を躊躇った本当の理由はの。織田に付く事ではない」

「では？」

「うむ、織田に付けば瀬名と子等を捨てる事になると思ったからじゃ。その決断が出来なかった……」

「……捨てるしかありますまい」

怒るかと思ったが殿は無言でまた爪を噛み始めた。背を丸め蹲(うずくま)るような姿勢で爪を噛んでいる。

「捨てるしかないか」

「捨てねば松平が滅びまする」

「……」

「先程も申しましたが織田と同盟を結び、今川方の三河の国人衆を攻めるのです。そして今川の態勢が整わぬうちに三河を切り獲る。今ならそれが可能です。松平が生き残る道が他にあるとは思えませぬ」

殿が儂を見た。目に儂を非難する色は無い。殿もそれしか無いと分かっているのだ。

「殺されような」

「殺されるとは限りますまい。奥方様は今川御一門、関口刑部少輔様の娘にございます」

「……そうよな……。儂も殺されずに生き残った」

声が小さい。可能性は小さい、だが無ではない。そう自分に言い聞かせた。

「恩知らずと罵られよう」

「……」

「儂は父に捨てられた。それを拾って育ててくれたのが今川の御先代様じゃ。その儂が今川の血を引く妻と子等を捨てるとは……」

「……生き残るためです。家を潰してしまっては負けです。御父君が殿を捨てたのも家を守るためでした。決して殿を疎んじての事ではありませぬ」

頷いているが儂の言う事を聞いているのだろうか？　殿は虚ろな目をしている。

「儂は父が嫌いだった。儂を捨て母を捨てた父がな。父のようにはなるまいと思って生きてきたが親子じゃの、良く似ておる。妻を捨て子を捨て、そして恩を仇で返す……。父を超えたわ。もう父を憎めぬの、嫌う事も蔑む資格も儂には無い。むしろ儂の方が蔑まれる立場よ」

殿が嗚咽を漏らしながら自らを嗤っている。目を背けたくなるような無惨さだった。弱いとは何と惨めな事か……。〝殿〟と声を掛けると殿が儂を見た。鼻水を垂らして泣いている主が愛おしかった。しかし見てはならぬと思ったから頭を下げた。

「殿、織田と結び三河を攻め獲りましょう。そして遠江を獲るのです。殿が強くなれば殿の大事な者を守る事が出来ます。だから今は……」

「瀬名と子等を捨てよと申すか」

「はい、耐えて下され」

殿の嗚咽が酷くなった。これで良い、これで良いのだ。殿が捨てるのではない。儂が捨てさせた。酷い家臣じゃ。恨まれるだろう。鼻の奥に痛みが走った。泣くな！　泣いてはならぬ。儂が泣くのは殿が強く、大きくなってからじゃ。それまでは泣いてはならぬ。

「……耐えて下され……」

外伝Ⅷ 織田と朽木

【おだとくちき】

永禄四年（一五六一年）　五月上旬　　近江国高島郡安井川村　　清水山城　　朽木藤綱

「まあ、なんと美しい」

美乃が声を上げた。視線の先には淡海乃海がある。陽の光を受けて湖面がキラキラと輝いていた。

「気に入ったかな？」

問い掛けると美乃が儂を見て〝はい〟と答えた。細面で鼻筋が通っている。目鼻立ちの整った美しい娘だと思った。それに笑顔が良い。その美しく笑顔の良い娘が自分の妻だと思うと面映ゆかった。

「阿佐、美しいでしょう？」

美乃が後ろに控えていた女中に話しかけると〝はい〟と女中が頷いた。三十前後の目鼻立ちの整った女だ。尾張から美乃に付いて来た。美乃の信頼も厚い。相談相手にという事だろうが朽木の内情を探る事も命じられているだろう。気を付けなければ……。美乃を娶った事で朽木と織田は縁戚になったが油断は出来ぬ。

「随分と船が」

輝く湖面を沢山の船が走っている。美乃はその事が意外だったようだ。

「淡海乃海を使って荷を運んでいるのだ」

「荷を？」

小首を傾げた美乃を可愛いと思った。

「陸路を使うよりも淡海乃海を使った方が効率が良いからな。北陸からは米が京に運ばれている」

「米を」

「朽木も船を使って荷を運んでいる」

美乃が〝まあ〟と声を上げた。目を瞠って儂を見ている。

「朽木家は水軍を持っているのですか？」

「驚いたかな？」

美乃が〝はい〟と頷いた。妻を驚かす事が出来たのが少しだけ誇らしかった。阿佐も驚いている。朽木は余程に小さい家と思われたらしい。そう思うと苦笑いが出た。まあ已むを得ぬか。二万石の身代だ。

「堅田の水軍に比べれば規模は小さいがな、水軍がある。二年前に高島越中守を滅ぼした時、その配下に居た水軍をそのまま召し抱えた」

「朽木も米を運んでいるのでございますか？」

「ハハハハハハ」

思わず笑ってしまった。美乃がキョトンとした表情をしている。また可愛いと思った。

「残念だが朽木には他所に売る程の米は穫れぬ」

「……」

美乃が済まなさそうな表情をした。儂を傷付けたと思ったのかもしれない。

「朽木の船は干し椎茸、澄み酒、石鹸、綿等を運んでいる。いずれも朽木の産物だ。どれも良く売れる」

「干し椎茸」

美乃が声を上げた。

「美乃は椎茸が好きかな？」

「はい、良い出汁が取れます」

「そうだな」

それだけに貴重品で高値が付く。需要も多い。朽木にとっては旨味の多い特産物だ。今年も既に百五十人の兵を新たに雇った。これまでに雇った三百人と合わせて四百五十人。今年の後半になれば更に百五十人を雇う事が出来るだろう。その後は鉄砲を購入しなければ……。

「あの、朽木というのはどの辺なのでございますか？　この清水山城は元は高島氏の城だったと阿佐から聞いたのですが」

美乃が問い掛けてきた。

「向こうだ」

淡海乃海とは反対側の山の方を指し示した。美乃がそちらを見た。城と山の間には水田が広がっている。既に水を張ったようだ。田植えが始まれば水田が少しずつ緑色に彩られる事になる。

「この安曇川を遡って行くと山に囲まれた谷がある。朽木谷だ。我等は代々そこを守ってきた。朽木の姓も地名から取ったものだ」

「……鎌倉の頃からと聞きました」

「そうだな、もう三百年を越えよう。四百年に近いのかもしれぬ」

「四百年」

美乃が〝ホウッ〟と息を吐いた。

「凄いのですね」

「ハハハハハハ」

笑う事で誤魔化した。四百年、朽木を守ってきたと言うが守ってきただけだ。六角や浅井のように大きくはなれなかった。けっして自慢にはならぬ。その事を情けなく思った事もある。だが四百年守るというのは大変な事だろう。戦乱の世となって幾つもの家が没落した。この近江でも京極が没落した。そして高島も滅んだ。滅ぼしたのは儂だ。だが大きくなっても朽木は二万石。儂は朽木を守るのに苦しんでいる。

「朽木は京に近く攻め辛く守り易い土地だ。将軍家は京を追われると朽木に逃げてきた。御当代の義輝公は五年程も朽木に滞在した事がある」

美乃が頷いた。精々三年程前の事だ。美乃も覚えているのだろう。

「信頼されているのですね」

「……そうだな」

間が空いた。口中が苦い。胸を張ってそうだと言えない現実がある。

三淵大和守、細川兵部大輔の兄弟は讃岐守毒殺の一件を知らなかった。刀の一件も知らなかった。あの二人を頼りないとは思わない。頼りないのは公方様だ。幕臣達の統制が取れていない。皆が公方様の名を使って好き勝手やっている。そしてその幕臣達は朽木に反感を示しているのだ。とても付いては行けない。それこそ四百年続いた朽木氏を滅ぼす事になるだろう。いずれはその事を美乃に教えなければ……。

「何をしておる」

声のした方を見ると父が笑顔で近付いてきた。阿佐が後ろに下がって父に場所を譲った。

「美乃に淡海乃海を見せております」

「ほう、そうか。美乃殿、淡海乃海は美しい湖であろう」

「はい。幾ら見ても見飽きませぬ」

美乃が答えると父が声を上げて笑った。

「気が合うのう。儂もこの櫓台から見る風景が好きじゃ。一向に見飽きぬ。しかし、山の方を見ていたようだが」

「美乃に朽木は何処かと問われましたので」

父が〝そうか〟と頷いた。

「朽木は山に囲まれた鄙びた土地じゃ。だが京に近く若狭にも近い。見方によっては大事な場所よ」

「公方様が何度も朽木を頼ったと聞きました」

「……そうじゃの」

父が視線を逸らした。父も口中に苦さを感じているのかもしれない。

「朽木は良い場所じゃ。我等朽木一族にとっては先祖代々守ってきた土地でもある。だが些か狭いようじゃ。これからはこの清水山城を中心に発展していった方が良い。そうであろう、長門守」

「そうですな。それが良いと思います」

儂が答えると父が頷いた。

朽木ではなく清水山城を重視する。つまり幕府とは距離を置けという事だろう。父も幕府には付いていけないと思っているのだ。

「美乃殿」

「はい、何でしょう。御義父様」

「織田様に文を書いてくれるかな」

はて、父は一体何を……。

「いずれの、いずれこの高島郡は朽木が支配するとな」

「まあ！」

「父上！」

窘めようとすると父が笑いながら〝良いではないか〟と言った。阿佐が儂と父を交互に見ている。本気かと疑っているのだろう。

「少しは嫁を喜ばせよ。折角尾張から来てくれたのだからのう」

笑いながらも父の目は少しも笑っていない。美乃を喜ばせるというのは建前だ。本音は織田様に言いたいのだ。高島五頭を滅ぼせば朽木の領地は五万石程になる。京の直ぐ傍に千五百の兵を出せる親族が居るのだと。

「はい、兄にそのように伝えまする」

「楽しみだの、長門守」

「まあ、そうですな」

父が笑うと美乃も笑い声を上げた。二人の笑い声が天に吸い込まれていく。美乃は冗談だと思っているかもしれない。阿佐も。だが何時かは……。


永禄四年(一五六一年) 五月上旬　　尾張国春日井郡清洲村　　清洲城　　織田濃

夫が右手で饅頭(まんじゅう)を頬張りながら左手で文を読んでいる。嫁いだ頃は行儀が悪いと注意したけれど今では慣れてしまった。夫が〝うーむ〟と唸ると文を置いて焙じ茶を一口飲んだ。そこは文ではなく饅頭を置くところでしょう！　どうして饅頭を離さないのか……。溜息が出た。

「如何した？　溜息を吐いていたが」

夫が訝しげな表情をしている。

「……いえ、何でもありませぬ」

「そうか」

また饅頭を頬張りながら文を読み始めた。最近饅頭を出す事が続いたような……。次は羊羹にした方が良いかもしれない。それとも餅にした方が良いだろうか。

「なるほどのう」

夫が満足そうな声を上げた。表情にも笑みがある。

「如何なされました」

問い掛けると夫が〝ウフフ〟と含み笑いを漏らした。

「美乃から文が来た。阿佐からもな」

「まあ」

阿佐は朽木に嫁いだ美乃殿に付けた女中。心利いた女子だけど一体何を報せてきたのか……。

「美乃と長門守は仲睦まじく暮らしているようだな。歳が離れているから少し案じていたが何よりよ。朽木の家臣達からも美乃は受け入れられていると阿佐の文にはある。心配は要らなさそうだな」

「左様でございますか。宜しゅうございました」

夫が満足そうに頷いた。

「お濃、朽木は銭が有るぞ」

言い終えると夫がニヤリと笑った。

「それは、私も思いました。結納の品は見事でしたから」

二万石にしては相当に奮発したものだと驚いた事を覚えている。それに公方様が兵を挙げた時は千五百貫を献上したと聞いている。小身だが相当に豊かなのだろう。夫が〝ウフフ〟と笑った。余程に楽しいらしい。

「阿佐の文にはな、朽木は関を廃していると書かれてあった」

まじまじと夫を見てしまった。関を廃している？

「真でございますか？」

夫が無言で頷いた。もう笑ってはいない。

「だからな、朽木の領内には商人が大勢集まっているそうだ」

父の山城入道は関を廃していた。夫も廃している。他にも関を廃していた人物が居たなんて……。

「でも朽木は二万石でございますよ。関を廃したとはいえそのように大勢の商人が集まるのでしょうか？」

夫がニヤリと笑った。

「それが集まるのよ。朽木の領内には産物が多いからな。塗り物、椎茸、石鹸、澄み酒、綿、歯磨き、茶。それにな、朽木は若狭、京とも街道で繋がっている。二万石だが商人達にしてみれば旨味の多い土地よ。婚儀には商人から祝いの品が相当に有ったと異母兄の三郎五郎から聞いていたが腑に落ちたわ」

「そう言えば長門守殿から貴方様に婚儀の祝いの品への返礼が有りました。干し椎茸に石鹸、澄み酒、それに貴方様の大好きなお茶……」

夫がまたニヤリと笑って焙じ茶を一口飲んだ。夫はそれを飲んで以来白湯を出すと不機嫌になるようになった。そろそろ美乃殿にお茶を送ってくれと頼んだ方が良いかしら。

「長門守の居城、清水山城の直ぐ傍には安曇川という川が流れているそうだ。その川は淡海乃海に流れている。街道も有るが朽木は川と淡海乃海を使って産物を京に運んでいるのだ。商人達もそれを利用している」

なるほどと思った。尾張には川と海が有る。朽木には海は無いが湖は有るのだと思った。川と湖、船を使えば荷を楽に運べる。産物だけでなく産物を運ぶ手段も揃っている。商人が集まる筈だと思った。

「水軍も有るらしいぞ」

「まあ」

声を上げると夫が吹き出した。

「お濃、驚かされてばかりだな」

「お人が悪うございます！」

怒ると夫が膝を叩いて笑い出した。

「ハハハハハハ、許せ。俺も驚いているのだ。美乃も驚いたらしい。美乃の文には朽木は水軍を使って銭を稼いでいると記してあった」

不思議な家だと思った。小さいのに関を廃し水軍を保有している。夫が上洛すればその水軍が役に立つ時が来るかもしれない。夫が上機嫌なのも朽木は思ったよりも役に立つのではないかと考えたからだろう。

「舅の民部少輔がな、いずれは朽木が高島郡を支配すると俺に伝えてくれと美乃に言ったそうだ」

「まあ、高島郡を……。一体高島郡とはどのくらいの広さなのでございますか？」

夫が〝さて〟と首を傾げた。

「大凡七万石程であろうな」

高島郡は七万石。朽木は二万石。自分の倍以上の領地を切り獲ると言っている。本気なのだろうか？

「大言壮語と思うか？」

夫が面白そうな表情で私を見ている。

「分かりませぬ。でも簡単ではない筈。違いましょうか？」

「そうだな。簡単ではない。だが民部少輔は本気だぞ。多分長門守もな」

「……」

何か根拠が有るのだろうか？　訝しんでいると夫が顔を寄せてきた。

「朽木の兵はな、百姓を徴したものではない。銭で雇ったものだ」

「！」

思わず耳を疑った。まじまじと夫を見た。夫は無言で私を見ている。

「真なのですか？」

問い掛けると夫が〝真だ〟と言って頷いた。

「阿佐も驚いている。朽木には今四百から五百程の兵が有る。今年の秋になれば更に二百程の兵を雇うようだな」

「では朽木の兵は六百から七百」

夫が〝うむ〟と頷いた。百姓ではない。銭で雇った兵。何時でも直ぐに動かせる……。

「高島郡には朽木を除けば一万石に満たぬ国人領主が五人居るそうだ。それに六角の直轄領と浅井領がある。民部少輔が狙っているのは五人の国人領主だろう。戦となればあっという間に朽木に城へと攻め寄せられてしまう筈だ。まともに戦う事など出来まいな」

〝左様でございますね〟と言うと夫が頷いた。

「その五人は六角に従属している。朽木は六角を憚って攻めずにいるが六角の勢威が落ちれば兵を動かすだろう。五人を潰せば朽木は五万石程になる」

それは何時だろう？　夫が上洛するときだろうか？

「妙な家よ。朽木は名門と言って良い家なのだがやっている事は俺にそっくりよ。古い家とはとても思えぬ」

夫が苦笑を漏らした。

「左様でございますね、……頭中将様の指示でしょうか？」

「そうだろうな。俺の遣り方を真似たのか、自分で考えたのかは分からぬが面白い男だ。親兄弟よりもあの男の方が俺に近いわ」

夫の苦笑いが止まらない。自分もそう思う。夫と頭中将様はとても良く似ている。

「五万石ともなれば動かせる兵は千五百程になるだろう。京の直ぐ傍に千五百の兵を動かす義弟が居る。大事にせねばのう」

夫が声を上げて笑った。

あとがき

お久しぶりです、イスラーフィールです。

この度、「異伝　淡海乃海～羽林、乱世を翔る～四」を御手にとって頂き有難うございます。

淡海乃海のＩＦシリーズ、第四巻の発売となりました。羽林は年に一冊ペースでの発売ですから四年目に突入した事になります。月日が経つのは早いのですけど物語は中々進みません。大体信長が上洛していませんし永禄の政変も観音寺騒動も未だ起きていません。でも物語が始まってから十年は経っています。そしてこれからの十年で信長が上洛します。先日、編集の方と観音寺騒動、永禄の変まで書くのに十巻くらいまで行きそうですと話しました。ちょっと大袈裟かなとも思いますが八巻ぐらいまでは行きそうな感じです。お付き合い頂ければ幸いです。

三巻も分厚かったですが第四巻も結構分厚いです。今回もＷＥＢで公開した部分以外の追加文章が相当に多いと思いますので楽しんで頂ければと思います。第四巻は年代的には一五六一年一月から五月までの短い期間を書いています。半年に満たない期間を書いているのですが本は分厚い。史実では越後の長尾景虎（上杉謙信）が圧倒的な兵力で小田原城を攻め、上杉家の名跡を継ぎ関東管領に就任します。そして北条氏を助けるために武田、今川が動き出す。その事が松平に自立を決意させ織田との同盟に踏み切らせます。関東から東海地方は揺れに揺れるのです。

一方畿内でも大きな動きが出ます。一五六〇年は三好氏が畠山氏を破り絶頂を極めた年なのですが一五六一年は三好の勢力が退潮を迎える年なのです。三好四兄弟の末弟である十河一存の死がその引き金となります。そしてあっという間に三好氏の覇権が崩れていく。そういう意味で一五六一年の前半は非常に大きな、歴史の節目になる時期なのです。それらを上手く書けているかどうか、ちょっと不安ですけど皆さんの目で確認して頂ければと思います。

基綱個人にも動きがあります。帝の最側近である頭中将になりました。そして養母の目々典侍が懐妊します。宮中で飛鳥井一族の勢威が増すのです。そして叔父の朽木長門守が織田信長の妹を娶ります。それらの事は当然ですが宮中で、幕府内部で軋轢を生みます。それらが何を生み出すのかは五巻以降でのお話になります。今からとても楽しみです。

今回もイラストを担当して下さったのは碧風羽様です。素敵なイラスト、本当に有難うございました。これからも宜しくお願いします。そして編集担当の高倉様、北澤様、梅津様を始めTOブックスの皆様、色々と御配慮頂き有難うございました。皆様のおかげで無事に第四巻を出版する事が出来ました。心から御礼を申し上げます。

最後にこの本を手に取って読んで下さった方に心から感謝を。

次は本編でまたお会い出来る事を楽しみにしています。

二〇二三年六月　イスラーフィール

［著］イスラーフィール
［絵］碧風羽（みどりふう）

最新第十五巻 2023年11月20日発売決定!!

続報は作品公式HPをチェック！ tobooks.jp/afumi/

九州
完全
平定へ!
TOブックス
オンラインストア
限定!
ドラマCD
第四弾
同時発売!
朽木
基綱
遂に九州再征へ乗り出す基綱。
果たして宿敵・龍造寺との決戦の行方は!?
淡海乃海
水面が揺れる時
三英傑に
嫌われた不運な男、
朽木基綱の
逆襲

次の将軍は誰だ!!

最新⑨巻好評発売中!

to-corona-ex.com/

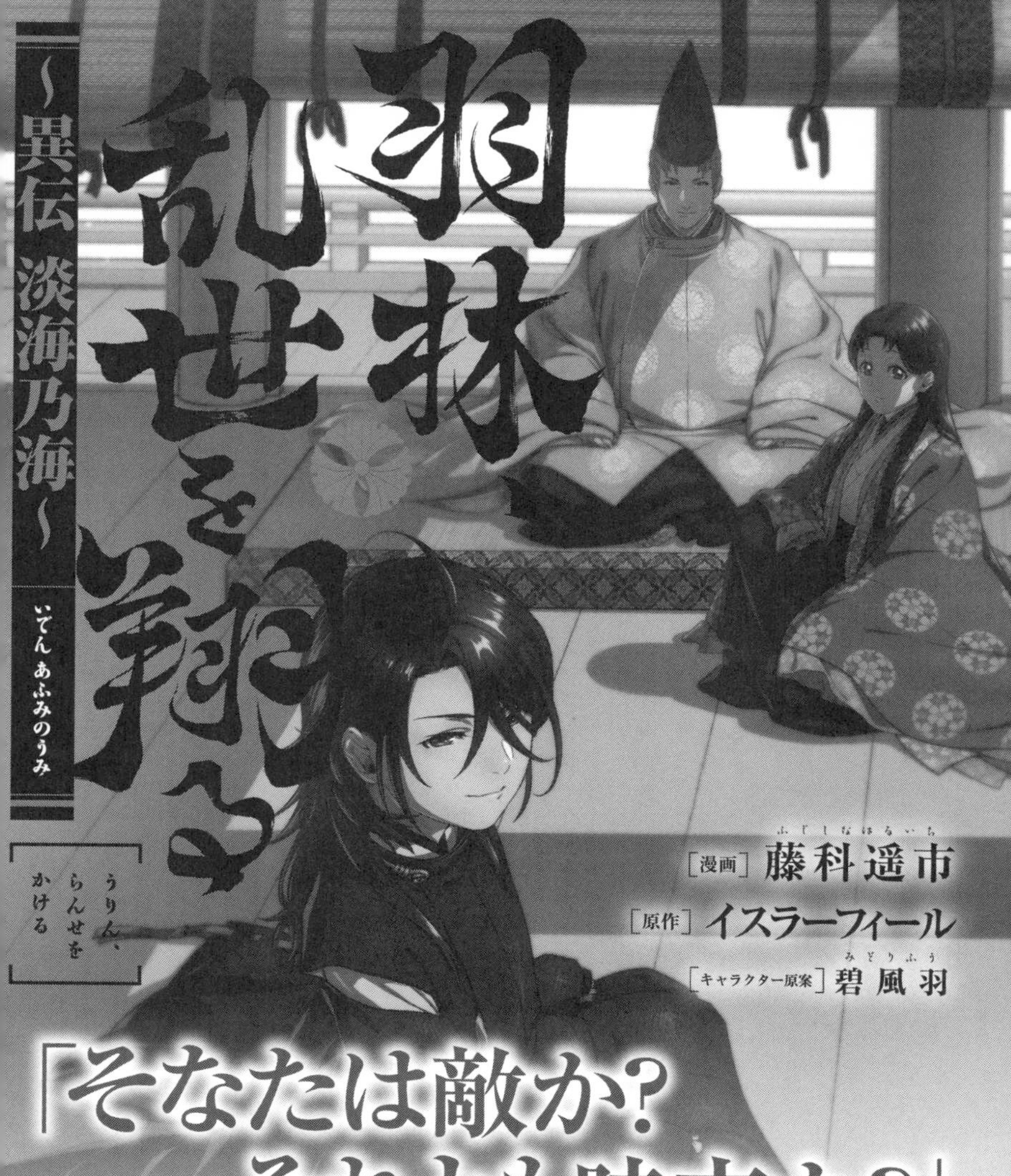

第③巻8月15日発売！

コロナEXにて好評連載中！

漫画配信サイト

CORONA EX

コロナEX

TO books

OPEN!!

https://to-corona-ex.com/

TOブックス
コミカライズ
連載最新話が
読める!
月額400円(税込)で
全作品が読み放題!

小説
第14巻
2023年
9月9日
発売！
シリーズ累計
140万部
突破！
（紙＋電子）
TVアニメ放送開始！
ティアムーン帝国物語
餅月望──著
Gilse──イラスト
式HPへ！

原作HP

TVアニメHP

Comics
ティアムーン帝国物語
ティアムーン帝国物語
ティアムーン帝国物語
ティアムーン帝国物語
ティアムーン帝国物語
コミックス
第7巻
2023年
10月14日
発売!
漫画：杜乃ミズ
2023年10月より
MBS・TOKYO MX・BS11にて
ティアムーン
断頭台から始まる、
姫の転生逆転ストーリー
詳しくは公

マインとして
ローゼマインとして
ドラマCD10
同時発売!
詳しくは原作公式HPへ
tobooks.jp/booklove

本好きの下剋上

司書になるためには
手段を選んでいられません

第五部 女神の化身XII

香月美夜 イラスト：椎名 優

miya kazuki you shiina

第五部ついに完結！

2023年冬

リーズ累計120万部突破！（紙＋電子）

TO JUNIOR-BUNKO

※第4巻カバーイラスト

イラスト：kaworu

TOジュニア文庫第4巻
2023年9月1日発売！

NOVELS

※第24巻書影

イラスト：珠梨やすゆき

原作小説第25巻
2023年秋発売！

COMICS

※第10巻書影

漫画：飯田せりこ

コミックス第10巻
2023年8月15日発売！

SPIN-OFF

※WEB連載バナー

漫画：桐井

スピンオフ漫画第1巻
「おかしな転生～リコリス・ダイアリー～」
2023年9月15日発売！

甘く激しい「おかしな転生」シ

TV ANIME

テレビ東京・BSテレ東・AT-X・U-NEXTほかにてTVアニメ放送・配信中!

※放送・配信日時は予告なく変更となる場合がございます。

CAST
ペイストリー：村瀬 歩
マルカルロ：藤原夏海
ルミニート：内田真礼
リコリス：本渡 楓
カセロール：土田 大
ジョゼフィーネ：大久保瑠美
シイツ：若林 佑
アニエス：生天目仁美
ペトラ：奥野香耶
スクヮーレ：加藤 渉
レーテシュ伯：日笠陽子

STAFF
原作：古流望「おかしな転生」(TOブックス刊)
原作イラスト：珠梨やすゆき
監督：葛谷直行
シリーズ構成・脚本：広田光毅
キャラクターデザイン：宮川知子
音楽：中村 博
OP テーマ：sana(sajou no hana)「Brand new day」
ED テーマ：YuNi「風味絶佳」
アニメーション制作：SynergySP
アニメーション制作協力：スタジオコメット

アニメ公式HPにて予告映像公開中!
https://okashinatensei-pr.com/

GOODS

おかしな転生 和三盆

古流望先生完全監修!
書き下ろしSS付き!

大好評発売中!

STAGE

舞台「おかしな転生」～アップルパイは笑顔とともに～ DVD化決定!

2023年8月25日発売!

GAME

TVアニメ「おかしな転生」がG123でブラウザゲーム化決定! ※2023年8月現在

▲事前登録はこちら

只今事前登録受付中!

DRAMA CD

おかしな転生ドラマCD第②弾

好評発売中!

詳しくは公式HPへ!

異伝　淡海乃海（あふみのうみ）～羽林、乱世を翔る～ 四

2023年9月1日　第1刷発行

著者　イスラーフィール

発行者　本田武市

発行所　TOブックス
〒150-0002
東京都渋谷区渋谷三丁目1番1号　PMO渋谷Ⅱ　11階
TEL 0120-933-772（営業フリーダイヤル）
FAX 050-3156-0508

印刷・製本　中央精版印刷株式会社

本書の内容の一部、または全部を無断で複写・複製することは、法律で認められた場合を除き、著作権の侵害となります。

落丁・乱丁本は小社までお送りください。小社送料負担でお取替えいたします。

定価はカバーに記載されています。

ISBN978-4-86699-916-6
©2023 Israfil
Printed in Japan